著者／駄犬
イラスト／saino
悪の令嬢と十二の瞳
～最強従者たちと伝説の悪女、人生二度目の華麗なる無双録～

魔法で最適な温度の
お湯を沸かせる
アリス
絶妙な角度で
日傘をさせる
ルイス
セリーナ・ローゼンバーグ
私
セリーナ様のための極上ティータイム特設会場

リチャード
重たい物でも
持てる力持ち
オスカー
野の花を綺麗に
生けられる
エマ
げんき!
イザベル
美味しい紅茶を
淹れられる

「「「「セリーナ様は本当は、犬が大好きなんだ！」」」」

悪の令嬢と十二の瞳

~最強従者たちと伝説の悪女、人生二度目の華麗なる無双録~

悪の令嬢と十二の瞳

駄犬

イラスト
saino

Contents

序章　断罪

「セリーナ・ローゼンバーグ、今日このときをもって、わたしはおまえとの婚約を解消する！」

学院の卒業パーティーという記念すべき一大イベントにおいて、わたしは王太子であるエドワード様から婚約破棄の宣告を受けていた。その声は無機質で、わたしに対する一切の情も感じない。

顔から血の気が引き、指先が冷たくなっていくのを感じた。

王族や貴族が学ぶローズウッド学院の卒業パーティーは、社交デビューの場でもあったはずだが、華やいだ会場は今や静まり返っていた。

「なぜ？　なぜですか？　エドワード様？　わたしが一体何をしたというのですか？」

すがるような気持ちで、わたしは婚約者の名を呼んだ。親同士が決めた婚約とはいえ、わたしはエドワード様のことをずっと思い慕っていた。

「何をした、だと？」

けれど、エドワード様がその端整な顔に浮かべたのは軽蔑だった。

「セリーナ、君がエレノアにしてきた非道の数々、僕が知らないとでも思ったか？」

エレノア。下級貴族出身の取るに足らない女。ほんの少し光の魔法が使えるだけの忌々しい『聖女』。

わたしはエレノアの姿を求めて周囲を見回した。すると彼女はエドワード様の後方で、何人かの学友たちによって護《まも》られるかのように囲われていた。

かろうじて見えたその表情には、悲しみが映っている。

「エレノアが！　あの女がエドワード様を惑わしたからです！　わたしという婚約者がありながら、エドワード様のお気持ちを惹《ひ》こうとしたから、だから、わたしは……」

そうだ。わたしは悪いことなどしていない。婚約者として公爵令嬢として、出過ぎた真似《まね》をした下級貴族の娘に当然の報いを与えようとしただけだ。それの一体どこに非があったというのか？

「セリーナ。確かにエレノアは素晴らしい女性だ。わたしが目を奪われたこともあっただろう。しかし、誓ってわたしと彼女の間には何もなかった。彼女は分をわきまえ、わたしは君という婚約者がいることを忘れたことはなかった。なのに、君は勝手にわたしたちのことを邪推し、エレノアにひどい仕打ちの数々を行ってきた。国の宝であるはずの『聖女』に、だ。証拠は十分揃《そろ》っている。わたしはこれを許すことは断じてできない。この国の王太子としても、ひとりの男としてもだ」

ひとりの男として……やはり、わたしが思っていた通りではないか。エドワード様の気持ちはわたしから離れ、エレノアに向いていたのだ。

「わたしは公爵令嬢として当然のことをしたまでです！　そう思いますでしょう、皆さま？」

わたしは公爵令嬢として、学院生活を通して多くの学友たちと親交を深めている。あんなぽっと出の下級貴族とは違う。学院のほとんどの者たちはわたしに味方するはずだ。

しかし――

周囲の者たちの反応は冷たかった。わたしが目を合わせようとすると、誰もが視線を逸《そ》らした。

その中には『エレノアはセリーナ様から殿下を奪うつもりです！』と、わたしに告げ口していた者たちも含まれている。

わたしに味方する者はひとりもいなかった。昨日まであんなにわたしに親しくしていた者たちが、気まずそうに目を伏せている。

わたしの従者たちでさえ、物々しい雰囲気を察して、わたしから少し距離を置こうとしていた。

「おまえの周りの学友たちこそが、おまえの罪を一番よく知っている。ひとりもかばう者がいないというのも、いっそ哀れではあるがな」

エドワード様は衛兵たちに指示を出すと、そのまま身を翻した。

「エドワード様っ！」

わたしがいくら泣き叫ぼうとも、エドワード様は一度も振り返ることはなかった。

そして、衛兵たちに引きずられるように、わたしはパーティー会場から連れ出された。

◇　◇　◇

王による裁きでわたしは死罪を宣告された。

聖女に対するわたしのちょっとした悪戯《いたずら》が、過度に誇張された結果だった。

二階からエレノアの頭めがけて鉢植えを落としたり、お茶に薬を混ぜて飲ませようとしたり、ならず者を雇って誘拐を企てたり、偶然を装って馬車で轢《ひ》こうとしてみたり、暗殺者に命を狙わせてみたりしただけなのに！

全部、未遂で終わったのだから、わたしは無罪のはずだ。こんなひどい裁きはない。神は死んだ。

そうして、わたしは毒による死を命じられた。絞首刑でないのは、身分が高い故の情けだと恩着せがましく言われた。絞首刑でも毒でも死ぬのは嫌に決まっている。

毒を混ぜたワインを突きつけられたが、もちろん、わたしに罪はないのだから拒んだ。

しかし、身体《からだ》を拘束され、鼻をつままれ、息ができなくなって口を開いたところに無理矢理流し込まれた。舌を経由せずに喉に直接入っていったワインは不味《まず》くもなく美味《おい》しくもなく、ゆっくりと意識が遠のいていく。

幼いころから今に至るまでの記憶が脳裏をよぎる中、わたしは深く反省したのだった。

わたしに足りなかったのは有能な部下だった、と。

第1章　やり直し

1―1　良い子になろう

目を覚ますと、そこは柔らかいベッドの上だった。わたしが閉じ込められていた牢獄塔《ろうごくとう》の硬いベッドではない。

良かった。さっきまでのことは悪い夢だったんだ。

それにしてもひどい夢だった。おかげで身体《からだ》が火照って汗だくになっている。

わたしは召使いを呼ぼうと声を上げようとして、

「ふぎゃぁ」

と泣いた。

「まあ、お目覚めになったわ！」

側《そば》にいたのか召使いがすぐにやってきて、わたしを軽々と抱え上げ、肩に寄せて抱いた。

（あれ？　わたし小さくない？）

召使いの肩に置かれた小さな手が視界に入った。まるで人形のようだ。まさかと思って手に力を入れてみると、その小さな手が持ち上がった。

（えっ？）

わたしは懸命に首を動かして部屋の周囲を見回そうとしているのだが、思うようにいかない。その間、召使いはずっとわたしのことを優しくあやしている。

ここは間違いなくわたしの住んでいた屋敷の一室だった。少し綺麗《きれい》なようにも見えるが間違いない。

召使いの肩越しに、ようやく大きな姿見を見つけた。

そこに映っていたのは、召使いに抱っこされた赤ん坊の姿だった。

◇◇◇

その後、わたしは泣き叫んだ。召使いは狼狽《うろた》えたが、そんなことは知ったことではない。

こっちは死んだと思ったら、赤ん坊に生まれ変わっていたのだ。泣きたくもなる。というか、赤ん坊は感情の起伏が激しくて簡単に泣いてしまうようだ。

ひとしきり泣いた後で、わたしは落ち着いた。具体的に言うと寝た。少し疲れただけで、赤ん坊の身体は簡単に眠りに落ちる。

目覚めた後、冷静になったのだが舌が回らないので、はっきり言葉を喋《しゃべ》ることもできない。召使いと話をしたくても意思の疎通ができなかった。わたしが生きていたときは、こんな召使いはいなかったと思う。

多分、わたしは生まれ変わったのだろう。むかし本で読んだことがある。これは来世というものだ。便宜的に言えば、処刑された前の人生が前世、生まれ変わった今が現世ということになる。

ただ、生まれ変わりといっても、奇妙なことに同じ屋敷の中でまた生を受けたようだ。

わたしは一体誰に生まれ変わったのかが知りたかった。生きていたときには、屋敷に子供を身籠っている人間はいなかったはずだ。ひょっとして何年も経《た》った後の世界なのだろうか？

そうこうしている間に、誰かが部屋にやってきた。

召使いは「奥様」と呼んだ。

上手《うま》く動かない身体をよじって扉のほうを見ると、そこにいたのは見たことがないくらい若いお母様の姿だった。

わたしと同じ絹のような綺麗で長い黒髪。美しくも作り物めいた顔。

最初は似ているだけかと思ったが、その声、話し方、仕草からお母様であることは確実である。

お母様はわたしのことを抱きもせず、一瞥《いちべつ》しただけですぐに部屋から出て行った。

やはり、わたしには無関心なようだ。わたしのお父様とお母様は形ばかりの夫婦関係で、お母様はわたしに興味がなく、わたしが牢獄塔に閉じ込められたときも一度も会いに来なかった。

皮肉なことにその冷たいお母様の姿を見て、わたしはようやく状況を把握することができた。

どうやら生まれ変わりといっても、同じセリーナ・ローゼンバーグとして赤ん坊から人生をやり直しているらしい。

◇　◇　◇

状況を理解したところで、何かできるわけでもない。赤ん坊は無力なものだ。大体、いきなり赤ん坊が喋り出しても奇妙に思われるだろう。

そこでこの期間に、わたしは考えを巡らせることにした。

わたしが非業の死を遂げたのは、有能な味方がいなかったせいである。

味方がちゃんとしていれば、エレノアはとっくに死んでいたはずだし、わたしは王妃になっていた。前回のわたしの人生は人に恵まれていなかっただけだ。

であれば、この新たな人生で必要なのは、わたしの手足となって働く忠実な下僕たちである。

それをどうやって集めるかが問題なのだが、ベッドから身動きが取れないおかげで考える時間はいくらでもあったので、その期間にひとつの名案を思い付いていた。

その名案を実行するためには、清く正しく慈悲深い子供を演じる必要がある。

もちろん、わたしは元より素晴らしい人間だが、エレノアのような偽善者臭い聖女みたいな人間であると周囲に思わせなければならない。

かくして、三歳の誕生日を迎えた後から、わたしは「憎きエレノアだったらどうするか」を考えて行動するようになった。

召使いが花瓶を落として割った場合、前世だったら、

「あら、その花瓶、あなたより高いのよ？　あなたも屋根から落ちて割れる？」

と軽妙な冗談を言ったのだが、現世では、

「大丈夫？　怪我《けが》はない？　こんな花瓶よりもあなたの身体のほうが大事よ？」

と心にもないことを言った。

召使いがわたしの服にお茶をこぼせば、前世だったら、

「あなたの服も濡《ぬ》らしてみる？　あなたの血で」

とエレガントな対応をしたのだが、現世では、

「こういう色で服を染めてみるのも悪くなさそうね」

と趣味の悪い気遣いをしてみた。

召使いが私の予定を間違えて伝えたりしたら、前世では、

「これであなたの将来の予定も空白ね」

とインテリジェンスなことを言ったのだが、現世では、

「あの予定は今日は気が進まなかったの。気にしないで」

と口からでまかせを言った。

おかげで公爵家でのわたしの評判は高まった。

「セリーナ様は慈悲深い」「セリーナ様は幼くして高い徳を備えてらっしゃる」等々、こんなあざとい芝居に引っかかるなんて、みんなどうかしている。こんな他人のことばかり気遣う人間などいるわけがない。

しかし、おかげでエレノアがいかに狡猾《こうかつ》なやり方で人心を摑《つか》んでいったのかがよくわかった。

きっとエドワード様も、あの聖女を装った毒婦の演技に惑わされたに違いない。

一方で、わたしは習い事にも励んだ。礼儀作法的なことは、前世で一通りマスターしているので

問題はない。だが、二度とあのような死を迎えないためにも、わたしは自分自身が強くなる必要があるのだ。

すなわち、馬術、剣術、護身術である。本来は公爵家の令嬢が一生懸命やるようなことではないが、前世で無理矢理取り押さえられたときのことが、わたしにはトラウマになっていた。

あのような無礼な振る舞いを受けないために、身体を鍛えたかったのだ。

やり直した人生では、相手が誰であろうと勝手にわたしに触れることを許すつもりはない。

魔法の勉強にも力を入れた。公爵家は代々魔力の高い人間が生まれてくる家系であるが、わたしにはあまり魔力が備わっていなかったため、前世では真面目に取り組まなかったのだ。

しかし、現世では魔法の力も必要となる。そのために赤ん坊のころから、隠れて魔力向上の訓練に励んだ。魔力向上の訓練は基礎魔法を繰り返し唱えることやイメージトレーニングなどで構成されており、知識さえあればどんなに幼くても実行することが可能だ。しかも時間は腐るほどあった。

幼児期のこの訓練はとても有効だったようで、わたしの魔力はぐんぐん伸びていった。

「セリーナ様は魔法の才能がおありだ！」

六歳になって、初めて付いた魔法の家庭教師が感嘆した。それはそうだろう。こっちは赤ん坊のころから訓練を積んでいるのだ。そこらへんの子供とはレベルが違う。

ただ、魔法に関する知識は自分でも不思議なくらい持っていた。

（はて、わたしはこんなに魔法に詳しかっただろうか？）

我が家には魔法の書は充実していたが、そんなに読んだ覚えがないのに内容をよく覚えている本が何冊もある。

読んだ覚えがないのに覚えている本があるのとは逆に、あるはずなのにない本があるような気もした。

そんな違和感を覚えつつも、わたしの魔法の力は順調に伸びていった。

八歳になるころには中級魔法まで習得し、周囲からの称賛を浴びたが、こんなものでは満足できなかった。いざというときは、あの忌まわしいローズウッド学院ごと焼き尽くすくらいの魔力が欲しい。

わたしを見捨てた学友たちや教師たちを一網打尽にすべく、わたしは魔法の勉強に取り組んだ。

1―2　欲しいもの

十歳の誕生日を迎えた。誕生日会が盛大に開かれたが、相変わらずお母様は不愛想だった。わたしの素行がどれだけ良かろうが、勉強ができようが、魔法が上達しようが、それは変わらない。これは前世のときと同じだ。お母様はお茶くらいにしか興味がなく、色んな種類のお茶を嗜《たしな》んで日々を送っている。

わたしも今更お母様には何も期待していなかった。狙いはお父様だ。

「お父様、わたくし誕生日に欲しいものがありますの」

愛らしい笑みを浮かべて、わたしはお父様に抱き着いた。この日のために、鏡の前であざとい笑顔を猛特訓してきたのだ。何せここが正念場である。

「おお、セリーナ。おまえは天使のように可愛《かわい》いな。おまえの望むものなら何でも与えよう」

顔を綻ばせて、お父様はわたしを抱きかかえた。

決して美男子というわけではないが笑みを絶やさない優しい顔、ちょっぴりふくよかな体形。

前世でもお父様はわたしのことを溺愛して、何でも言うことを聞いてくれた。牢獄塔に閉じ込められていたときの、たったふたりしかいなかった面会人のひとりでもある。そしてわたしを救えなかったことを涙ながらに詫《わ》びたのだ。

父の笑顔に一瞬覚悟が揺らいだが、わたしは気を取り直して望むものを告げた。

「わたしは自分の従者が欲しいのです。それも同じ年頃の子を」

「おまえと同じ年回りの従者だと？」

お父様は困惑した表情を浮かべた。無理もない。赤子に子守として年若い者を付けることはあったが、子供に子供の従者を付けるなんて聞いたことがない。しかし、若くなければならないのだ。

「そうです、お父様。この屋敷にはわたしと同じ年頃の者がおりません。召使いたちは良くしてくれますが、わたしと同じ年齢の者たちを側《そば》におきたいのです」

「ふむ……」

お父様はしばし考え込んだ。

「では出自のしっかりした子供たちの中から、しかるべき者を選んで……」

実にお父様らしい無難な選択である。しかし、それはわたしの望むものではない。

そんなまともそうな人間など、わたしには必要ないのだ。

「いえ、お父様。わたしは恵まれない者たちの中から自分で選びたいのです。そう、例えば孤児院でひもじい思いをしている子供たちのような」

わたしが必要としているのは、飢えた狼《おおかみ》のような人間である。世を恨み、人を妬み、底辺を這《は》いつくばって生きているような者たちだ。ついでに拷問を受けても口を割らないような、鋼の精神を持っていることが望ましい。

そんな連中に今から教育と訓練を施し、わたしの優秀な下僕とするのだ。

わたしの命令ならたとえ王族でも躊躇《ちゅうちょ》なく殺害し、その場で自害できるようになってくれれば最高である。

「孤児院の子供など……そのような汚らしく卑しい者を、我が屋敷に入れることなどできぬぞ？」

さすがに温厚なお父様もこれには抵抗があるようだ。それはそうだろう。何が悲しくて、薄汚れた子供を公爵家の屋敷の中に入れねばならないのか。

ただ、わたしは将来起こるであろう聖女との闘争に備えねばならない。彼らは言わば、そのための使い捨ての駒だ。身分が低ければ低いほど望ましい。その点、親がいない孤児は後腐れがなくて、うってつけと言えるだろう。

「お父様、たとえ生まれが卑しくても、彼らとて同じ人間です。きちんとした教育を受ければ立派に成長することができると思うのです」

そう、子供は可能性の塊である。例えば今からきちんと暗殺技術を覚えさせれば、将来は立派な暗殺者に成長することだってできるはずだ。

「うーむ」

お父様は悩んでいるようだ。周囲の召使いたちはざわめいている。半数くらいは屋敷に孤児が来るのを嫌がっているが、残りの半数は興味がありそうだ。まったく呑気《のんき》なものである。おまえたちがもっと謀略とか暗殺ができる人材であってくれれば、こんな苦労はしないで済むというのに。

お母様はちょっと嫌そうな顔をしているが、いつものように何も言わない。

「お父様、何卒《なにとぞ》わたしに人として成長する機会をお与えくださいませ。恐らく失敗することもあるでしょう。しかし、彼らと共に人生を歩むことで、得られるものも大きいと思うのです」

わたしは成長しなければならない。あのにっくき聖女を今度こそ打倒するために。二度と前世のような惨めな敗者となってはならないのだ。可能であれば今すぐエレノアの息の根を止めてやりたいところだが、エレノアの父親の領地はとんでもなく辺鄙《へんぴ》なところにあるため、さすがに今は手が出せない。

教育中にうっかり孤児が死んでしまうような失敗もあるかもしれないが、そのときはまた追加を調達してくれれば済むことだ。立派な暗殺者とかスパイとかに成長した彼らと共に歩む人生は、得られるものが大きい。例えば王妃の座とか、この国とか。

「孤児たちに教育の機会を与えようというのですね！」「何という立派な志なのでしょう！」「慈悲深い。まるで聖女様のようだ！」

召使いたちは、わたしの言葉に感動していた。そう、わたしは慈悲深い。捨てられた子供たちに立派な役割を与えようとしているのだから。

「セリーナ、おまえがそこまで考えているとは思わなかったよ。わかった。わたしが手配しよう。孤児院に連れて行ってあげるから、そこで好きなだけ子供を選ぶと良い」

「ありがとうございます、お父様！」

わたしはお父様に抱き着いた。本当に嬉《うれ》しい。これでようやく将来の戦力を得ることができる。

1—3　孤児院

数日後、わたしはお父様と共に馬車に乗って孤児院に向かった。

公爵家の屋敷は貴族街の奥にあるため、途中で他の貴族たちの屋敷の側をいくつも通り抜けることになる。その中のひとつにわたしは見覚えがあった。前世でも見ている景色なのだから当たり前ではある。

しかし、その見覚えのある屋敷が誰のものであるのか、さっぱり思い出すことができないでいた。どこにでもありそうな、恐らくは下級貴族の屋敷だ。

「お父様、あの屋敷はどなたのものですか？」

わたしは馬車の窓から指を指した。

「レイヴンウッド子爵の屋敷だよ。代々優秀な魔法使いを輩出することで知られる家柄だ」

まったく聞いたことがない名前だった。何かの勘違いだろうか？

ただ、馬車がそこを通り過ぎるまで、わたしは後ろ髪を引かれるように、じっとその屋敷を眺めていた。


連れていかれた先の孤児院は、予想よりも立派なところだった。

修道院に併設されている建物は歴史のありそうな石造りで、広々とした中庭も備えている。

一歩敷地内に足を踏み入れると、子供たちが中庭で遊んでおり、笑い声や歓声が響き渡っていた。

庭はきちんと手入れされており、鮮やかな花々が咲き誇っている。

あれ？　あんまり殺伐としていない？

何で楽しそうに生活しているの？　親がいないのだから、もっと悲哀に満ち溢《あふ》れた生活をしていて欲しいのだけれど。

建物の入り口には古い木彫りの扉があり、その上に孤児院の名前が刻まれていた。

――ホーリーヘイヴン孤児院――。

中に入ると長い廊下が広がっていて、壁には子供たちの描いた絵や手作りの装飾品が掲示されていた。廊下の両側には子供たちの寝室があり、ベッドが整然と配置されている。

わたしの想像では、一切れのパンを巡って子供たちが血みどろの争いを繰り広げている地獄のような場所だったのだが、思ったよりもまともでがっかりした。


「ようこそ、ローゼンバーグ公爵、それにセリーナ様」

孤児院の中でわたしたちを出迎えたのは、院長を務めている太った初老の修道女だった。いかにも包容力がありそうな優しそうな人物である。わたしとしては、金切り声で子供たちを叱り飛ばすような陰湿な人であって欲しかった。

大丈夫だろうか、この孤児院は？　ちゃんとまっとうに道を踏み外した子供たちはいるのだろうか？

「このたびは孤児の中から従者をお選びくださるとのことで、その寛容な試みにわたくしは感謝しております」

公爵家に仕える従者は勤め先としての待遇は良く、本来ある程度の身分や教養が必要である。それを孤児から選ぶというのだから、院長が感謝するのは当然と言えた。まあ、わたしの従者の待遇はかなり過酷なものになると思うけど。

「公爵家に仕えるのにふさわしい子供たちをこちらであらかじめ選んでおきましたので、どうぞこの子たちの中からお選びください」

そう言うと、院長は後ろに控えていた子供たちをわたしたちに紹介した。

少し緊張しているようだが、彼らは小綺麗な恰好《かっこう》をして、子供らしい澄んだ表情をしている。

「ようこそいらっしゃいました、公爵閣下、セリーナ様」

練習してきたのか、わたしたちに対する挨拶も様になっていた。ある程度の礼儀作法も教え込まれているのだろう。

……違う。わたしが求めているのは、こんな連中ではない。

もっと暗黒面に堕《お》ちていないと困るのだ。いざエレノアを目の前にして、突然良心を取り戻されたらたまったものではない。何せあの聖女ときたら、街のならず者たちが涙ながらに改心してしまうような難敵なのだ。わたしとしては、やさぐれた顔をして庭の隅っこで虫を殺して遊んでいるような子供が欲しい。

「院長様、お気遣いは大変ありがたいのですが、わたくしと致しましては、子供たちを自分の目で見て選びたいのです。ですので、できれば他の子も紹介して頂けると嬉しいのですが」

わたしは言葉を選んで丁寧に要望を伝えた。前世であったら「余計な気遣いと脂肪を持て余してらっしゃるのね」くらいのことは言っていただろう。

「なるほど。では他の子供たちも紹介させて頂きます。どのような子をお望みでしょうか?」

気を悪くした様子もなく、院長は朗らかに対応してくれた。

「そうですね。力が強くて乱暴な子ですとか、悪知恵が働いて人を騙《だま》してばかりいるような子ですとか、動物を顔色ひとつ変えずに殺せるような無慈悲な子とかが望ましいですね」

「えっ?」

院長の笑顔が引き攣《つ》った。

◇　◇　◇

「この子はリチャードです。父親は悪名高い荒くれ者で、度重なる暴力行為を罪に問われて牢獄に入っています。リチャードもしょっちゅう他の子に暴力を振るっていて、わたくしどもも手を焼いている問題児のひとりです」

院長は戸惑った表情を浮かべながら、リチャードを紹介した。

わたしと同じ年のはずだが一回り身体が大きい。褐色の肌に茶色い短髪のその顔は、見るからに粗暴そうだった。わたしたちのことを貴族とわかっているはずなのに、不貞腐《ふてくさ》れた態度を取っている。

素晴らしい逸材だ。父親も犯罪者という血統書付きである。今から鍛えれば将来は有望な暴力馬鹿に育つだろう。貴族とわかっていながら、反抗的な目つきでこちらを見ている頭の悪さもたまらない。わたしのために存分に力を振るってもらうとしよう。

「一人目はこの子にします」

わたしは即決した。

「えっ？　本当にリチャードでいいんですか？」

院長は困惑していた。こんな問題児を公爵のところに行かせてもいいものか、判断しかねているのだろう。

「おい、勝手に何を決めていやがる！　貴族だからって調子に乗ってんじゃねぇぞ？」

リチャードは底抜けの馬鹿だった。普通、公爵家の令嬢にそんな口を利いてタダで済むわけがない。前世のわたしだったら畑の肥やしに変えていたところだ。実際、お父様が連れてきた従者たちが色めきだっている。

それをわたしは手で制した。

「リチャード。今日からあなたはわたしの従者候補になります。不満があるならかかってきなさい？　力にだけは自信があるのでしょう？　頭は弱そうだしね」

「言ったな、この野郎っ！」

わたしの挑発に乗って、リチャードはつかみかかってきた。まったく単細胞な子だ。訓練されていないから動きも雑である。

現時点では、きちんと護身術の訓練を積んでいるわたしの敵ではない。

身を沈めて攻撃をかわすと、がら空きになったリチャードの顎に掌底を入れた。そして、相手が立《た》ち眩《くら》みを起こしたところで、すかさず股間を蹴り上げる。

「ごおおぉっ……」

うめき声をあげてリチャードは地に伏した。

「どちらが上かわかったかしら？　負けたからには、わたしの言うことを聞いてもらうわよ？」

こういう輩《やから》は実力で上下関係をはっきりさせるに限る。

「では院長様、次の子を紹介してください」

悶絶《もんぜつ》するリチャードを横目に、わたしは院長に微笑《ほほえ》みかけた。

院長は目を白黒させていた。

◇　◇　◇

「オスカーです。男の子たちのリーダー的な存在なのですが、わたしたちには反抗的で、勝手に孤児院を抜け出したりして手を焼いています」

紹介された男の子は不敵な笑みを浮かべていた。綺麗な黒髪に切れ長の目。さぞかし女の子にもてるのであろう。何なら、わたしにも簡単に取り入ることができると思っているのかもしれない。

残念ながら中身のわたしは外見年齢＋十八歳なので、子供には興味がなかった。

そんなことを言ったらエドワード様も現時点では子供なのだが、王太子と結婚できれば地位と名誉と権力が手に入るので比較にならない。付いてくるものが違う。

「この子の親は詐欺師か何かなのですか？」

外面を生かして言葉巧みに人を騙しそうな雰囲気があるが、親もその類《たぐい》だろうか？

わたしが院長に投げかけた質問を聞いて、オスカーは嫌そうに眉間に皺《しわ》を寄せた。

「いえ、父親が貴族で母親が平民なのです。それで色々あってここに……」

院長が言い淀《よど》んだ。

なるほど、よくある話だ。貴族が平民の娘に手を出して、子供ができてしまい、その扱いに困って孤児院に預けたと。オスカーも父親が貴族ということを知っているので、変に自信があるのだろう。

まあ、顔は良いし、貴族の娘たちを籠絡するのに使えるかもしれない。とりあえず確保だ。

「わかりました。では、この子も従者候補にします。貴族の子であろうが、平民の子であろうが、わたしのところでは等しく価値がないことを思い知らせてあげるとしましょう」

わたしはオスカーの顎を人差し指でくっと上げた。この整った顔が苦痛に歪《ゆが》む姿を是非見てみたい。そう思うと自然と口の端が上がり、悪い顔になってしまう。

そんなわたしの顔を見たせいか、オスカーは怯《おび》えた表情を浮かべた。失礼なヤツだ。あとでひどい目にあわせてやるとしよう。

◇◇◇

「ルイスです。事故で両親を失い、ここに来ました。ルイス自身もその事故のショックでなかなか心を開いてくれません。友達もできず、いつもひとりでいます」

院長から紹介されているにもかかわらず、その子は俯《うつむ》いたまま顔を上げようとしなかった。

恐らく心に傷を負っているのだろう。

良い感じだ。こういう闇を抱えている人間は心の隙間に付け入りやすい。放っておいても、そのうち勝手に宗教とかに救いを求めていくタイプだ。

今のうちにしっかり教育すれば、わたしに忠誠を誓って火の中でも水の中でも飛び込んでいってくれるに違いない。

「わかりました。この子もわたしが引き取りましょう」

「えっ？　この子は何も悪いことをしているわけではありませんよ？」

院長が驚いている。この人は何を言っているのだろうか？　別にわたしは悪人を求めているわけではない。優秀な下僕になれる人材を求めているだけだ。

ルイスもわたしの従者になれるとは思っていなかったようで、不思議そうな顔をしている。

「大丈夫、何も心配いらないわ。わたしはあなたのことを必要としているのだから」

わたしはルイスの肩にそっと手を置いた。すると彼は小さく頷《うなず》いた。よし、契約成立だ。

「問題ないようですね。では次にいきましょう」

院長は何故《なぜ》か気の毒そうにルイスを見ていた。

◇　◇　◇

「次の子はイザベルです。母親は娼婦《しょうふ》で病で亡くなりました。頭が良くて綺麗な子なのですが、独善的なところがあって、人を陥れるようなことばかりするのです。ときには大人まで被害に遭うこともあり……」

そう言って院長が紹介したのは、綺麗な青い髪をした少女だった。十歳にして、すでに妖艶な雰囲気を醸し出している。彼女は怯えたようなふりをしながらも、こちらを探るような目で見ていた。

典型的な企《たくら》みごとが好きな女だ。人を陥れて、それを安全な場所から傍観するようなタイプ。頭は良くても、それを悪い方向にばかり使う。

ロクでもない人間だが、悪だくみは得意そうだ。使える手駒になれるだろう。

「この子も従者候補にするわ」

わたしが院長に告げると、イザベルはびくりと身体を震わせた。

「あの、わたしなんて何の役にも立たないと思いますが……」

今にも泣きそうな顔。消え入りそうな声。これでは確かに物の役に立ちそうもないように見える。

が、それらはすべて芝居だ。前世で十八年、現世で十年、女として生きてきたわたしにはわかる。

この手の女は人を騙すためなら涙すら自由に流せる。

恐らくイザベルは本能的に危険を察知して、わたしの従者候補となることを回避しようとしているのだろう。

そういう部分も含めて、申し分ない資質である。こういう人材をわたしは求めていた。

「あら、イザベルはお母様みたいに娼婦にでもなりたいの？　素敵な将来の夢ね」

わたしの言葉に、先ほどまでのイザベルの儚《はかな》い表情は一変し、顔を歪ませて激しい怒りを見せた。

この世のすべてを恨んでいるかのような顔だ。ぞくぞくする。その顔が見たかった。

「良い顔ね。わたしの従者にふさわしいわ」

悪鬼の形相でにらんでいるイザベルの耳に、わたしは顔を寄せた。

「頭の良いあなたならわかると思うけど、これは決定事項よ。公爵家に逆らうとどうなるか、わかっているわよね？」

ある程度目端が利きそうな子は、権力の持つ意味を知っている。

わたしの脅迫に彼女は悔しそうに顔を背けた。

「院長様、次の子をお願いします」

院長は何が起きているのかわからず、おろおろしていた。

◇　◇　◇

「あそこにいるのがエマです」

院長が指差した先には、孤児院の石壁にへばりついている女の子の姿があった。猿みたいにすいすい壁を登っている。

「活発と言いますか、それを通り越して危険なことばかりしている子です。運動はよくできるのですが、わたくしどもでは持て余し気味で……」

「わたしの従者候補にします」

これも即決である。素晴らしい運動神経だ。危険な任務もこなしてくれるであろう。

そういうわけで、本人が壁をよじ登っている間にエマはわたしのものとなった。

院長も何かを諦めたようで、エマには知らせもせずに、すぐに次の子のところへと歩みを進めた。

◇　◇　◇

「アリスです。本が好きな子なのですが扱いに困っています」

だんだん院長の説明が雑になってきた。この際、公爵家に引き取ってもらいたい子供を紹介し始めている感がある。

赤みがかった髪をしたアリスは大人しそうな子だったが、わたしのことをじっと見ていた。

「困る？　何故ですか？」

「孤児院には本が少ないのですよ。だから、文字が書いてあるものなら何でも読もうとするんです。例えば人の手紙や日記など、何でも」

なるほど厄介だ。しかし、勉強熱心なのは悪いことではない。

「アリス、魔法を勉強する気はあるかしら？」

「……あります」

無感情にアリスは答えた。本当にやる気があるかどうかは不安だが、肉体系ばかり集めても仕方がないので、こういった子も必要だろう。魔法使いにでもなってくれたら儲《もう》けものである。

「じゃあ、この子も頂こうかしら」

取り繕うのも面倒くさくなったので、服でも買う気軽さでアリスを従者候補に決めた。

こうしてわたしは、院長ご推薦の問題児たちを次々と従者候補として指名していった。

そして最終的に、イザベル、アリス、エマ、リチャード、オスカー、ルイスの計六人が私の従者候補となることが決定。本人たちの意思は関係ない。

せっかく公爵家の従者候補になれたのに、喜んでくれる者が少ないのは残念だ。

わたしはそれ用にチャーターした馬車に彼らを詰め込んで、屋敷に持ち帰った。

院長は最後まで何か言いたそうだったが、問題児たちが一人残らずいなくなることに安堵《あんど》しているようでもあった。

1―4 施設

屋敷に戻ったわたしは、さっそく連れて帰った孤児たちを庭に整列させて宣言した。

「わたしは公爵令嬢にして、あなたたちの主《あるじ》となるセリーナです。これからは話しかけられたときだけ、口を開きなさい。わたしは女性ですが、男性よりもはるかに厳しくあなたたちを教育します。したがって、わたしに対して言葉を発するときは、前にも後にも『サー』をつけるように。ゴミ虫さんたち、わかりましたか？」

この言葉に六人がギョッとした表情を浮かべた。しかも、誰の返事もない。

わたしは魔法を唱えて、掌《てのひら》に火の玉を浮かべた。

「わかりましたか？」

「サー、イエッサー」

慌てて六人が返事をした。しかし、声が小さい。

「なんですか、その声は？　わたしの心に届かないのですが？　こんがり焼いてあげれば、ヒキガエルのように良い声で鳴くことができるようになるのかしら？」

わたしは炎を大きく燃え上がらせて、掌を彼らに向けた。

「サー、イエッサー!!」

六人の声が屋敷の庭に響き渡った。良い感じである。

「あなたがたは長い訓練を耐え抜くことができたら、栄えあるわたしの従者になれます。仕事内容はわたしのために命を捧《ささ》げること、それだけです。

ただ、従者になるまでは、あなたたちは石ころも同然。世界で最底辺の存在です。人間ではありません。犬の糞《ふん》のかけらくらいの値打ちしかない。

あなたたちは厳しいわたしを嫌うかもしれません。しかし、わたしを嫌うということは、それだけ成長できたということです。

わたしは誰にでも公平に厳しい。故にここには差別など存在しません。孤児でも娼婦の娘でも貴族の息子でもみんな平等に扱います。何故なら、わたし以外の人間には価値がないからです。そのわたしに仕えることができるあなたたちは、幸せな人間と言えるでしょう。

しかし、従者としてふさわしくない役立たずは排除する必要があります。排除は死を意味し、逃亡は苦痛を伴う死を意味します。ゴミ虫さんたち、わかりましたか？」

「サー、イエッサー!!」

彼らは顔を強張《こわば》らせて、やけくそ気味に叫んだ。

わたしは孤児たちを訓練するにあたって、暗殺者を育成するための教育方法を参考にしている。

お父様の腹心に影働きをする者がいて、あらかじめ詳細に話を聞いておいたのだ。彼は一見して人の良さそうな執事だったが、その筋では有名な人間だったらしい。

わたしがその手の話をねだると、まるで孫にでも話を聞かせるように色々と教えてくれた。

例えば『サー』という男性に使う敬称を必ず用いるべきだと説いたのも、この執事だ。

「教導する者を必ず『サー』と呼ばせるべきなのです。それ以外はわたしは認めません」

うっとりと彼は言っていた。だから、わたしも『サー』という呼称を採用している。

多分、好奇心旺盛なお嬢様だとでも思っていたことだろう。まさか、幼い少女が聞いたことを実行するとは考えもしていなかったはずだ。

その執事は先代から仕えていたので、かなりの高齢となり、少し前に暇《いとま》をもらって引退している。

なので、今この屋敷に、わたしが従者たちを暗殺者のように鍛えようとしていることがわかる者はいない。

恐らくその執事がいたら「何を馬鹿なことを」と止められていただろう。しかし、彼が引退することは前世の記憶で事前にわかっていたから、このタイミングで実行したわけだ。

故にわたしの計画を邪魔する者はいない。家の者たちは、わたしが同世代の従者候補たちに対して、微笑ましい教育ごっこをやっているとでも思っていることだろう。

さて、聞いた話によると、罵詈《ばり》雑言《ぞうごん》を浴びせてストレスを与え続けることが、良い暗殺者を育てるコツだそうだ。

もちろん、十歳の子供たちにひどい言葉を投げつけるのは、わたしの本意ではない。

本当はわたしはこんなことはしたくないのだ。しかし、崇高な目的のためには心を鬼にしなければならないこともある。

何故だろう、口元が緩んで仕方がない。

◇　◇　◇

話は少し遡る。

わたしは常々お父様から、

「好きなものを何でも買ってあげるよ？」

と言われていた。前世でも現世でもだ。

前世ではドレスや装飾品、美術品など色々買ってもらった。

けれど、現世ではあまりものをねだったりはしていない。服や宝石など、結局何の意味もなかったことを死んだときに悟ったからだ。

「力が無ければ生きていけない」。それこそが真理だ。

お金が不要というわけではない。むしろ、前世よりも必要になる。

例の執事から聞いた話によると、暗殺者を育成するには特別な施設がいるらしいのだ。

丸太でできた巨大な障害物、進むのが困難な泥沼、断崖絶壁の岩山等々、それはもう色んなものが必要らしい。

しかし、我が公爵家の庭は広大ではあるが、当然そんなものはない。ない以上は造るしかない。

そこでお父様に相談した。

「今度連れてくる従者たちを教育するために、庭にちょっとしたものを造りたいのですけれど宜《よろ》しいでしょうか？　少しお金もかかってしまいそうですが……」

お父様は笑って請け負った。

「お金のことは気にしなくていい。おまえの好きなようにしなさい」

何て優しいお父様。

——というわけで言質は取った。早速わたしは建築関連の職人と人夫たちを招き入れると、どんなものを造るのか指示した。

「あの、お嬢様。この垂直で大きなハシゴのようなものは高過ぎて、人が落ちると死ぬと思うのですが……」

職人が恐る恐る質問してきた。

「落ちるヤツが悪いのよ。かまわないわ」

「指示通りの泥池を造りますと、深過ぎて底なし沼になり、人が完全に沈んでしまうと思うのですが……」

「沈む前に渡り切ればいいのよ。問題ないわ」

「このサイズの岩で岩山を造りますと、落石が起こった場合、人が跡形もなく潰れてしまうと思いますが……」

「落石を避《よ》けられないノロマなんて要らないのよ。ちょうどいいわ」

このような建設的な話し合いの結果、出来上がったのが従者用の訓練施設である。

天高くそびえるハシゴなどで構成された丸太の障害物、沈んだら二度と浮かび上がることのない泥沼、無数の岩を積み重ねてできた巨大な岩山等々、実にお金がかかった。お父様がお金持ちで本当に良かった。

「……セリーナ、君は随分変わったお金の使い方をするね？」

後から届いた請求書を見たお父様は、頬をピクピク震わせながら笑っていた。

◇　◇　◇

実は、かの執事は少し誇張してセリーナに訓練施設の話をしていた。本当はそこまで手の込んだものではなかったのだが、面白さを優先させて話を盛っていたのだ。

ところがセリーナは「それなら自分はもっと凄《すご》いものにしよう」と、聞いた話よりもさらにスケールアップさせたものを設計した。

その結果出来上がったのが、『悪意』をコンセプトとした非人道的なテーマパークであった。

「あなたたちのために造ったのよ！」

セリーナが喜色満面で、自分がプロデュースした訓練施設を孤児たちにお披露目した。

彼らは呆然《ぼうぜん》とその巨大で凶悪な障害物の数々を眺めている。

（まさかこれに挑戦しろというんじゃないだろうな？）

孤児たちの表情はそう物語っていた。ただ、運動が好きなエマだけが嬉しそうにしている。

「じゃあ、とりあえずハシゴから登ってもらおうかしら」

セリーナは一際目立つ丸太でできた巨大なハシゴを指差した。一番上から落下したら骨折程度では済まないのは明らかだった。

「サー、あの月に行こうとして途中で造るのを止《や》めたような巨大なハシゴは、誰か登ったことがあるのでしょうか、サー」

思わずオスカーが質問を投げかけた。ちゃんと人間が登ることができる代物なのか確認がしたかったのだ。できれば安全性も。

「ないわ。あなたたちが初めてよ」

回答は無慈悲だった。

こうして彼らの地獄は始まった。

セリーナが造り上げた地獄の障害物の数々に、孤児たちは次々と脱落していった。

ほとんどの者が丸太のハシゴのあまりの高さに途中で動けなくなり、それを突破しても静かに沼に沈んでいった。唯一、エマだけが断崖絶壁の岩山まで到達したが、登っている最中に滑落する有様だった。

死者が出なかったことが不思議なくらいである。

セリーナは考えた。

（あまりにも達成率が低いわね。何がいけないのかしら？　基礎体力？）

自分が悪い、という発想が最初からないセリーナは、難易度が不適切であるという考えには至らなかった。そこで「訓練施設を利用させるには孤児たちが未熟だった」という結論に達し、基本的な体力をつける訓練から始めることにした。

「基礎体力をつけるために、走るところから始める」というセリーナの話に孤児たちは心から安堵したが、彼らは自分たちの主がどんな人間であるかをまだ十分に理解していなかった。

しばしの間、使う者がいなくなった訓練施設だったが、物珍しさもあってか、公爵家の使用人たちがそれに興味を惹《ひ》かれた。彼らは戯れに挑戦してみたのだが、洒落《しやれ》にならないような怪我人が続出し、心から孤児たちに同情したという。

1―5　訓練

「おい、大丈夫か、しっかりしろ！」

リチャードが倒れたルイスに声をかけた。彼らは基礎訓練で庭を走らされていた。この訓練が始まってから、すでに幾日かが経過している。

庭といっても公爵家のそれは広大である。彼らが走っているのは小さな村くらいはありそうな森の外周で、それを十周走ることを課せられていた。しかも、ギリギリ持てる程度に計算された重さの土嚢《どのう》を背負わされていた。

当然、体力のない者がどうしてもついていけなくなる。この年頃では体力的な男女差はあまりなく、太っているルイスが皆の足を引っ張る形となった。

「……リチャード……僕は駄目だよ……やっぱりついていけないんだ……」

地面に手をついて、とぎれとぎれに息をしながら、ルイスは涙を流していた。

「馬鹿野郎、ルイス！　おまえはここで諦めるつもりかよ！　あのクソ女は躊躇なくおまえを殺すぞ？　あいつは悪魔だ。それも他の悪魔が裸足《はだし》で逃げ出すような極めつきの性悪だ！　俺たちの命を晩飯の付け合わせの野菜くらいにしか思ってねぇんだぞ？」

「でも、僕がいたらみんなの迷惑になるよ……」

本来的にはリチャードはルイスのような軟弱者は嫌いだった。孤児院にいたときは、すれ違いざまに殴る程度の仲だった。しかし、ここには恐怖と暴力で彼らを支配する公爵令嬢がいる。

孤児院では問題児だった彼らは、セリーナという暴君を前に自然と団結するようになっていた。

そして、その恐怖の支配者が、ゆっくりとリチャードたちに近づいてきていた。

「あら嫌だ。わたくし、この時間帯にお昼寝のスケジュールを入れたかしら？　ねぇ、リチャード？」

まるで獲物をいたぶる蛇のような笑みをセリーナは浮かべている。

「サー、もうルイスは限界であります、サー」

せめてもの慈悲を引き出そうと、リチャードは訴えかけた。

「あらそうなの？　でもいいわよ、そのまま寝てて。無理は禁物ですもの。ただ、ルイスが寝ている間は他の子たちは走り続けなければならないでしょうね」

もちろん、セリーナに慈悲の心は存在しなかった。

（くそっ、やっぱりこいつは人の皮を被《かぶ》った悪魔だ。母親の腹の中に人の心を忘れてきてやがる）

リチャードは心の中で毒づいた。面と向かって言わなくなっただけマシになったとも言える。セリーナの魔法によって身体にいくつもできた火傷《やけど》の痕が、彼を成長させた。

「サー、ひとつお願いがあります、サー」

「何ですか？　願い事を聞くのはわたしではなく、神様のお仕事ですよ？」

「サー、では、わたしがルイスを背負って走るという提案を致します、サー」

セリーナは目を大きく見開いた後、楽しそうに微笑んだ。

「素晴らしい提案だわ、リチャード。良いでしょう、その提案を受け入れます。ちゃんとルイスの土嚢まで持つのよ？」

「いけない、リチャード。いくら君に力があっても、それは無理だ」

ルイスはリチャードを止めようと何とか立ち上がろうとしたが、土嚢の重さに膝が折れた。

「黙ってろ！　おまえは今から俺の荷物だ。荷物が勝手に喋るな！」

リチャードは強引にルイスを背負い、両手にひとつずつ土嚢を抱えた。

そしてゆっくりと走ろうとした。しかし、いくら力自慢のリチャードでも、人ひとりと土嚢ふたつを抱えて走るのは困難である。足が思うように動かない。

「あらあら、わたしは散歩をしろだなんて、あなたたちに言った覚えはないわ？　走らないと一周には数えなくてよ？」

セリーナはとても楽しそうだった。

（くそっ、あの女、いつかぶち殺してやる！）

リチャードは頭の中でセリーナを何度も殴ったが、現実はどうにもならない。

せめて足を速く動かそうと試みるも、足が地面にめり込んで動かないような感覚を覚えた。

（俺の力はこんなものなのかよっ！）

リチャードが自分の力のなさを嘆いたそのとき、同じく庭を走っていたオスカーとエマが近づいてきた。そして、リチャードの両脇に抱えていた土嚢をひとつずつ持った。オスカーとエマはふたつの土嚢を抱える形となったが、何とか足を止めずに走っている。

イザベルとアリスもリチャードの後ろからルイスに手を差し伸べて支えて、共に走る意志を見せた。

思わぬ仲間たちの支援に勇気づけられたリチャードは力強く走り始めた。

エマとアリスはともかく、オスカーとイザベルはこのようなことをする人間ではない。孤児院ではできない子供を嘲笑し、自分の邪魔になる子供は徹底的に排除していた。

実際、リチャードの行動を見て、このふたりは冷笑したのだ。

「馬鹿だな、あいつは」と。「できもしないことをやろうとするのは愚かだ」と。

しかし、そんな言葉とは裏腹に、彼らはふたりに救いの手を差し伸べたのだった。

「自分たちも馬鹿の仲間入りをした」と自嘲しながらも。

そんな孤児たちの姿を遠目で見ていた公爵家の召使いたちは感動していた。彼らはセリーナの従者候補たちを汚い孤児と揶揄《やゆ》し、セリーナの謎の訓練に何の意味があるのかと首をかしげていたのだ。

しかし、目の前で起きている孤児同士の美しい行動を前にして、「セリーナ様は卑しい孤児たちを心から鍛え直しているのだ！」と勝手に納得している。

一方、セリーナは考え込んでいた。

こんな話は引退した執事から聞いてない、と。

セリーナは気付いていないのだが、彼女は少し……いや大分やり過ぎていた。かの執事がセリーナの教育を見ていたら、

「お嬢様、それはやり過ぎです。わたくしどももそこまでひどくはありません」

と諫言《かんげん》していたことだろう。実際は適度に褒美も与えて、訓練する者同士の競争意識を煽《あお》らなければならなかった。しかし、セリーナは褒美もやらずにひたすら追い込んだため、従者たちは競争意識を持つどころか、仲間としての結束を強めていったのだ。

だが、そんなことにセリーナが気付くはずもなかったので、対処方法を考えあぐねていた。

（どうしよう？　もっとひどい目に遭わせるべきなのかしら？）と。

孤児たちは理不尽な訓練を一致団結して乗り越えていった。

その先に待っていたのは、地獄の障害物だったが、それすらもお互いをかばい合いながら、ひとつひとつ着実に攻略していった。

「いいぞ！　ルイス！　あと一段だ！　それを乗り越えれば、後は下りるだけだ！」

高いところが怖くてなかなか丸太のハシゴを突破できなかったルイスが、とうとう一番高い段を乗り越えて反対側から下り始めたときは、みんなが我がことのように喜んだ。

孤児たちは精神的にも肉体的にも確実に成長していった。

それは結果としてはセリーナが意図したところではあったが、暗殺者の育成方法とは大分かけ離れたところにあった。

セリーナの訓練方法がひどすぎて、陰湿な暗殺者を育てているというより、努力・友情・根性が備わった真っ当な人材が育ちつつあったのだ。

第2章　従者候補たちの日常

2―1　犬

孤児たちが屋敷に来てから一年、今では彼らの訓練は多岐にわたっている。

最初はルイスが体力的についてこられなかったので脱落させようかとも思っていたけれど、わたしの教育が良かったのか徐々に訓練をこなせるようになってきていた。

体力的な訓練はもちろん、礼儀作法、教養もわたしの家庭教師たちから学ばせている。彼らは将来わたしと共にローズウッド学院に行くのだから、最低限の知識は覚える必要がある。最初は家庭教師たちに反抗的な態度を見せる者もいたが、そういった場合は庭を走らせて魔法の的にした。動く標的に呪文を当てるのはなかなか難しく、魔法の良い練習になった。孤児たちがすぐに教師たちに反抗しなくなったのは残念だったが。

彼らの訓練はそれなりに過酷なものだったが、多少怪我《けが》をしたところで、公爵家には専門の治療師がいる。普段はまったく仕事をする必要がないので、働かせるには良い機会だったと思う。ちょっと怪我をさせ過ぎて、お父様のところに苦情がいくこともあったが、そんなことは知ったことではない。こっちは自分の命がかかっているのだ。訓練に手を抜くことなどできない。

六人のうちアリスには魔法使いの素質が、ルイスには僧侶の素質があったので、このふたりには魔法も学ばせている。その時間、残りの四人には武器を使った訓練を施した。

訓練は非常に順調である。最近では孤児たちに余裕すら出てきている。そこで彼らに新たな試練を課した。

犬の飼育である。


「サー、犬の飼育でありますか、サー」

リチャードが質問した。不用意な発言はしなくなったものの、真っ先に質問してしまう危険性をまだ理解していないようだ。多分、他の五人はわかっていて放置しているのだろう。スケープゴートは必要なのだ。

「そうです。犬を飼うことを通して、あなたたちの心の教育を行います。孤児であったあなたたちには欠けたものがあります。犬の飼育を通して、それを埋めるのです」

「サー、イエッサー！」

何の疑問も持たずにリチャードは納得した。他の者たちは多少の違和感を持っているようだが、わざわざ口にはしない。賢いことだ。

さて、彼ら六人に飼育を任せるのは、ルイスに街で集めさせてきた六匹の野良犬である。犬種はわからないが、いずれも子犬だ。何故《なぜ》ルイスに集めさせたのかと言うと、一番逃走の恐れがなく、昔犬を飼っていた経験があることから、犬に慣れていたからだ。

ちなみにわたしは昔から、というか前世から犬が苦手である。

呼んでもないのに、あいつらは勝手にわたしのところへやってくる。

例えば一匹の犬がいたとしよう。犬好きな連中が一生懸命構おうとするのだが、それらをすべて無視して、わたしのところへ一直線に突撃してくるのだ。逃げたりすると、全力で追いかけられる羽目になる。

これはわたしの体質のようなものだ。ただ、噛《か》まれて怪我をしたようなことはない。犬を飼うのが好きな貴族はそれなりにいて、王室主催の園遊会に連れてきたりするのだが、わたしにはそれが怖くて仕方なかった。

前世の、とある園遊会の場で、わたしが他の貴族の子弟と話をしていたときの話だ。後ろから奇妙な音がずっと聞こえていたことがあった。ザッザッザッと、たくさんの兵士が足を揃《そろ》えて歩くような、そんな音だ。

何かと思って振り向くと、二匹の犬がわたしに飛びかかろうとして前足で何度も地面を蹴っているのが目に入った。それを飼い主の貴族とその従者と周囲の者たちが、力を合わせて縄を引っ張って制止していたのだ。

二匹の犬は目をギラギラと輝かせ、口を開いて牙をむき出しにし、そこから舌を出して唾液を垂らしていた。どう見ても、わたしを食べようとしているとしか思えなかった。

あれは恐ろしい体験だった。二度の人生の中で二番目に怖かった体験だ。一番は毒を飲まされて死んだときだから、事実上の一番と言っても過言ではないだろう。

まあ、わたしの話はどうでもいい。わたしが直接犬と関わることは金輪際ないのだから。

孤児たちには子犬を一匹ずつ面倒見させることにした。これからは寝食を共にしてもらう。手抜きは許されない。

その生活を三年程続けさせて、犬と家族同然の関係性を築き上げた後に、飼い主である孤児たちの手で殺させるのだ。

かの執事曰《いわ》く、愛着を持った犬の殺害こそが暗殺者の教育の仕上げであるらしい。これをさせないと、いざ任務となったときに、なかなか相手を殺すことができないそうだ。

わからなくはない。いきなり人を殺せと言われても簡単にはいかないだろう。それを犬で、しかも自分の飼い犬で予行演習をさせることで、事前に心理的な障壁を取り除くというわけだ。

まったく先人の知恵は偉大である。孤児たちが自らの犬を殺し、血も涙もない冷酷非情な暗殺者となったそのときこそ、彼らは正式にわたしの従者となるのだ！

……それはいいのだが、何で六匹の子犬たちはそろいもそろって、わたしのところに寄ってこようとしているのだろうか？

ルイスたちが必死に押さえようとしているのだが、まったく言うことを聞く気配がない。

正直に言って怖い。いや、今のわたしなら犬くらい簡単に殺すことはできるのだが、前世から刷り込まれ続けた恐怖心は、そう簡単に消えるものではないのだ。

とはいえ、孤児たちを前に犬を怖がることなどできない。わたしにも立場というものがある。

「ふうっ、困ったものね？　子犬の一匹も手懐《てなず》けることができないの？　あなたたちに寄ってくるのは夏の夜の蚊ぐらいしかいないのかしら？」

精一杯の強がりで皮肉を言った。

「サー、すいません、サー」

ルイスが謝りながら必死に子犬を抱き上げようとしていた。しかし、子犬はその腕をするりと抜けると、わたしの元へと一直線に走り寄ってきた。他の五匹もほぼ同時にわたし目掛けて突進してきた。

「ハッハッ!」「フッフッ!」「バッバウッ!」「ワンワン!」「クンクン!」「ガウガウ!」

六匹の子犬はわたしを取り囲み、吠《ほ》えかかったり、服を引っ張ったり、足を乗せてきたりとやりたい放題である。

正直に言おう、わたしは失神しそうだ。気を抜けば意識は遥《はる》か彼方《かなた》に羽ばたいていくことになるだろう。

しかし、倒れるわけにはいかない。聖女と戦う前に子犬に倒されたとあっては、ただの喜劇である。何のために人生をやり直しているのかわからない。

孤児たちからも舐《な》められることになるだろう。わたしは舌を強く噛んで意識を保った。

「犬は残酷ね。誰が魅力的なのかはっきりさせてしまうのですもの。親に見放され、犬に見放され、力でも負け、礼儀作法でも負け、魔法でも負けて、あなたたちに生きる意味はあるのかしら? チャンスをあげるから早く犬たちを連れて行きなさい。子犬の面倒も見られない者など、わたしには要らないわ」

(お願いだから早く連れて行ってください!)

わたしは心の中では彼らに懇願しながら、犬に揉《も》みくちゃにされる地獄に耐えた。

ルイスたちは悪戦苦闘しながら、ようやく子犬たちを抱き上げたが、わたしの寿命は十年は縮まったことだろう。

「いいですか。寝食を共にし、その犬たちを育て上げるのです。犬はあなたたちの友であり、兄弟であり、子であると思いなさい。さっきのわたしの姿を見てわかる通り、わたしと犬たちは心で繋《つな》がっています。あなたたちが手を抜けば、すぐにわたしは気づきます。わかりましたか？」

「サー、イエッサー！」

彼らは神妙な面持ちで返事をした。どうやら、わたしの言ったことを信じたらしい。

冗談ではない。心が繋がっていたら「どっか行け」と命令していたことだろう。

孤児たちと犬が親密になるまで三年の期間を与えるつもりだったが、三日くらいで終わってくれないだろうか？　あんな獰猛《どうもう》な生物が屋敷に生息していると思うと生きた心地がしない。

魔物でも飼育したほうがマシというものだ。

2―2　孤児たち

「何で犬の面倒なんか見なきゃいけないんだ、俺たちは？」

足元でぐるぐる動き回る黒い子犬を見て、オスカーは溜息《ためいき》をついた。あの悪魔が訳のわからないことをさせるのは今に始まったことではないが、それにしてもこれは極めつきと言えた。

就寝前、六人はひとつの部屋に集まってお喋《しゃべ》りに興じている。厳しい訓練を送る中での、唯一の憩いの時間であった。

「言ってた通りじゃないかな？　犬を飼うことで僕たちに何かを教えたいんだと思うけど」

ルイスが茶色い子犬を撫《な》でながら答えた。彼は元々犬好きであり、犬の面倒を見るのに積極的だった。

「教える？　あいつが痛みと苦しみ以外の何を教えてくれるっていうんだ？　残っている科目は『死』くらいなものだぞ？　毎日が驚きの連続だ、悪い意味でな」

オスカーが肩をすくめた。

「そうよねぇ。よくもまあ毎日あんなことを思いつくものだわ」

イザベルが白い子犬を抱えつつ、腕の火傷《やけど》の痕を労《いたわ》るように触っている。すぐに消えるだろうが、彼女は白くて綺麗《きれい》な肌が自慢だったので、どうしても気になった。

この火傷は先日の姿勢を正す訓練でできたものである。それは熱湯の入った金属製の器を頭の上にのせ、三十分間落とさずに姿勢を保つという、訓練とは名ばかりの新種の拷問だった。

当然、器を落としたら最初からやり直しである。

イザベルたちが器を落として熱がるたびに、セリーナは腹を抱えて笑っていた。

「どういう人生を送ったら、あんな人でなしができるのかしら？　公爵様はとても善い人なのに」

公爵は穏やかで笑顔を絶やさない人柄で、孤児であった自分たちにも優しく接してくれている。

これは身分の高い貴族がなかなかできることではない。貴族は階級が上がれば上がるほど、庶民を同じ人間とは見做《みな》さなくなるからだ。その点、公爵はできた人間と言えた。とてもあのセリーナの父親とは思えない。

「あれだ。公爵夫人が悪魔と浮気してできたんだろ？　あの夫婦はあまり仲が良くないみたいだしな」

オスカーは屋敷内の情報を時々女の使用人から仕入れていた。彼はまだ少年のあどけなさを残しているが、整った顔立ちは密《ひそ》かに女性たちの注目を集めている。さらに礼儀作法を身に付けることで、優雅な立ち振る舞いができるようになり、それで一際目を惹《ひ》くようになっていた。

「セリーナ様は悪魔というほど、ひどくはないんじゃないかな？」

ルイスが遠慮がちにセリーナを擁護した。

「ちょっと待って、ルイス。今のは言い間違いか何かかしら？　悪魔ほどひどくない？　違うわよね、『悪魔よりひどい』でしょ？」

イザベルが美しい顔を険しくしてルイスをにらんだ。異論は許さないという剣幕である。

「でもさ、子犬たちはみんなセリーナ様に懐いていたじゃないか。あんなに犬に好かれる人は滅多にいないよ？　犬に好かれる人に悪い人はいないって言うしさ。だから、僕たちが思うほど悪い人じゃないんじゃないかなって」

「ルイス」

少し大きめの子犬を手で遊ばせていたリチャードが声を上げた。

「あれが悪い人間じゃなかったら、世の中から悪人がいなくなるぜ？　牢屋《ろうや》は無人になり、看守たちは失業だ。俺の親父《おやじ》もめでたく釈放される。だろ？」

リチャードの中では、世界一の悪人はセリーナに決定しているようだ。

「リチャードの言う通りだ、ルイス。犬に好かれたら善い人？　じゃあ裁判も犬に任せればいいのか？　犬が懐いたら無罪放免？　そんなことはないだろう。目を覚ませ、ルイス。おまえはあの外見に騙《だま》されているんだ。そりゃ美人かもしれないが、中身はこの世の汚濁を煮詰めてジャムみたいに詰め込んだような女だぞ？」

オスカーがルイスの肩を摑《つか》んで揺さぶった。ルイスは苦笑いを浮かべている。

「セリーナ様はとても善い人です」

思わぬところからセリーナを称《たた》える声が飛んだ。

うず高く積まれた本の隣で、黙々と読書に勤《いそ》しんでいたアリスだった。かたわらには赤みがかった子犬が大人しく座っている。

「こんなに本をいっぱい読ませてくれる。あんなに素晴らしいご主人様はいません」

アリスは大量の本を与えてくれたセリーナを既に主《あるじ》と認めていた。

ちなみに与えられた本は、すべて古代語で書かれている魔導書である。アリスはこの大量の魔導書を読むために、三日で古代語をマスターした。アリスに魔法を教えていた教師は「化け物だ！」とその才能に恐れおののいたという。

「おまえ、昼間は散々悲惨な目にあっているのに、本が読めればそれはなかったことになるのか？」

リチャードは呆《あき》れていた。

アリスも体力があるほうではないので、走り込みのような基礎訓練ではいつもへばっている。

ただ、物覚えは良かった。特に教本を与えた場合は驚異的で、礼儀作法・マナーに関しては教師をも上回る知識を身に付けている。

「本を読ませてもらえれば、あれぐらいは大したことではありません」

アリスは平然と答えた。

「大したことはない、ね……」

オスカーは何日か前の訓練を思い出した。

セリーナが掌《てのひら》の六つの宝石をオスカーたちに見せた後、それを崖の下に投げて、ひとり一個宝石を拾わせてくるという内容のものだった。

崖の下は森になっており、強くはないが魔物もいる。

六人は結束した。誰かが一個拾っても帰らず、全員で六個の宝石を捜したのだ。魔物を倒しながら、森の中を何時間もかけて。

しかし、血眼になって捜しても、どうしても六つ目が見つからない。

日が暮れて森が危険になってきたので、仕方なく五個の宝石を持って崖を登り、セリーナに許しを請うた。

ところがセリーナが握っていた掌を開くと、そこには六つ目の宝石があったのだ。

「注意力が散漫ね。わたしは最初から五つしか投げてないわ。ひとつは手に持ったままよ?」と。

あのときの邪悪な笑顔は忘れられない。

「あのときは、アリスも疲労で倒れる寸前まで宝石を捜していただろう?」

「でもセリーナ様は正しい。何事においても注意を払う必要があります」

「いや、あれは後付けの理由だろ？　あいつは単に俺たちの苦しむ姿が見たいだけだって」

確かにあの日以来、オスカーたちは注意深く物事を観察するようになった。人の動作に気を払うと、今まで見えなかったものが見えるようになる。しかし、オスカーはそれをあの訓練のおかげだとは思いたくなかった。

「あ、でもあたしは面白かったよ。森の中を走り回れたし、木にもいっぱい登れたしね」

今まで話に加わらず、部屋の中を灰色の犬と一緒に忙《せわ》しなく動き回っていたエマが口を挟んだ。

活発そうな顔に日に焼けた肌、しなやかな身体《からだ》が示すように、彼女は動ければ何でも良いと思っている節がある。

「猿と人間を同じにしないで」

イザベルが冷たく言い放った。

「エマだって礼儀作法では痛い目にあっているでしょう？」

エマとアリスは両極端な存在だった。身体を使った訓練が得意なエマと、知識を身に付けるのが得意なアリス、ふたりは足して二で割るとちょうど良い。

「確かに勉強は嫌いだけどね。でも、孤児院だと代わり映えしない毎日だったけど、ここではいつも色々あって面白いよ」

エマは子犬とピョンピョン飛び跳ねながら答えた。ここに来た当初、イザベルはじっとしていられないエマに大人しくするよう注意していたのだが、今では慣れて諦めている。

「あの苦行を楽しめるのは世界でもエマだけだろ？」

オスカーは呆れていた。

「でもよ、エマの言っていることにも一理あるぜ。孤児院よりはこっちのほうがマシだってことだ」

リチャードが皮肉めいた笑みを浮かべた。

「孤児院にいたままだったら、俺はそのまま牢屋行きの人生を送っていた。オスカーは詐欺師でイザベルは娼婦《しょうふ》か？　ルイスは僧侶になれていたかもしれないが、アリスやエマもどうなっていたかわからないぜ？」

一定の年齢になって孤児院を出た人間のその後はあまり良いものではない。運が良ければ神の道に入って修道士や修道女になれるだろうが、それだって回復魔法に適性がないといけない。

ルイスはここに来てから回復魔法に適性があることが判明している。

リチャードはセリーナの家庭教師たちから戦闘技能を高く評価されているし、特化型のアリスやエマはもちろん、バランスよく成長しているオスカーやイザベルも、セリーナ以外の公爵家の人たちからの評判は良い。恐らく従者になれなくとも将来の働き口には困らないだろう。

それを理解しているのか、オスカーとイザベルは嫌な顔をした。

ここに来られたことを幸運だとは思いたくなかったのだ。

2―3　院長の来訪

「院長が我が家に来るのですか？」

孤児たちがやってきてから一年程たったある日、お父様からホーリーヘイヴン孤児院の院長が屋敷に来ると聞かされた。

「そうだ、セリーナ。おまえが連れ帰った孤児たちがちゃんと役に立っているのか、一度見てみたいらしい」

「役に立つも何も、彼らはまだ訓練中ですが？」

飼育中の犬と情を深めた後、それを涙ながらに殺したときこそ彼らは一人前になる予定だ。

わたしは毎日犬の襲撃に怯《おび》えているので、そのときが来るのを一日千秋の想《おも》いで待っている。

「いや、おまえはよくやっている。初めはどうなることかと思っていたが、今や彼らはうちの召使いたちよりも礼儀正しく、機敏に動けるようになっている」

それはそうだろう。マナー違反には連帯責任で全員に罰を与え、動きが少しでももたつけば、やはり連帯責任で全員に罰を与えている。

罰の内容はそのときのわたしの気分次第だが、大したものではない。

鎧《よろい》をフル装備させた上で川を泳がせるとか、森の中に放り込んで魔物を十匹倒すまで帰らせないとか、その程度のものだ。

ただ、失敗したところで叱られる程度で済む召使いたちとは真剣さが違う。すでに彼らの従者としての動きや礼儀作法は完璧なものになっていた。

「別に良いですけど、今更連れて帰りたいと言われても困りますわ。少々厳しく躾《しつ》けすぎて、孤児院に帰りたくなっているかもしれませんもの」

元執事の話を聞く限りだと、非常に厳しく訓練すればするほど忠誠心が芽生えるらしいのだが、なかなかその兆候が見られない。「孤児院に戻りたい」と訴えられては厄介である。

「そのようなことにはならないだろう。おまえが一生懸命孤児たちの教育をしていることはわかっている。彼らもここから出たいとは言わないだろうさ」

本当にそうだろうか？

つい最近も、川にかけられた手すりのない橋を渡らせて、そこを魔法で撃つという訓練をやったばかりである。橋から川に落ちたら最初からやり直しで、何度も何度も孤児たちを魔法で叩《たた》き落として楽しんだのだが、ちょっとやり過ぎた気もしていた。

公爵家との力関係を考えれば、孤児院が連れ戻すことはないと思うが、それでもどういう訓練を行っているか他言されるのは考えものだ。

少し釘《くぎ》を刺しておかなければならない。

◇　◇　◇

その日の朝、セリーナは孤児たちを並ばせて、いつものように話し始めた。

「ゴミ虫さんたち、今日はあなたたちにお客さんが来ます。懐かしのホーリーヘイヴン孤児院の院長です。嬉《うれ》しいですか？」

「サー、イエッサー！」

六人は声を揃えて答えた。セリーナがそれ以外の返事を望んでいないことは学習済みである。実際のところ、嬉しいかと言われれば微妙なところだ。彼らはそれほど院長のことは好きではない。ただ、セリーナと比較すれば、どんな人間でも天使のように思える。

「優しい院長のところへ戻りたいですか？」

「サー、ノーサー！」

戻りたいとは口が裂けても言えない。そんなことを言おうものなら、孤児院を通過して土に還《かえ》されるかもしれない。

「そうですか。あなたたちが優しい院長よりも厳しいわたしのところにいることを望むのを、わたしは嬉しく思います」

「サー、イエッサー！」

六人とも「厳しい」という形容詞に疑問を覚えた。そんな生ぬるいものではなく、「地獄のような」とか「悪魔のような」という形容詞に変えるべきだと思った。だが、それでも躊躇《ちゅうちょ》せずに返事をした。少しでも間を置けば何をされるかわかったものではない。

「わたしはあなたたちのことを愛しています。あなたたちもわたしのことを愛している。これは素晴らしい関係と言えるでしょう」

「サー、イエッサー！」

あれが愛ゆえの訓練であるならば、セリーナに愛される相手は世界一不幸な人間だと全員が思った。

恐らく命を捧《ささ》げるぐらいでは済まされないだろう。存在自体を消されるかもしれない。

「この素晴らしい関係を裏切るようなことがあれば、わたしは非常に悲しい。あなたがたもきっと悲しいでしょう。そこで今日は『はい』と『いいえ』の返事のみで、院長の対応をすることを命じます。それ以外のことを話した場合は、笑ったり泣いたりできなくしてあげます。わかりましたか？」

「サー、イエッサー！」

笑ったり泣いたりできなくするというのは、どういうことなのか想像もつかなかった。しかし、セリーナはやると言ったらやる人間である。感情のない人形のような顔をして呆然《ぼうぜん》と立ち尽くす自分たちの姿を想像し、彼らの背筋に冷たいものが走った。

◇◇◇

公爵家を訪れた院長は感激していた。

久しぶりに会った問題児たちが想像以上に立派になっていたからだ。彼らはきちんとした身なりと礼儀作法で院長をもてなした。たった一年で人がここまで変われるものかと、院長は驚きを隠せなかった。

特にイザベルとオスカーは、注意すればその十倍くらい屁理屈《へりくつ》を言ってくるような厄介な子だった。それが今はこちらの質問に対して、優しく微笑《ほほえ》んで「はい」と「いいえ」の必要最低限の返事しかしない。あの口から先に生まれてきたような子たちがだ。

「イザベル、元気ですか？」

「はい」

イザベルはにこりと笑って答えた。

孤児院にいたときなら「孤児院にいるのに元気がある？　面白い冗談ですね。棺桶《かんおけ》に入った死者に『ごきげんよう』って挨拶するようなものですよ？」くらいのことは言っていた。

綺麗な子だとは思っていたが、身なりが整えられ、優雅な姿勢と動作を身に付けた彼女はまるで貴族のご令嬢のようである。

「オスカー、ここの生活で何か困ったことはありますか？」

「いいえ」

オスカーが礼儀正しく一礼した。

以前なら「孤児院に問題がない部分があるとでも？　まずは金持ちの両親が欲しいな。後は外出する自由だ。そうじゃないと、ここは控えめに言って子供用の監獄みたいだ」などと言って、修道女たちを困らせていた。

今の彼は品のある立ち振る舞いをしていて、まるで立派な紳士のようだった。もともと顔は良かったのだが、そこから子供っぽさが抜けて、思わず見惚《みほ》れるような艶《なま》めかしさが出てきている。

リチャード、ルイス、エマ、アリスに関しても、かなりの成長が見られる。

リチャードは大きな身体と粗暴な性格で、姿勢も態度も悪い子だったが、今はまるで頭に何か置かれているかのように、背中をピンと張り、綺麗な姿勢を保っている。

その大きな身体は孤児院にいたときのような怖さはなく、まるで騎士のような頼りがいを感じさせた。

ルイスも太っていた身体が、たった一年で信じられないくらいスリムになっていた。どうやれば、そこまで痩せることができたのか想像もつかない。太っていたときは気付かなかったが、その人好きのする優しい顔はオスカーほどではないにせよ、女の子の目を惹きそうである。

「どうやったらそんなに痩せられたの?」と聞いたら、困った顔をして笑っていた。

エマもアリスも自分の興味がないことは何もしないような子たちだったのに、貴族に仕える人間として立派な立ち振る舞いができるようになっていた。

あの一秒としてじっとしていられない子と活字中毒者が、だ。

「本当に素晴らしいわ。うちの問題……いえ、なかなか指導することができなかった子たちが、ここまで素敵な従者になるなんて想像もできませんでした。セリーナ様は本当に見る目がおありなのですね」

院長の称賛に対して、セリーナはスカートをつまんで優雅な礼を返した。

さすがに様になっている。彼女に比べれば孤児たちもまだまだと言えるだろう。

「これだけ教育が行き届いているなら、あちこちの貴族からも従者として求められるでしょうね。今後もホーリーヘイヴン孤児院の子たちを教育して欲しいものですわ」

辞去する際に院長が上機嫌で言った。

セリーナは笑顔を返したが、

(そんなにいっぱい暗殺者は要らないのだけれど)

と心の中で考えていた。

2—4　バトルロイヤル

「最近の皆さんの成長ぶりには目を見張るものがあります」

院長の来訪から数週間後、セリーナが満面の笑みを浮かべて孤児たちを褒め称えた。

しかし、これを額面通り受け取る者はひとりとしていない。

何故ならセリーナの機嫌が良ければ良いほど、話す内容は孤児たちにとって悲惨なものとなるからだ。

「リチャード、イザベル、オスカー、エマは騎士として申し分ない素質があると聞いています。アリスには魔法使いとしての素質が、ルイスには僧侶としての素質があると。これは大変喜ばしいことです」

セリーナの喜びは彼らの不幸に他ならない。いやが上にも緊張感が高まった。

「そこでわたしは思ったわけです。誰が一番強いか、と」

孤児たちは息をのんだ。

彼らは今日までセリーナを共通の敵として一致団結し、ここまでやってきた。孤児院にいたときは決して仲が良かったわけではないが、今では血を分けた兄弟のように深い絆《きずな》で結ばれている。にもかかわらず、その仲間同士で戦わそうというのだ。血も涙もない発想である。

手抜きは当然許されないだろう。今までの訓練でも少しでも手を抜いたり、誤魔化しがあったりすると、セリーナは異常なまでの嗅覚を発揮し、すぐにかぎつけて制裁を加えたのだ。まさに悪魔のような女だった。

「というわけで、今日は皆さんの成長を見るためにお互いに戦ってもらいます。しかし、一対一の戦いだとルイスやアリスが一方的に不利になってしまうでしょう。そこで優しいわたしは考えました。全員まとめて戦えば良いのではないかと」

（嘘《うそ》だ。そのほうが面白そうだからに決まっている）

孤児たちは皆同じことを考えたが、決して口にはしなかった。正直な感想には苛烈な罰をもって報いられることを、彼らは身をもって知っている。

「如何《いかが》ですか?」

「サー、イエッサー!」

拒否権などあるはずもなく、孤児たちはいつもの言葉を叫んだ。

◇　◇　◇

公爵家の広い庭の奥底で、孤児たちは円を描くように大きく広がり、互いをにらみ合っていた。

セリーナは椅子に座ってその様子を眺めつつ、テーブルの上のお茶を優雅に口に運んでいる。

戦いを前に、孤児たちの間には様々な思惑が働いていた。

まともに戦ったら、リチャードかエマが有利なのはわかりきっている。しかし、全員であからさまに集中攻撃をすると、そのふたりが共闘しかねない可能性もあった。だから、うかつに手を出せない。

いつもは真っ先に動くリチャードも、さすがに空気を察して自分からは動けずにいた。

エマは戦いを楽しみにしているのか、嬉しそうに模擬戦用の木剣を振り回している。

ちなみにアリス以外は全員同じ木剣を使っていた。アリスだけは簡易的な魔法使いのワンドを持たされている。さすがのセリーナも、孤児たちに真剣を使わせないぐらいの常識は持ち合わせていたというわけだ。殺し合いをさせられるくらいの覚悟をしていた孤児たちは、そのことには心の底から安堵《あんど》したものだった。ただ、防具の支給は無しなので、木剣とはいえ打たれたら痛いのには違いない。

膠着《こうちゃく》状態が続く中、最初にオスカーが口を開いた。

「なあ、エマ。おまえは誰と戦いたい？」

とりあえず、言葉で状況を動かそうという思惑が透けて見える。オスカーはオスカーで、あまりにも何もしないでいると、自分たちの女主人が機嫌を損ねるのではないかと危惧していた。その場合、何をされるかわかったものではない。

「わたし？　そうね、リチャードかな？」

エマが屈託なく答えた。多分、一番強そうなのと戦いたいのだろう。

「そうか。じゃあ、おまえとリチャードでまず戦ったらどうだ？　その間、俺たちは手を出さないからさ」

この意見にリチャード以外の全員が頷《うなず》いた。一番強いふたりが潰しあってくれれば、他の者にとっては有利になる。

「オスカー、てめぇ……」

リチャードが歯を剝《む》いて威嚇したが、オスカーはまったく動じることがない。

「そっか。じゃあ、そうしようかな？」

その言葉と共にエマが動いた。小柄な身体を弾ませるように動いて、リチャードに接近する。

エマは何も考えていないわけではない。彼女はリチャードを倒した後でも、残り全員の相手を十分できると思っていたのだ。

「マジかよ、エマっ！」

慌てて剣を構えたリチャードに、エマは容赦なく打ち込んだ。腕力なら圧倒的にリチャードが上だが、素早さではエマが勝る。リチャードはエマの攻撃すべてを防ぎきれず、すぐに身体中が痣《あざ》だ

らけになった。

ただ、そんな状態でもリチャードは何とか持ちこたえていた。機を見て力で強引に打破しようと狙っているのだ。リチャードの全力の一撃であれば、防御しようとした木剣を弾《はじ》き飛ばした上で、骨を砕くことができる。

エマもそれは重々承知であり、彼女とて薄氷を踏む思いで戦っているのだ。


そのふたりの周りを、他の仲間たちがある程度の距離を保って囲んでいた。

決着がつき次第、いやつこうとした瞬間を狙っているのだ。

状況はどちらかというとエマに有利だが、ルイスが回復魔法をリチャードに飛ばしてバランスをとっている。相討ちに近い形で決着をつけてもらうのが理想なので、エマの圧勝では困るからだ。

六人の中では最も人のよさそうなルイスだが、彼は彼でなかなか良い性格をしていた。

アリスは魔法の準備を整えていたが、リチャードたちを狙っているというよりは、オスカーやイザベルたちを警戒していた。魔法使いであるアリスは突然攻撃されたら防ぎようがない。そのため、悪知恵が働くこのふたりが一番油断ならないと考えていた。

そのオスカーとイザベルは、まずはリチャードとエマを倒すことを優先していた。ルイスとアリスは後衛職であるから、接近戦に持ち込めばどうとでもなると踏んでいる。とにかく体力馬鹿のふたりを倒さないと勝機がないと結論付けていた。

皆で牽制《けんせい》し合い、状況は再び膠着しつつあった。リチャードとエマも後の戦いに備えて体力を温存する必要があったため、まだすべてを出し切ってはいない。

膠着状態とはいえ孤児たちは真剣だった。何せ、神経をすり減らしてチャンスをうかがっているのだから。

しかし、そんな状況に飽きた人間がいた。

セリーナである。

「退屈だわ」

自分の想像よりも面白い見世物にならなかったことに、彼女は不機嫌だった。

神経戦などセリーナはまったく望んでいない。ただただ、孤児たちが悲惨な目に遭うのを見たかっただけなのだから。これはオスカーの想像通りと言えるが、彼の予想よりもセリーナは我慢ができなかった。

気が短くて傲慢な公爵令嬢はパチンと指を鳴らすと、用意していた魔法を発動させた。

孤児たちの周囲を炎の輪が取り囲み、じりじりとその間隔を狭め始めた。

「気が短すぎるだろう、あのお嬢様はよ！」

リチャードが悪態をついた。

「ちっ、行くしかないのか」

オスカーが中心にいるリチャードとエマに向かって走り出した。主が早期決着をお望みならば、それに従うしかない。そうでなければ勝ち残っても悲惨な目に遭うことだろう。イザベルも同じことを考えたのか、リチャードたちに向かっている。

ルイスは自らに耐火の奇跡を願った。アリスも防御結界を唱えて炎に備えた。セリーナの魔法に耐えることができれば、この状況を有利にできると考えたのだ。

炎の中心ではリチャード、エマ、オスカー、イザベルの乱戦状態になっている。

「やればできるじゃない！」

四人が真剣に戦う様子を見て、セリーナは手を叩いて喜んでいた。

心ならずも仲間同士で戦い、苦しんでいる人間の姿をここまで堂々と楽しめる人間もそうはいないだろう。

リチャードたちが必死で戦っている横では、ルイスとアリスがセリーナの炎に対抗しようとしていた。

「神の奇跡を！」

ルイスの祈りは神に届き、セリーナの炎を退けることに成功した。

「やった！　やはり、神は偉大だ！」

喜ぶルイスの姿を見て、セリーナは再び指を鳴らした。

一際大きな火柱が立って、歓喜していたルイスを包み込んだ。いかに火に耐えうる奇跡といえども限界というものがあり、奇跡はあっさり打ち破られ、ルイスが火だるまになった。

「うわああっ！」

「真に偉大なのはわたしよ？　わかってないわね？」

セリーナはルイスが神を褒め称えたのが気に入らなかったのだ。

僧侶見習いであるルイスが神を信仰するのは当然のことなのだが、それすら許さないセリーナは存在自体が理不尽だった。

自分の回復魔法で癒したおかげでルイスの火傷はそれほどひどくはなかったが、戦闘の継続は明らかに不可能である。

アリスも魔法の結界で炎を耐え凌《しの》いでいたが、ルイスの有様を見て戦慄した。

あの悪魔は自分の魔法を防御する行為自体が不敬だと思っているのだ。いつまでも魔法の結界の中にいるだけでは、自分も同じ末路をたどることだろう。

素早く思考を巡らせた結果、アリスが導き出した結論は「死んだふり」だった。魔法の結界が炎に耐え切れずに瓦解したと見せかけて、自らの魔法の炎で全身を包み、ルイスと同じように戦闘不能になったとセリーナに思わせるのだ。

セリーナはこういうことには敏感に気付くが、自分ならやれるとアリスは信じた。

結界を消すと同時に火の魔法を唱えて、自分の身体を包み込んだ。自分で放っている火なので熱くはない。アリスは地面をゴロゴロと転がり、そのまま死んだふりをした。

(完璧な演技。いけるはず)

倒れたふりをしたアリスがそう思ったとき、大きくはないがよく通る声が聞こえてきた。

「わたしも見くびられたものね。その程度の演技でわたしを騙しおおせると思っているだなんて。それともわたしのことを試しているのかしら?」

セリーナが何やら新たに呪文を詠唱し始めていた。

無論、アリスも魔法使いなのだから、その呪文が何であるかは知っている。

岩をも吹き飛ばす爆裂魔法である。

素早く起き上がったアリスは全力で魔法の結界を展開。そこにセリーナの魔法が炸裂《さくれつ》した。

鳴り響く轟音《ごうおん》、震える大地。爆発の震源地からは、よろよろとアリスが姿を現し、パタリと倒れた。演技でも何でもなく魔法の衝撃で失神したのだ。

「あなたたちがわたしの魔法に対抗できるわけがないでしょう？」

人でなしがアリスを指差して高笑いしていた。


一方、リチャード、エマ、オスカー、イザベルの戦いにも動きがあった。

四人による乱闘と見せかけて、オスカーとイザベルが連携していたのだ。ふたりは巧みにリチャードを盾代わりに使ってエマを狙った。

リチャードは一応、このふたりに加勢されてエマと戦う形となっていたのだが、エマの攻撃を一身に受けていた。

「ざけんなっ！　まともに戦いやがれ！」

リチャードはオスカーとイザベルに向かって叫んだが、このふたりがそんなクレームを受け付けるはずもない。

エマもふたりの意図には気づいたが、一対三の構図になってしまったので、さすがに後手に回っている。こうなっては、ますますリチャードから倒す以外に選択肢はなかった。

「えいっ！」

少し勝負を焦ったのか、エマは高く飛んでリチャードの頭を狙った。

それを読んでいたオスカーが、エマの足を木剣で薙《な》いだ。

「あっ！」

空中で足を払われてバランスを崩したエマを、リチャードが容赦なく木剣で叩く。

「喰《く》らえっ！」

強烈な一撃がエマの右肩を捉え、そのまま地面に叩きつけられた。利き手をやられては、さすがのエマも戦うことはできない。リチャードは敢《あ》えて急所を外して肩を攻撃したのだった。何だかんだと言って、仲間想いの男である。

その見た目に反して優しい男に、イザベルは容赦なく背後から不意打ちを喰わらせた。後頭部に木剣の全力の一撃を受けたリチャードは、そのまま前のめりに倒れてピクリとも動かなくなった。

とうとう、戦いはオスカーとイザベルのふたりの一騎打ちとなった。しかし、この間に火の手が回り、時間はほとんど残されていない。オスカーとイザベルは戦いながらも、頭の中で計算を始めていた。

ふたりの剣の腕はほとんど互角である。このままいけば、お互い火で焼かれてしまうのは目に見えていた。すぐに決着をつけなければならないが、手を抜けばすぐにあの悪魔に見抜かれてしまうだろう。

ふたりは目配せで意思の疎通をすると、偶然を装ってセリーナの視界を阻むようにオスカーが背中を向け、その瞬間、イザベルがオスカーの剣を叩き落とした。

いかさまを自然に隠すための小細工である。周囲は炎に包まれており、ふたりはそう簡単には見抜かれない自信があったのだ。

オスカーはできるだけ悔しそうに膝をついて言った。

「俺の負けだ」と。


「よくやったわ、イザベル！」

セリーナはイザベルの勝利を褒め称えた。ご機嫌な笑みを浮かべている。

（誤魔化しきれた！）

イザベルは自分たちの演技が上手《うま》くいったことを確信した。

「でも、その炎はわたしでも消すことはできないの。頑張って脱出してね？」

「えっ？」

イザベルとオスカーの表情に影が差した。悪知恵が働くこのふたりをもってしても、セリーナの性格の悪さは想像以上だったのだ。

この日、従者候補の六人は全員仲良く火傷を負って、公爵家専属の治癒師による全力の治癒魔法を受ける羽目になった。

2—5 実戦

　ある日の朝、セリーナは孤児たちを引き連れて、公爵家の武器庫に入った。

「わたしが思うに、あなたたちには実戦経験が足りません」

　このお嬢様が突飛なことを言うのは、いつものことである。「おはようございます」などと普通に挨拶をされたほうがよほど怖い。

　ただ、実戦経験も何も、孤児たちは十歳でセリーナに引き取られ、現在は十二歳くらいであるから、実戦経験があるほうが珍しい年齢である。むしろ、セリーナの無謀な訓練の一環として、既に魔物たちと何度も戦っていたので、彼らは普通の大人よりも十分経験を積んでいると言えた。

　そんな正論を述べたところで、返答代わりに攻撃魔法が飛んでくることは目に見えているので、彼らは条件反射のようにいつもの返事をした。

「サー、イエッサー！」

「幸いにも今王都の近辺で魔物が出現しています。これは良い実戦経験になることでしょう。まさに神の思《おぼ》し召《め》しと言う他ありません。ねぇ、ルイス」

「サー、イエッサー！」

　ルイスはそう答えたものの、内心困惑していた。

　セリーナが言っている魔物というのは、最近王都を騒がせているブラックドッグの群れである。

ブラックドッグはその名の通り巨大な黒い犬であり、人に害をもたらす。まだ王都に直接的な被害は出ていないが、周辺の街道では何人もの犠牲者を出していた。神が自分たちを鍛えるために、わざわざそんな邪悪な魔物を出現させたりはしないだろう。

ルイスは僧侶見習いである。仮にも神に仕える身としては、魔物の出現を「幸いにも」などと形容しているセリーナの言うことを肯定したくはない。それをわかっていながら、わざわざルイスに同意を求めるところが、セリーナの性格の悪いところであった。

「というわけで、ここから好きな武器を持っていくことを許可します。その武器を使って悪い魔物を退治しなさい。それを本日の訓練とします」

『悪い魔物』と言われて、孤児たちはついセリーナのことを凝視してしまった。

退治すべき悪魔は目の前にいるのではないかと。

しかし、武器があったとしても、それを手に取ってセリーナに反抗することは誰にもできなかった。既にセリーナの暴力と恐怖は心に深く刻みつけられていたので、彼女に逆らおうとしても身体が言うことを聞いてくれないのだ。また、信じがたいことにアリスなどはセリーナに忠誠を誓っている節があり、全員が一致団結して反逆することも難しかった。

そんな刹那の葛藤を経て、孤児たちは武器を手に取った。

イザベル、オスカー、ルイス、エマはごく普通の剣を手に取ったが、リチャードは両手持ちの大きな剣を選んだ。アリスは魔法使いらしく杖《つえ》を手に取った。

さらに全員が思い思いの防具を身に着けたのを見計らって、再びセリーナが口を開いた。

「退治する魔物はブラックドッグです。大した魔物ではありませんが、それなりの数はいるようです。そこでわたしは考えました」

（もう何も考えないで欲しい）

孤児たちは心の中で同じことを願った。

「ブラックドッグを倒した数が一番少なかった者には、何かしらの訓練がいるのではないかと。だって、ひとりだけ訓練に遅れが出ているのはかわいそうでしょう？　なので、慈悲深いわたしは特別な訓練を考えています。楽しみにしておきなさい？」

その言葉に、孤児たちはブラックドッグを一頭残らず狩りつくす覚悟を決めたのだった。

◇　◇　◇

セリーナに率いられて、孤児たちはブラックドッグが出没するという街道沿いの森へと足を踏み入れていた。

彼らはまだ子供と言っても良い年齢である。当然、魔物は怖い。しかし、同行している公爵令嬢はそれ以上に恐ろしい存在だったので、追い立てられるように森の中に入っていった。

「ブラックドッグは集団で襲ってくる魔物。みんなで戦ったほうが良い。バラバラで相手をするのは危険」

本の知識であらかじめブラックドッグのことを知っていたアリスの言葉に、他の孤児たちは大人しく従った。

前衛にリチャードとエマ、後衛にオスカーとイザベル、その間にルイスとアリス、ついでにセリーナが付いて森の中を進んだ。魔法職のふたりと公爵令嬢を戦士たちが前後で守る態勢である。

前を進むエマは楽しそうに森の中を歩いているが、リチャードは幾分緊張気味だった。セリーナによる地獄のような訓練で大分力には自信が付いてきたが、命がかかるような戦闘はそうは経験したことがない。今まで戦ってきた魔物は比較的弱いものばかりで、ブラックドッグのように実際に人の命を奪っているような敵は初めてだったのだ。

列の真ん中にいるルイスとアリスは近くにセリーナがいるので、別の意味で落ち着かなかった。セリーナは強力な魔法を使いこなし、剣の腕も立つのだが、だからと言って手助けしてくれるようなまともな人間ではない。自分たちが頭からブラックドッグに丸かじりされていても、優雅に笑って人の不幸を楽しむ姿がありありと想像できた。

後列のオスカーとイザベルは張り詰めていた。ブラックドッグが王国によって未《いま》だに討伐されていないのは、それなりに知恵がある魔物だからだ。つまり、正面からではなく、後ろから襲ってくる可能性が十分にある。ふたりはエマやリチャードほど腕に自信があるわけではないので、周囲に細心の注意を払って進んでいた。

セリーナはそんな孤児たちの様子を見て、上機嫌で歩いていた。

幼少期から魔力と身体を鍛えてきた甲斐《かい》もあって、ブラックドッグなど敵ではないのだが、孤児たちにはちょうど良い相手になると考えていた。彼らの訓練自体は順調に進んでいるが、将来的には聖女はもちろん、国王や王太子の命を狙える人材になってもらわなければならない。この程度の敵に苦戦するようでは困る。そのための魔物退治であり、セリーナは自分なりに訓練の内容をちゃんと考えていたのだ。

とはいえ、孤児たちが苦戦する姿を想像するだけで笑みがこぼれるセリーナだった。

しばらく、森の中を進んだ一行だったが、なかなかブラックドッグは現れなかった。

するとセリーナが楽しそうに声をあげた。

「ねえ、わたし考えついたのだけど」

(忘れろ)

孤児たちは心の中で同じことを思った。

「美味《おい》しそうな生肉とかを手に持ちながら歩いたほうが、ブラックドッグも出てきてくれるんじゃないかしら？」

「サー、イエッサー！」

孤児たちは理解していた。自分たちの主人が面白いジョークを思いついたわけではなく、本気で言っているということを。

そして、生暖かくて血の滴る肉を手で持つと、どれだけ嫌な感触を味わうか容易に想像することができた。ただでさえ厳しい森の中の道程に、そんな苦行を追加したくはない。

「サー、セリーナ様。生肉をすぐに調達するのは難しいので、しばらく様子を見て、出てこないようであれば生肉を試しては如何かと。サー」

オスカーが控えめな提案をした。とにかく時間を稼ぎたかった。

「そうね。じゃああと三十分しても現れなかったら生肉ね？」

黒髪黒目の美少女は天使のような微笑みを見せた。

（頼む、早く現れてくれ！　できれば、この悪魔から襲ってくれ！）

孤児たちは心の底からブラックドッグに願った。恐らく魔物の出現をこれほどまでに祈った人間は過去にも稀《まれ》であったことだろう。


彼らの願いも虚《むな》しく、しばらくは何事もなく時間が経過した。約束の時刻が近づき、生肉が現実のものになろうとしていた。

ところが、孤児たちを神が哀れんだのか、三十分が経《た》とうとした寸前に、ブラックドッグが現れた。前方と後方に同時に二頭ずつ。犬というよりは子牛を思わせる巨体に燃えるような赤い眼《め》。目撃情報そのままに不吉な外見をしていた。

挟撃する気で襲ってきたのは明らかだった。ブラックドッグはこうやって獲物を襲撃して、相手を恐怖に陥れてきたのだ。

ところが今回の獲物たちの反応は違った。

「出た！」「やった！」「よかった！」

孤児たちは歓喜の声を上げたのだ。

獲物であるはずの人間たちが、突然現れた自分たちの異形を見て驚くどころか喜んでいる。想定外の獲物たちの反応に、逆にブラックドッグたちはたじろいでしまった。

そこに孤児たちが猛然と襲いかかった。

何せ四頭しかいないのだ。ということは、倒せるのは最大でも四人までである。早い者勝ちなので、我先にと彼らが攻撃を仕掛けるのは当然だった。


「死ねや、おらあっ！」

リチャードが大剣を思いっきり振り下ろした。それをブラックドッグが慌てたように横に飛んでかわす。

「逃がすか、ボケッ！」

口汚く大剣を振り回すリチャードに、ブラックドッグは子犬のように怯えた。ブラックドッグは犬に近い魔物ではあるが、巨体のためにそこまで機敏に動くことはできない。それに自分たちにひるむことなく、叫びながら剣を振るうリチャードは恐ろしい存在に思えて、一方的に追い回されてしまっている。


「ていっ！」

エマはかろやかに剣を振るっていた。前方のもう一頭のブラックドッグは小柄なエマを組みやすい相手と見た。しかし、牙を剝いて嚙みつこうとしても、かすりもしない。それどころか嚙みつこうとするたびに反撃を受けて、逆に傷を負っていく始末だった。エマの剣は軽そうに見えるのだが、ブラックドッグの黒い毛皮をやすやすと斬り裂いた。この小柄な人間の雌は見た目とは異なり、恐るべき敵だったのだ。それに気付いたときには、ブラックドッグは完全に追い込まれていた。

後方から現れたブラックドッグ二頭に対して、中列と後列の四人は全員で戦っていた。

彼らはリチャードやエマほど強くはないので、共同戦線を張っている。

イザベルとオスカーが二頭のブラックドッグを牽制し、その間にアリスが攻撃魔法を放つという作戦をとっていた。ルイスは剣を握っていたものの、回復役に徹している。

こちらもブラックドッグが劣勢である。イザベルとオスカーによる連携は完璧であり、容易に崩すことができない。ブラックドッグたちが逃げ出そうと考えても、後ろを見せれば魔法の餌食になってしまう。まさか襲ったつもりで狩られる側に回るとは想像もしていなかった。

だが、ブラックドッグはそれなりに知恵のある魔物である。この苦境を逃れる術《すべ》を必死になって考えていた。そして、あることに気が付いたのだ。

(こいつらは真ん中の黒髪の人間を守るように戦っている)

実際のところ、孤児たちはセリーナのことを守るどころか「生贄《いけにえ》に差し出したい」と思っているのだが、ブラックドッグたちにわかるはずがない。そして考えた。

(こいつを人質に取れば苦境を打開できるのではないか)と。

常に群れを形成していた四頭は、目線を使って一瞬で意思の疎通を取った。

そして前後共に一頭が相手の攻撃を引き付けると、残った一頭が大きく跳躍してセリーナを狙ったのだ。前後から一頭ずつ、合わせて二頭による強襲である。

孤児たちは一瞬で相手の意図に気付いたが……何もしなかった。

ブラックドッグに一縷《いちる》の希望を見いだした者もいれば、セリーナが魔物如《ごと》きに負けるわけがないと判断した者もおり、その思惑は様々だったが、とにかく敢えて守る必要がないと考えたのだ。

当のセリーナはというと、前後から襲ってくるブラックドッグに手を片方ずつ向けている。

本来的にセリーナは犬が苦手なのだが、ブラックドッグは大き過ぎて犬に見えず、セリーナの中ではただの魔物としてカウントされていたのだ。

「消えなさい」

両手から発動した炎の魔法はブラックドッグを一瞬で火で包み、消し炭へと変えた。

機嫌を損ねたセリーナは、残る二頭に対しても呪文を唱え始めた。

『我が手に宿りし爆裂の炎、我が敵を打ち砕き、無慈悲なる力を示せ……』

それを聞いて慌ててブラックドッグから離れる孤児たち。セリーナは標的の側《そば》に誰がいようとも気にするような人間ではないからだ。

そして次の瞬間には魔法が完成して強烈な爆発が生じた。哀れな黒犬たちは肉片も残らないくらい粉々にされたのだった。

「あっ……」

寸前までブラックドッグにとどめを刺そうとしていたエマが、目の前で爆散した敵を前に呆然としていた。爆発には巻き込まれなかったものの、身体は魔物の血で染まっていた。

「駄目ね、ケダモノは。やっぱり犬に似ているところが最悪だわ」

忌々しそうにセリーナはつぶやいた。

「サー、セリーナ様。ブラックドッグはすべてセリーナ様が倒してしまいましたが、特別な訓練はどうなるのでしょうか、サー？」

恐る恐るルイスが尋ねた。誰もブラックドッグを倒せなかったので、訓練に遅れがある者はいないことになると思ったからだ。彼は特別な訓練とやらがなくなることを期待していた。

「心配しなくてもいいわ、ルイス」

セリーナは華が咲いたような、とびきりの笑顔を見せた。

それを見たら男女問わず誰でも恋に落ちてしまいそうな美しい顔だった。

「もちろん、全員参加させてあげるわ。何せわたしの手を煩わせたのだもの。みんな訓練が足りない証《あかし》よ」

こうして後日、セリーナの考えた特別訓練は全員に平等に実施された。

それは人間がどこまで魔法に耐えることができるのか試すために、セリーナがひたすら孤児たちに向けて魔法を放ち続けるという内容のものだった。

2―6　料理

「今日の訓練ですが」

そう切り出したセリーナの顔は艶《あで》やかだった。

絹のような美しい黒髪に、闇夜を思わせる神秘的な黒い眼は、「絶世」と形容しても良いくらい魅力的である。

ただし、孤児たちはもうそんなものには耐性が付いていた。むしろ艶やかであればあるほど、ロクなことを言い出さないと経験則で知っている。

「お料理です」

料理？　孤児たちはセリーナの言葉を訝《いぶか》しんだ。

公爵家に来てから色々な訓練をさせられたが、料理はしたことがなかった。そのため、ある意味難易度は高いと言える。しかし、今までの訓練内容は激しい戦闘や高度な知識を求められる任務を前提にしたものが多く、料理というのは毛色が違い過ぎた。

「サー、料理ですか？　サー」

聞き間違いかと思って、リチャードが質問した。

「ええ、料理です。ただし、材料を集めるところから始めてもらいます」

材料？　牛や豚をさらってきて、自分たちの手で解体させられるのだろうか？

もしくは、新鮮な野菜を手に入れるために、野菜泥棒でもさせられるのだろうか？

何にしてもロクなことにはならないだろう。

孤児たちは固唾をのんで、話の続きを待った。

「集めてくる材料はひとりひとつです。簡単でしょう?」

「サー、イエッサー!」

この女が「簡単だ」と言って、実際に簡単だった例《ため》しは一度もないのだが、それを指摘したところで不幸になるだけだということはわかっている。

「物分かりが良くて、わたしも嬉しいです。では、早速集めてくる材料を発表しましょう。まず、リチャードはアゴナスの肉」

「アゴナス!?」

つい、サーを付けるのを忘れて、リチャードが声を出してしまった。アゴナスは凶悪な牛の魔物であり、その肉は美味とされている。ただし、強力な魔物なので、肉目当てに戦おうとする者などいない。

そして、この瞬間、全員がセリーナの意図を正確に把握したのだった。

「ルイスはバジリスクの尻尾、イザベルはブラッドベアの手、エマはウィングテイルの卵、オスカーはキラーフィッシュの身、アリスはマンドラゴラの根をそれぞれ入手してくるように」

料理の材料はすべて魔物に関係するものばかりである。しかも、どの魔物もそれなりに強いため、入手難易度は高い。何より重要なのは単独で行かされるということだ。彼らは今まで助け合って訓練を切り抜けてきたが、今回はひとりでやらなければならない。

「期限は今日の日没までとします。では行きなさい」

セリーナの命令と共に、孤児たちは走り出した。時間が無かった。

◇◇◇

リチャードはアゴナスが生息するという山の中に分け入っていた。

巨大な角を持ち、燃えるような赤い毛を生やした巨大な牛の魔物がアゴナスである。魔物の中でも狂暴な性質をしており、人間を見かければまっしぐらに突進してくることで知られる。

リチャードは大剣を使って、木の枝などを振り払いながら進んだ。

セリーナの無茶ぶりには大分慣れてきており、それほど徒労は感じていない。

（まったく俺も変わったもんだ）

セリーナの命令を聞くたびに心の中では罵倒しているものの、いつも何かしらの意図があって命令しているのだろうと、リチャードは前向きに考えるようになっていた。

二年前であれば、ひとりで山に入って魔物を倒すことなど不可能だったはずだ。

それが今では「自分ならやれる」という自信がある。困難を乗り越えれば乗り越えるほど、自分が強くなっているという手ごたえがあったからだ。

（孤児院にずっといたら、こんな風にはなれなかっただろうさ）

山の中の藪《やぶ》を突破して視界が開けると、崖のような形をした岩場が見えた。

そこにいたのは大きな赤い牛、アゴナスである。アゴナスは藪から出てきたリチャードをしっかりと見据えていた。

（まあまあ、いかつい魔物だな）

アゴナスの巨体はリチャードの想像以上だった。

その巨大な赤牛が崖から一直線にリチャードに向かってきた。

「手間が省けて助かるぜ」

リチャードは不敵に笑って大剣を構えた。

◇　◇　◇

ルイスはバジリスクがよく出没するという草原に来ていた。他のメンバーの目的地に比べれば、若干王都から近い場所にある。それがセリーナの気遣いなのかどうなのかは判断が難しいところだが、ルイスはそうであると信じていた。

（何も無かった自分がここまで強くなれたのもセリーナ様のおかげだ）

孤児院ではずっと孤独だった自分に、「必要だ」と声をかけてくれたのがセリーナである。

あまりの厳しい訓練に毎日のように逃げ出そうと思ったが、それでもあの言葉があったからこそルイスはここまで頑張ることができたのだ。

（期待に応えたい）

草原の薄い緑色と同化するように潜んでいた魔物の姿が、ルイスの目に映った。

バジリスクの見た目は大きなトカゲみたいで、向こうもこちらに気付いている。

ルイスは身体を強化する奇跡を神に祈った。身体が淡い白い光に包まれる。それでもリチャードたちほど強くなれるわけではない。身体能力があまり高くないルイスは回復魔法を使いながら、粘り強く戦う必要がある。

しかし、ルイスは粘り強いことには自信があった。何しろ理不尽な訓練を毎日のようにこなしているからだ。我慢強さなら自分たちは世界で一番だという自負がある。

（我慢比べに持ち込めれば勝てるはずさ）

ルイスは盾を構えながら微笑んだ。

バジリスクは舌をチロチロ見せて、草むらをかき分けながら走り寄ってきていた。

◇　◇　◇

イザベルはブラッドベアがいるという北側の山地にやってきていた。情報によると麓によく出没するらしく、山に登る必要はない。

セリーナにはとにかく訓練で何でもやらされていたため、情報を集めるための聞き込みも上手くなっていた。自分の外見目当てに寄ってくる男には少し苦手意識があったイザベルだが、今ではそういったあしらいも慣れたものである。

（セリーナ様に比べれば、大抵の人間はマシだわ）

とはいえ、イザベルは決してセリーナのことが嫌いではない。訓練は厳しいが、孤児院にいたときは悲観していた自分の将来に希望を持てるようになったからだ。「これ以上、ひどい環境は他にないだろう」と思うことで。

それに身体的な強さだけでなく、礼儀作法や知識なども身に付けることができている。

これだけの経験があれば、貴族の屋敷だろうが、商家だろうが、大抵の場所では雇ってもらえるだろう。それも公爵家のお墨付きで。

（生き残れたら、の話だけど）

山の茂みの中から黒い影がのそりと身体を起こした。熊である。毛並みが赤黒く、それは返り血を連想させた。ブラッドベアだ。

イザベルは剣を抜いた。

（手を斬り落とせば済む話だけど……）

それで済むような相手ではない。ブラッドベアは訓練を積んだ騎士でも、ひとりで戦えるような魔物ではないのだ。

（わたしたちなら戦えるはず）

セリーナの訓練は、イザベルに確かな自信を与えていた。

◇　◇　◇

エマは断崖絶壁の岩山の前に立っていた。彼女が狙うウィングテイルは鳥の魔物であり、その巣は険しい岩場にあった。ここはほとんど垂直の崖で、ウィングテイルが巣を作るには恰好《かっこう》の場所だが、とても人が登れるようなところではない。

だが、孤児たちにとっては、それほど登ることは難しくなかった。

何故なら公爵家の庭には、ここととほとんど変わらない険しい岩山が人工的に作られており、彼らは毎日のようにその絶壁を登らされていたからだ。

ただ、登りながら魔物と戦うとなると難易度が一気に上がるため、エマ以外の人間には卵を入手することは難しいだろう。

「楽しそうだなぁ」

エマは嬉しそうに絶壁を眺めている。彼女は驚異的な身体能力の持ち主だが、その視力も抜群に良く、霞《かすみ》がかった崖の上のほうに尾長の黒い鳥の姿を視認していた。

ウィングテイルである。ここに巣があることは間違いない。

「じゃあ行こうかな」

エマは絶壁を飛ぶように登り始めた。岩場を掴むのではなく、蹴るようにして登っていった。その勢いのまま、あっという間に崖を登り詰めると、崖のてっぺんの近くに大きな木の枝で作られた鳥の巣が見えた。普通の鳥のものではありえない巣の大きさ、ウィングテイルのものに他ならない。中には翡翠《ひすい》のような綺麗な色をした卵が見える。

「見つけた」

躊躇なく巣に近づくエマに、二羽のウィングテイルが接近してきた。巣の主である親鳥であろう。その鋭いくちばしによる攻撃は一撃で人間に死をもたらす。

「そうこなくっちゃ」

エマに焦りはなく、ただただ楽しそうだった。彼女にしてみれば、セリーナの命令はいつも楽しい遊びを提供してくれる素敵なものに他ならない。エマは背負っていた剣を抜き放つと、足場の悪い崖でウィングテイルとの空中戦を始めた。

◇◇◇

オスカーは湖畔に立っていた。手には弓を構えている。彼の目的のキラーフィッシュはこの湖の中に生息しており、小舟で通る人間を襲うと言われていた。

そこでオスカーは藁《わら》で作った人形を小舟に乗せて湖に出していた。小舟はこのあたりにあったものを勝手に拝借したものだが、オスカーはそういったことに罪悪感を覚えない。

(使えるものは何でも使うさ)

それはオスカーの性質でもあったし、セリーナからの影響でもある。

自分の主は傍若無人ではあるが結果は出していた。

剣も魔法も使えて、勉学も優秀、礼儀作法も洗練されている。その外見も相まって、性格以外は人間として完璧だった。

（完璧だからこそ、従者候補である自分たちにも完璧を求めているのかもしれない）

オスカーは論理的な思考の持ち主であるから、セリーナの行動の根本には何かしらの理由があるのではないかと考えて、そういう結論に至っていた。はっきり言って迷惑だし、自分たちを鍛える方法が、悪魔的発想から導き出されていることに苦痛しか感じない。ただ、その特訓をこなすことで、自分たちは力を得ていた。ここでもセリーナは結果を出しているのだ。

静かな湖面を見ながら、オスカーはそんなことを考えていた。

すると、その鏡のような水面が揺れた。弓を構える。

次の瞬間、巨大な魚が水面から飛び出してきて、藁人形に喰らいついた。すかさずオスカーは矢を放った。

（まあ、矢を外したところで、あの人形にも毒を仕込んであるのだがな）

オスカーは口元を歪《ゆが》めた。矢は正確にキラーフィッシュを捉えていた。

◇　◇　◇

アリスは奥深い森の中に足を踏み入れていた。今回は飼っている犬も一緒に連れて来ている。

目的のマンドラゴラは植物系の魔物。根っこのような足で移動することはできるが、普段は植物のふりをしているらしい。その身体には様々な薬効があるとされ、高い値段が付けられている。ただ、滅多に見つけることはできず、引き抜くと相手が即死する叫び声をあげるのだ。

魔法使いであるアリスはひとりで戦うのは難しいので、やりやすい相手とも言える。

（セリーナ様は良い主だ）

アリスは本を大量に与えてくれるセリーナのことが気に入っている。そのため、孤児たちの中ではいち早くセリーナに忠誠を誓っていた。セリーナにしてみれば何でもかんでも本を読んでくれるアリスは、自分の代わりに本を読み、内容を要約させられることができる便利な存在である。


アリスは書物から得た多角的な知識から、マンドラゴラが生息する場所をかなり絞り込むことができていた。気温や空気の湿り気、土壌の状態、周囲の環境等から割り出した生息場所が今いる森である。


そして森の中を彷徨《さまよ》うこと一時間、ついに特徴的なマンドラゴラの葉を発見することができた。

しかし、そのまま抜くと叫び声で死んでしまう。そこでアリスは静寂の魔法を唱えた。

この魔法は周囲の音を一切消し去ることができ、アリスが得意としているものだ。何故なら人の部屋に忍び込んで、勝手に本を読むときに使っているからである。

静寂が訪れた森の中でアリスはロープを取り出すと、片方はマンドラゴラの葉の根元にくくり付け、もう片方は連れてきた犬の首輪に繋いだ。

これで自分の手を汚さずにマンドラゴラを引き抜き、姿を現したところで魔物を倒す算段である。

合図を送ると犬が走り出して、ロープがぴんと張り詰めた。マンドラゴラの本体である根が姿を現そうとしていた。

アリスは杖を大きく振りかぶると、マンドラゴラを殴り倒す準備を整えた。

◇　◇　◇

「みんな、よくやってくれたわ」

孤児たちは期限の日没までに指定された材料を見事に持ち帰っていた。その成果にセリーナも満足している。

孤児たちの表情からは、ひとりでも任務を成し遂げたという誇らしさが感じられた。

「疲れたでしょう、休んでいなさい」

セリーナから珍しく優しい言葉がかけられた。

皆その言葉を素直に受け取ったが、同時に疑問もわいた。

「サー、その材料を使って料理をするのではなかったのでしょうか？　サー」

イザベルが綺麗な挙手をして質問した。そう、今回の訓練は料理だと言われていた。彼らはまだ材料を調達するところまでしかやっていない。休んで良いということは、ひょっとしたら調理は公爵家の料理人が行うのだろうか？

「ああ、それなら大丈夫よ？　わたしがやるわ」

帰ってきた答えは想像を遥かに上回るものだった。

セリーナが料理をする？

通常、貴族の子女が料理をするなどありえないことだった。それもセリーナのような身分が高い令嬢がやることではない。

「サー、セリーナ様には調理の経験まであったのでしょうか、サー」

リチャードの声には「意外だ」という気持ちがありありとにじんでいる。

「あるわけないじゃない」

セリーナの答えは簡潔だった。

「でも、どうにでもなるわ。わたしは天才だから」

（『天災』の間違いでは？）

その場にいるセリーナ以外の全員が同じことを考えた。

今日集めてきた素材はどれも食材としては高級なものである。それひとつで金貨何枚にもなるような代物ばかりだ。決して素人が適当に使って料理をしていいようなものではない。

彼らにとっても初めて単独で魔物を倒した成果である。

「サー、せめて料理人の手ほどきを受けるべきかと愚考しますが、サー」

オスカーが懇願するように言った。彼は仕留めたキラーフィッシュを回収するのに、水中で一時間ほど悪戦苦闘していた。

「サー、我々にも手伝いをさせてください、サー」

イザベルは目を潤ませている。一頭と思っていたブラッドベアが実は二頭いて、彼女は死闘の末に何とかその二頭を倒していた。持ち帰ったブラッドベアの手は、彼女にとって大切な記念の品でもあった。

「いいのよ」

いつもは必要以上の発言には罰を与えるセリーナだが、彼女の機嫌はすこぶる良かった。

「だって、誰かに手伝ってもらったら、わたしの手料理にならないでしょう？　今日はあなたたちの頑張りにご褒美を与えるためのサプライズなのだから」

恐ろしいことに、セリーナにはまったくの悪意が無かった。本気で自分が調理して、自分の従者候補たちをもてなそうとしていたのだ。

「…………」

もう彼らにそれを止める術は無かった。

そして数時間後、彼らが持ち帰った高級食材は見るも無残な姿へと変貌を遂げていた。

強いて表現すれば『悪魔の臓物』のような物体だった。

「さあ、みんな食べて！　身体的な能力も魔力も伸びる、わたしの特製料理よ！」

セリーナの手料理は食材の効果によって能力は伸びるかもしれないが、料理の効果によって寿命が縮まりそうな見た目をしていた。

しかし、作った当の本人は華が咲いたような笑みを浮かべている。「食べたくない」とは、とても言える雰囲気ではない。

「サー、では一口頂きます、サー」

男気のあるリチャードが黒い汚濁をスプーンですくって口に入れた。

とたんにリチャードは膝から崩れ落ちた。

「どう、美味しいかしら？」

リチャードの反応を自分の都合の良いほうに解釈したのか、セリーナは笑顔で尋ねた。

「……サー、足腰が立たなくなるような味です、サー」

顔色を真っ青にし、口を押さえてリチャードは答えた。

「ですって。美味しいそうよ？」

（美味しいとは一言も言ってない！）

孤児たちは皆そう思ったが、美しい微笑みをたたえているセリーナにそんなことは言えない。

「さあ、遠慮なく食べて」

セリーナの笑みは、いつもの悪魔のそれではなく、今日だけは天使のような優しいものだった。

しかし、課せられたミッションはいつもより過酷である。

ひとり、またひとりと悪魔の臓物へと挑む孤児たち。

今日、彼らは強力な魔物に打ち勝つことができたが、この強敵の前にはことごとく膝を屈した。

だが、食べないわけにはいかない。彼らは冥府の底から這《は》い上がっては食べ、また冥府へ堕《お》ちていき、這い上がってはまた堕ちていったのだった。

ちなみにこの料理の効果自体はかなり強力なもので、彼らの体力と魔力は格段に上がったのだが、誰もそのことをセリーナに報告しなかったという。

第3章　従者たちと一緒

3―1　従者

孤児たちに犬を飼わせて、三年が経《た》とうとしていた。

リチャード、ルイス、エマ、アリスはすぐに犬と仲良くなったが、ひねくれたところのあるイザベルとオスカーは犬を飼うこと自体に抵抗があったようだ。

しかし、イザベルたちも不器用ながら時間をかけて犬と通じ合えるようになり、今では全員が犬を家族のように思っているようだ。

自らの手で殺さなければならないとも知らずに。実に滑稽なことだ。

（いずれ、孤児たちに「飼い犬を殺せ！」と命じることができる日がやってくる）

わたしはそれだけを心の支えに、今日まで生きてきた。

恐ろしい相手だった。いつの間にか飼い主たちの部屋から抜け出して、わたしの部屋に潜入し、あまつさえベッドの中にまで入り込んだことがあった。朝起きたら六匹の野獣がわたしと一緒に寝ていたのだ。

あのときは心臓が止まるかと思った。

その場で魔法で焼き殺そうとしたが、起きた犬たちに吠《ほ》えかけられて腰が砕けてしまった。

それをいいことに、野獣たちはわたしの全身を舐《な》めまわし、手足を甘噛《あまが》みし、尻をくっつけてきたりとやりたい放題だった。

あんな屈辱は生まれて初めてである。あやうくベッドの上で永眠するところだった。

おまけに気付いた飼い主たちが慌てて引き取りにやってきたが、彼らは必死に笑いをこらえていた節があった。威厳も何もあったものではない。

しかし、そんな地獄も今日で終わりだ。愛を育んだ相手を自らの手にかけることによって、彼らはわたしの従者としての最後の階段を上ることになる。

あの地獄の野獣どもが、どんな悲痛な鳴き声をあげて最期を迎えるのか楽しみだ。

わたしは孤児たちに、犬を連れて庭に来るよう命じた。

三年も経つとさすがにちゃんと躾《しつ》けられており、以前のように犬が勝手にわたしに飛びかかってくるようなことはない。

……気のせいか、犬たちが獲物を狙う目でわたしのことを見ている気もするが。

飼い主である孤児たちは犬と共に呼ばれたことに何かを感じているのか、少し緊張した面持ちである。まったく勘の良い連中だ。「犬を殺せ」と命じられたとき、どんな顔になるのか想像するだけでも口元が緩んでしまう。

わたしは死刑を宣告する裁判官の気分で命令を下そうとしていた。

将来はこの国の王妃になる予定だけれど、きっと裁判官という職業もわたしの天職であったに違いない。何故《なぜ》なら今とても素晴らしい気分だからだ。わたしが裁判官であれば、罪人たちはすべて死刑になることだろう。

満面の笑みで「犬を殺せ」と言おうとしたそのとき、六人の孤児たちと目が合った。

十二の瞳はわたしのことを信じ切っていた。わたしのことを純粋に想《おも》う瞳。それは初めてのものではなく、見覚えがあった。あれはたしか……。

わたしがわずかに逡巡《しゅんじゅん》している間に、屋敷のほうから声がかかった。

「セリーナ様、お父上がお呼びです」

お父様の側仕《そばづか》えの者だ。わたしは内心舌打ちしつつも「すぐに行きます」と答え、孤児たちには各々に訓練をするように伝えて屋敷へ戻った。

◇◇◇

「セリーナ、国王陛下がおまえと会いたいと仰せだ」

国王がわたしとの面会を希望していることを、お父様はにこやかに告げた。

希望というより命令なので、万難を排してでも行かなくてはならない。しかし、わたしが記憶している限り、前世ではこの時期に国王と謁見したことはなかったはずだ。

「お父様、何故陛下はわたしと会いたいのでしょうか？」

まさか人生をやり直していることに気付かれたのだろうか？　前世で無慈悲に処刑宣告を下した国王は、わたしがエドワード様と婚姻できなかった場合、三番目の抹殺候補となっている。ちなみに一番目はエレノア、二番目はエドワード様である。いっそ城ごと燃やしたほうが手っ取り早いかもしれない。

「うむ、実はおまえが孤児を従者として教育していることが、城で評判となっていてな。以前、修道院の院長が我が家に様子を見に来たことがあっただろう？」

もちろん、覚えている。初老の女院長のことだ。問題児たちがいなくなったおかげでストレスがなくなったのか、さらに一回り横に大きくなっていた。

「はい、記憶しておりますが」

従者候補たちの訓練の成果を見せてやったら、感激してむせび泣いていた。

「おまえには言っていなかったかもしれないが、彼女も貴族の出でな、『公爵令嬢の孤児を教育する手腕は見事だ』と方々で褒めているようなのだ。それが陛下の耳に入って『おまえと会いたい』と仰せになったというわけだ」

「なるほど。畏《かしこ》まりました」

あまり嬉《うれ》しいことではない。孤児たちを訓練しているのは復讐《ふくしゅう》のためであり、礼儀作法も覚え込ませてはいるが、基本的には戦闘技能を高めている。明らかに従者には不要な力だ。それが露見した場合、言い訳に苦慮するだろう。

「ということは、孤児たちも一緒に？」

「もちろんだ」

面倒なことになった。礼儀作法といっても基本的なものしか教えていない。国王相手の作法など、うちの使用人たちですら知らないのだ。こんなことに無駄な時間は使いたくないのだが……。

まあいい。ものは考えようである。後々ターゲットになるかもしれない相手だ。しっかり顔を覚えてもらおう。ついでに城の構造も覚えさせれば、後々役に立つかもしれない。

「それに犬も連れてくるようにとのことだ」

「犬も？　何故ですか、お父様？」

「隠すことはないだろう。孤児と犬を同時に育て上げたおまえの教育は見事なものだ。あの犬たちはよく躾けられている。おまえも一緒に寝るぐらい可愛《かわい》がっているではないか。わたしがその話を陛下にしたところ、いたく興味を持たれたようでな。是非犬も一緒に見てみたいとのことだ」

「えっ？」

わたしは愕然《がくぜん》とした。目の前が真っ暗になり、今にも膝から崩れ落ちそうである。

可愛がってなどいない！　あれは勝手に侵入されただけだ！　誤解もいいところである。

しかも、国王がわざわざ見るということは、そのお墨付きを得るということだ。間違っても「飼い主たちの精神的な成長のために殺させました」などという理由で処分していいものではなくなる。

それどころか、他の貴族たちの興味の的になり、今後は社交の場にも連れていく必要が出てくるかもしれないのだ。

まさかこれは国王が仕組んだ巧妙な罠《わな》だろうか？

犬を殺すことを封じて、孤児たちをわたしの立派な従者にさせないつもりでは？

色々な考えが頭を駆け巡りながらも、わたしは、

「はい、わかりました」

と返事をした。

◇　◇　◇

庭に戻ると、孤児たちが犬と共に訓練を積んでいた。

障害物に挑んだり、剣の素振りに魔法の詠唱等々、サボりもせずにきちんと鍛錬に励んでいる。よく鍛えられたものだ。犬を殺さなくとも十分な戦力になりそうだと思った。

（もういいかな）

わたしは少し投げやりな気持ちになった。もちろん、復讐を諦めたわけではない。犬を殺させることを諦めただけだ。

わたしが戻ってきたことに気付いた孤児たちはすぐに整列した。各々の前には犬たちがちょこんと座っている。

皆が先ほどのわたしの言葉の続きを待っていた。

「犬を飼い始めて、今日で三年になります」

「サー、イエッサー！」

「そして今日という日で、あなたたちはもはやゴミ虫ではなくなりました。あなたたちはわたしの従者です。あなたたちは兄弟の絆《きずな》で結ばれました。今から死ぬときまで、あなたたちがどこにいようとも、ここにいる従者たちは兄弟です。あなたたちはわたしと共に困難に直面するかもしれません。ひょっとしたら死ぬ者もいるでしょう。ですが、肝に銘じておきなさい。従者はわたしのために死にます。そのために存在します。しかし、わたしは永遠です！　それはすなわち、従者であるあなたたちも、永遠であるということです！」

自分でも何を喋《しゃべ》っているかよくわからないが、確かこんな感じのことを最後に話すのだと、例の執事から教えられていた。これが良く効くのだと。

居並ぶ孤児たちの表情を見ると、感情が死んでいるアリス以外は涙を浮かべていた。マジで？

3—2　リチャード

親のことは覚えていない。というより、思い出したくない。

親父《おやじ》は母親のことをよく殴っていたし、親父が牢獄《ろうごく》にぶち込まれた後は、

「リチャード、あんたの顔を見ていると、あのろくでなしの顔を思い出すのよ」

と母親に言われて、孤児院に連れていかれた。

つまり、親はふたりとも生きてはいるが、俺は捨てられて孤児院に入ったわけだ。

それが不幸かどうかと言われたら、恐らく幸運の部類に入るだろう。

何せ飯はちゃんと出るし、夜中に親が怒鳴り合ったりしない。環境的には最高だ。

ただ、問題はあった。孤児院ではなく俺のほうに。

すぐに手が出ちまうのだ。

言葉で言うよりも先に相手を殴っちまう。それが唯一親父から教わったことだからだ。話し合う必要もなく、俺の勝ちでケリがつく。世界一簡単なコミュニケーションだ。

俺は同じ年頃のガキどもに比べるとでかかったし、ケンカで負けることはなかった。

院長たちからは散々説教をくらったが、罰を受けても何てことはない。飯を一回や二回抜かれようが、説教部屋に閉じ込められようが、俺が家で受けていた理不尽に比べれば全然マシだからだ。

そういうわけで院長たちはうるさいが、孤児院では快適な生活を送っていた。

あいつが来るまでは。

ある日、孤児院に貴族がやってきたのだ。そいつはまあ珍しいことじゃない。

お高くとまった貴族が捨てられた子供を哀れみに来て、ついでに菓子のひとつもくれることはあることだ。

でも俺は見下されるのは好きじゃねぇ。そういうときは決まって、貴族の間抜け面をにらみつけてやることにしている。そしたら、貴族が来るときは俺は部屋に閉じ込められるようになった。

今回もあらかじめ説教部屋に閉じ込められた。何でも偉い貴族のクソガキが孤児の中から従者を選びに来るとかで、出来の良い連中が貴族向けのマナーを教え込まれていた。

「可哀《かわい》そうな孤児に身の回りの世話をさせてあげるわたしは慈悲深い」ってか？

むかつく話もあったもんだ。

俺はいつものように説教部屋で寝っ転がっていた。嫌なことを息をひそめてやり過ごすのは慣れている。静かにしてれば土産の菓子にもありつけるし、大したことじゃない。

そしたら、院長のババアが説教部屋にやってきた。

「あなたを公爵令嬢に紹介します」と。

気でも狂ったのかと思ったが、院長自身も混乱していた。

で、連れていかれた先で待っていたのがあいつだった。他に偉そうな大人もいっぱいいたが、わざわざ俺を見に来たのはこいつに違いないとすぐにわかった。

さらさらしてそうな長い黒髪に透き通るような白い肌、くそったれの神がえこひいきして作ったとしか思えないような面。そして、悪意に満ちた瞳。

見てわかった。こいつはヤバい。外見は良いかもしれないが、こいつはヤバい。

従者なんかにされた日にはロクなことにならない。俺は思いっきりにらみつけた。おまえのお遊びの相手など、こっちから願い下げだと。

しかし次の瞬間、あいつは俺の希望を打ち砕いた。

「一人目はこの子にします」

ああ、くそったれ！　こいつはやっぱりヤバい。まともなヤツなら絶対に俺なんか選ばないはずなのに、選ぶってことはまともじゃないってことだ。

「おい、勝手に何を決めていやがる？　貴族だからって調子に乗ってんじゃねぇぞ？」

俺はあらがうことにした。多少痛い目にあうかもしれないが、それでもこいつの玩具《おもちゃ》になるよりはマシだろう。

「リチャード。今日からあなたはわたしの従者候補となります。不満があるならかかってきなさい？　力にだけは自信があるのでしょう？　頭は弱そうだしね」

あいつは頭に血がのぼった大人たちを止めると、人差し指で俺を招いて挑発した。

身体《からだ》が勝手に反応したように俺は飛びかかった。ガキ同士のケンカで負けたことはない。人形みたいな女相手に引き下がったらいい笑いものだ。

けれど次の瞬間、あいつは視界から消え、顎に強烈な衝撃が走った。頭の中に火花が散って足元がふらついた。油断は無かったはずだ。「手慣れてやがる」と考えを改めたときには、股間を強烈に蹴り上げられた。

まったくの手加減無し。生まれてから一番キツイ一発だった。

これだから女は嫌になる。この痛さをわかっていない。

俺がのたうち回っている間に、あいつは立ち去って行った。

もちろん、見逃されたわけじゃない。あいつが帰る際に、他のついてないろくでなし共と一緒に俺は馬車に詰め込まれ、牛か豚のように孤児院から出荷された。

俺以外にあいつからご指名を受けたのはイザベル、アリス、エマ、オスカー、ルイスだった。

イザベルとオスカーは札付きの悪。アリス、エマ、ルイスも孤児院が持てあましていた連中だ。

どう考えても、お上品な貴族が好むようなメンバーじゃない。

セリーナとかいう公爵令嬢が何を考えているのか、さっぱりわからなかった。

公爵家に連れていかれてからの日々は、控えめに言って地獄だった。

本物の地獄もこういうところだとわかったら、俺は明日から聖人君子になって天国を目指すだろう。まあ、そんな場所だった。

勝手に喋ることはできない、反抗すればケツに魔法をぶち込まれる、土嚢《どのう》を持って走らされる、鎧《よろい》を着て川を泳がされる、森に投げ込まれた小石みたいな宝石を捜させられる等々、自分の生まれた家や孤児院が天国に思えるような毎日だ。

おまけに文字や礼儀作法まで覚えさせられた。覚えられなかったら、屋敷の一番高い場所にあるバルコニーからロープで宙吊り《ちゆうづ》にされて教本を読まされた。三十分ごとに引き上げられて、内容を覚えられたかどうかのテスト。不正解ならまた下に蹴落とされた。公爵令嬢直々の蹴りだ。

「静かに本を読むには最高の場所でしょ?」だとよ。

ああ、確かに最高の場所だった。他にやることが何もないという意味では。俺の身体には長いことロープで縛られた痕が残ったが。

そのおかげとは思いたくないが、文字も礼儀作法もすぐに覚えることができた。

馬鹿みたいに毎日鍛えさせられたから、力もどんどんついた。

多少怪我《けが》をしたところで公爵お抱えの治療師がいるから治るのだが、優秀な治療師も公爵令嬢のいかれた頭までは治せないようで、訓練の内容は日々エスカレートしていった。

しかもある日突然、子犬の世話までさせられた。まったくもって意味がわからない。

ルイスに言わせれば「犬を飼うことは、みんなにとって良い経験になる」らしい。

自分の寿命が明日尽きるかもしれない環境で、犬コロの面倒を見ることが良い経験？

犬を飼うことが免罪符になって、死後に天国に行けるとでも？　信じられないね。


――そう思っていた――


犬は可愛い。俺の荒《すさ》んだ心を癒してくれた。荒んだのは公爵家に来てからじゃない。恐らく孤児院に入るもっと前からだった。

この小さな生き物は俺に愛を与えてくれた。

愛だ。信じられない。俺は生まれてこの方、愛だなんて言葉を一度も使ったことはなかった。

孤児院で神の愛を語られたときも、そんなものの存在を信じられなかった。

当たり前だ。俺は親に捨てられたんだ。親に捨てられた子供には一体どこから愛が与えられるんだ？　俺、いや俺たちにとって愛は架空の存在でしかなかったんだ。

他人なんて信じられない。言葉の上では何を言おうが、心の中では何を考えているかわからない。

綺麗《き》《れい》ごとを並べたその口で、平気で人を傷つけ、裏切る。

でも犬は違う。裏表なく態度でそのすべてを俺にさらけ出してくれる。

飯を食わせてやれば喜ぶし、遊んでやっても喜ぶ。その代わり、かまってやれないと悲しむし、俺が苛立《いらだ》っているとやっぱり悲しそうな顔をした。

シンプルだ。面倒くさいことは何もない。こいつは飯を与えるから俺に懐くわけじゃない。愛を与えれば愛を返してくれるんだ。

あのくそったれの公爵令嬢は言った。

「孤児であったあなたたちには心に欠けたものがあります」と。

ああ、まったくその通りだよ。俺たちには欠けていたものがあった。愛が足りない。それに飢えていたんだ。でも親に裏切られた俺たちは、人の愛を信じることができなかった。イザベルやオスカーも同じだ。犬を飼い始めてから、あいつらの顔や態度から険しさがなくなってきた。きっと俺もそうなのだろう。最初からあいつは……セリーナ様は見抜いていたというわけだ。

死ぬほど厳しい訓練も、犬が待っていれば生きて帰ろうという気にもなってくる。

気付けば俺たちは確かな力を身に付けていた。

公爵様からは「騎士になれる」とまで褒めて頂けるようになった。俺だけじゃない。他の連中も騎士やら魔法使いやら、そういった立派な何かになれると言われている。孤児院にいたときには夢にすらならなかったものに。

認めたくはないが、あの地獄のような日々が実を結びつつあるわけだ。

あらゆる艱難辛苦《かんなんしんく》、理不尽を耐え抜いて、俺たちの心と身体は鋼となりつつあった。

十四になる年を迎えたある日、セリーナ様は俺たちを犬と共に庭に呼び出した。

そして、満面の笑みで何かを言おうとした。いつものしごきかとも思ったが、一旦公爵様の呼び出しを受けて中座し、戻ってきてから告げたのだ。

「あなたたちはわたしの従者です」

おまえたちは兄弟の絆で結ばれたと、わたしは永遠であるから従者であるおまえたちも永遠だと。

何を言っているのかよくわからないけど泣けた。みんな泣いていた。俺たちは認められたのだ。

あの悪魔に。あの憎くて憎くて仕方の無かった性悪女に。

それが何でこんなに嬉しいのかさっぱりわからないけど涙が止まらず、連れてきた犬たちに慰められた。

セリーナ様は俺たちが泣き止《や》むのを待って、さらに告げた。

「あなたたちを連れて、国王陛下に拝謁します。犬も一緒です」

何てことだ！　国王に会うだなんて平民には一生ないような栄誉だ！　セリーナ様はこの日のために俺たちを鍛えていたのか！　それを従者としての最初の仕事にするなんて……。

俺はこの人を一生の主《あるじ》にすると心に誓った。

3―3　謁見

謁見前に孤児たちを正式にわたしの従者にした。

国王の気まぐれで、万が一にも彼らを取り上げられるようなことがあってはかなわないからだ。

もっとも、正式に従者にしたところで命令があれば従わなくてはならないだろうが、従者候補から従者に格上げしておいたほうが少しは抵抗になるだろう。

どうせ犬を始末させることはできなくなったし、従者候補にしておく意味もない。

正式に従者にしたら、リチャードたちは泣いていた。

よくわからないけど、恐らく暗殺者を育成する教育方法が良かったのだろう。

やっぱり、持つべきものは先人たちの知恵だ。

とりあえず、従者たちに国王に会うための作法を覚えさせなければならないのだが、これはすぐに解決した。文献を読んでいたアリスが事前に作法を完璧に把握しており、他の五人も彼女から一度教えられただけで、あっさり習得することができた。

もう宙吊りにして勉強させる必要はなさそうだ。縄でぐるぐる巻きにして蹴り落とせないと思うと少し寂しい。


そして、国王に謁見する日を迎えた。

「あなたたちは従者候補ではなくなったので、サーはもう不要です。普通に話すことも自由です」

「サー、イエッサー！」

……理解していないのか、習慣になってしまったのか。まあ、そのうち慣れるだろう。

ただ、城の中で今のような返事をされたら、ちょっと恥ずかしい。

わたしは六人の従者と六匹の犬を連れて、国王に拝謁するために城へ赴いた。

◇　◇　◇

前世では何度も城には来たことがあったが、そのときとは雰囲気が異なった。

何というか妙に視線を感じる。公爵令嬢とはいえ年若い娘が六人も従者を引き連れ、しかもその従者たちがそれぞれ犬を連れていれば目立たないはずがない。わたしだけでなく従者たちにも好奇の視線が注がれている。

孤児上がりの従者など貴族たちにとっては面白くない存在だろう。今はお父様が先を歩いているおかげで変なことを言ってくる輩《やから》はいないが、わたしひとりで来ることになったら何を言われるかわかったものではない。

従者たちはというと、犬を連れて堂々と城の長い廊下を歩いている。あまりにも堂々としていて、わたしが不安になるくらいだ。何でこいつらは初めての城でもこんな平然としているのだろうか？

前世のわたしですら初めて城に来たときは緊張したものだが、彼らはまるで地獄でも見てきた勇者のように物怖《ものお》じしていない。「他に恐れるものは何もない」と言わんばかりだが、どこでそんな度胸を身に付けたのだろうか？

犬たちも躾けられたもので、鳴き声ひとつあげずに城を我が物顔で偉そうに歩いている。野良犬だったくせに。

そして、国王の侍従たちに案内されて、わたしたちは謁見の間へと入った。

いるのは国王だけかと思ったが、王妃様と王太子であるエドワード様も一緒だった。

わたしがエドワード様と会うのはもう少し後のはずだが、ここでも前世との違いが出ている。

お父様を先頭にわたしたちは赤い絨毯《じゅうたん》を進むと、王の座る玉座から十歩くらい手前で跪《ひざまず》いた。

従者も犬もピタリと止まり、一糸乱れることなく綺麗に跪いた。犬は伏せの姿勢を取り、跪いているように見えなくもない。

「見事なものだ」

国王は感心したように言った。

「ありがとうございます」

お父様が頭を下げたまま答える。

「面をあげよ」

国王が許可を出したので、皆ゆっくりと頭を上げる。犬も伏せからお座りの状態へと移行した。

……どうやったら、犬をそこまで躾けられるのだろうか？ 少し器用過ぎないか？

「ふむ、公爵の娘も美しいが、その従者たちも孤児上がりとは思えぬ顔をしている。犬もよく躾けられておるしな。ここまで訓練されている犬は初めて見るぞ。公爵の娘セリーナよ。孤児と野良犬を教育したのはおまえだと聞いているが、どのように育てた？」

久しぶりに見る国王の顔は意外と温和に見えた。前世でわたしが最後に見たときは、もっと冷たい人間だったような気がしたのだが。

「はい。孤児たちと野良犬たちの寝食を共にさせ、心を通わせ合うように指示しました。兄弟のような親子のような関係を築くようにと。さすれば、犬の成長と共に孤児たちも人間として成長します。孤児は従者としてふさわしい器量を身に付け、犬は人の話すことを理解できるようになるのです」

本当は従者たちを立派な暗殺者へと成長させるための生贄《いけにえ》でした、なんて言えるはずもないので、適当にそれらしい理由を並べて誤魔化した。

「ほう、なるほどな。同時に教育することで相乗効果を生み出しているというわけか」

「左様でございます」

相乗効果？　いずれ殺すつもりだったからそんなものは狙っていないのだが、そういうことにしておこう。

「しかし、よく躾けられた犬だ。わしもそういった犬が欲しいところだが……」

「差し上げます、六匹とも」

間髪を入れずに返事をした。犬を引き取ってくれるなら万々歳である。わたしは犬から解放され、国王からは感謝をされる。良いことしかない。

従者たちは少し動揺しているようだが、国王命令では仕方あるまい。我慢しろ。

「……いや、兄弟同然に成長してきた者たちを引き裂くような真似《まね》はせん。無論、何の迷いもなく犬を差し出そうとしたおまえの忠誠には感謝するがな」

（感謝なんか要らないから、犬を引き取って欲しい）

なんて言えるはずもなく、

「ありがたきお言葉」

とわたしは答えた。

「そこでだ、公爵。どうであろう、おまえの娘とエドワードを婚約させるというのは」

え？

「ありがたい話でございます。しかし、エドワード様は如何《いかが》でしょうか？」

「もちろん、わたしに異論はありません。このような素晴らしい令嬢と婚約できて嬉しく思います」

エドワード様がわたしに微笑《ほほえ》んだ。前世で婚約破棄を言い渡したあのときとは、まったく違う優しい表情だ。

もう一度微笑んで欲しいと願ったあの顔だ。

しかし……

よく見ればそこまで美形ではない。これならオスカーのほうが幾分マシなのではないだろうか？

わたしの中の年齢はとうに三十を越えている。そのせいかわからないが、前世ほどのときめきをエドワード様に感じないのだ。何というか頼りない。わたしの従者たちと比べると全然鍛えられていない。あれ、こんな人だったっけ？

「セリーナよ、おまえはどうだ？」

突然水を向けられた。

「ありがたいお話でございます。これに勝る栄誉はありません。わたしで良ければ是非」

反射的に返事をした。何なら頬を赤らめて見せた。エレノアを見習った演技をずっと続けてきた賜物《たまもの》である。

元よりエドワード様との婚約は確定していた未来なのだが、前世よりも大分早い。

「まあ、婚約したのだから、その犬たちも一緒に連れて来てちょうだいね。今度城の中庭で遊んでみたいわ」

王妃様がうっとりと犬たちを眺めていた。

「ええ、わたしもその犬と触れ合ってみたいものです」

エドワード様も熱のこもった目で犬を見ていた。

……わたし、前世でもそんな目で見られたことない。

もしかして、この婚約って犬目当てか？　わたしは犬のおまけか？

「実はわしも妃《きさき》もエドワードも犬が好きでな。公にすると臣下たちからたくさんの犬が贈られてくるかもしれぬので秘密にしておった。だが、セリーナも犬が好きなのなら話は別だ。城に来るときは犬を必ず連れてくるが良い」

「畏まりました」

あれ？　そういえば前世で、わたしはエドワード様に犬が嫌いなことを言ったような気がする。

ひょっとして、エドワード様はわたしの前では犬が好きなことを隠していた？

一方でエレノアは犬が好きで、よく野良犬とかにも餌をあげていた気がする。

まさか婚約破棄をされた一因は犬？　犬のせいなのか？

3―4　ルイス

両親は僕が小さいころに亡くなった。僕が覚えている最後のお母さんの姿は、横転した馬車の中で僕を抱いたまま動かなくなったときのものだ。

そして、身寄りの無かった僕は孤児院に送られた。うちでは犬を飼っていたけど、その犬がどうなったかはわからない。

孤児院では、なかなか周囲と馴染《なじ》むことができなかった。

とにかく悲しかったし、お母さんや飼っていた犬と会いたかった。

でもそんなことを言うと周りからは嫌がられた。

「みんないないんだから我慢しなよ、ルイス」

ちょっと年上の子供から、そんな風に注意された。

それはおかしい。みんなが我慢しているんだから、自分も我慢するなんて間違っている。

だって悲しいものは悲しいじゃないか。それはどうしようもないことだ。だから、僕はずっと自分の殻に引き籠った。

院長や他の修道院の人たちは初めは何とかしようと寄り添ってくれたけど、しばらくすると放っておかれるようになった。

孤児院は問題がある子が多すぎて、僕みたいに大人しい問題児に構っている暇はなかったのだ。

リチャードは身体が大きくて力が強くて、すぐに暴力を振るった。僕も何度か殴られたことがある。ただ手が先に出るだけで、そこまで悪意は感じられなかった。悪いのはあの手だ。両手が無かったら、きっと良いヤツだと思う。

その点、オスカーは悪いヤツだった。頭と外見が良かったので、それを利用して孤児院の男の子たちの中心的な存在になっていた。悪い意味で、だ。

彼は父親が貴族というだけで他の人を見下していた。徒党を組んで悪事を働いていて、僕も「根暗デブ」と散々馬鹿にされたし、からかわれることもあった。ただ、基本的には大人に対して反抗するタイプだったので、それほどひどい目にはあわなかった。

イザベルは女の子たちのグループの頂点に君臨していたが、彼女は孤児たちに一定の秩序をもたらそうとしているように思えた。多少独善的ではあったが、子供同士の争いやトラブルなどを仲裁し、悪いほうには制裁を加えたりしていた。なので、リチャードやオスカーとはよく対立していた。

エマは建物や木があれば何でも登りだす子で、まるで猫か猿のようだった。

ホーリーヘイヴン孤児院は歴史ある結構大きな建築物だが、彼女はその屋根の上まで登ることを使命としているかのように何度もチャレンジして、院長たちの神経をすり減らしていた。何故なら落ちたら死ぬような高さまで登るからだ。ただ実際に怪我をしたことはほとんどなくて、最終的には放置されるようになった。

アリスは文字が書いてあれば何でも読まなきゃ気が済まない子で、しかも一度読んだら忘れないという特技を持っていた。文字に対する執着は偏執的で、院長や修道女の部屋に忍び込むことにも躊躇《ちゅうちょ》がなかった。平気で人の手紙まで読むので、院長たちがもっとも警戒しなければならなかったのがアリスだったと思う。

みんな個性的だったけれども多分根っこのところは同じで、愛情に飢えていたんだと思う。構って欲しいから極端な行動に走っていたように感じた。

でも院長は対処はしても特別扱いはしなかった。子供たちをできるだけ平等に扱うように心がけていた。誰かを特別に扱うことに子供たちは敏感で、そういうことを好まないことを院長はわかっていたからだ。

孤児院の子供たちの人間関係は傍《はた》から見ると上手《うま》くいっているように見えたと思うけど、実際は綱渡りのように絶妙なバランスの上で成り立っていて、院長はそれを見極めるのが上手かった。

だけど、年が経つにつれて問題児たちの行動はエスカレートしていったので、あの時期は結構大変だったんじゃないかと思う。

そこにやってきたのがセリーナ様だった。

公爵家のご令嬢が気まぐれで孤児たちの中から従者を選ぶということで、院長は聞き分けの良い子たちを選抜し、短期間で見栄えのする態度を覚えさせていた。

ところがセリーナ様はそういったまっとうな子たちを選ばず、リチャードとかオスカーみたいな問題児たちを選んでいった。……僕もその中に含まれていたけど。

でもセリーナ様は僕を選んだときに言った。

「大丈夫、何も心配いらないわ。わたしはあなたのことを必要としているのだから」

『必要としている』。そんな言葉は孤児院に来てから、一度も聞いたことが無かった。多分、あそこにいるほとんどの子供が、そんなことは言われたことがなかったんじゃないかと思う。

でもきっと一番言って欲しかった言葉だ。ここにいていいのか、生きていていいのか、何のために生まれてきたのか、僕らはみんなわからなかった。だって親がいないんだもの。無償の愛なんてものは存在しないんだから、存在する意義を自分たちで探さなきゃいけなかった。

セリーナ様は存在意義をもっとも必要としている孤児たちを見つけ出して、それを与えてくれたのだ。

過酷な試練という形ではあったけど。

貴族風の上品な言葉を使って器用に僕らを罵倒し、体力の限界というか生命の限界に挑むような訓練を課した。

毎日が辛《つら》かった。特に太っていた僕は何度も心が折れかけた。

それを救ってくれたのがリチャードたちだった。断っておくけど、僕たちは仲良しではなかった。むしろ、孤児院にいたときは、お互いを嫌い合っていたと思う。

けれど、セリーナ様は自分が悪役になることで、僕たちの心をひとつにし、いつしか絆を深めていったのだ。

すべては計算されていた。

リチャードはもちろん、オスカーやイザベルも気付かなかったみたいだけど、僕らは厳しい訓練や勉強を通して、曖昧だった自分というものを持てるようになっていたんだ。

その極めつきが犬の飼育だった。

ある日、セリーナ様は僕に命じた。

「六匹の野良犬を、できれば子犬を街から拾ってきなさい」と。

僕はその命令が何を意味するか、すぐに理解した。セリーナ様は僕らに犬を飼わせるつもりなのだと。それを通じて僕らに責任感を持たせて、一人前の人間に育て上げるつもりだとわかった。

だから、僕はそれぞれの仲間たちにあった子犬を街から探し出してきた。

大きな犬はリチャード。見栄えがする犬はオスカー。可愛い犬はイザベル。賢そうな犬はアリス。元気いっぱいな犬はエマ。そして自分には至って平凡な犬を選んだ。

リチャードやエマは喜んでくれたが、オスカーとイザベルは嫌がった。

でも、セリーナ様の命令は絶対だから飼わないわけにはいかない。

こうして僕らは犬を飼い始めた。

飼ってみればやっぱり犬は可愛いもので、あんなに嫌がっていたオスカーたちもだんだんと自分の犬を溺愛するようになり、誰の犬が一番可愛いかを言い争うようになった。僕たちがこんな微笑ましいことで言い争う日が来るなんて、想像もできなかったことだ。

ただ、ひとつ僕が気になったことがある。セリーナ様が最初に犬たちを見るとき、一瞬だけ耐えるような表情を浮かべるのだ。

僕はすぐに悟った。

――セリーナ様は犬と遊ぶことを我慢している――

考えてみれば、セリーナ様はいつも強気な態度を崩さず、従者候補である僕たちに一切の弱みを見せることはなかった。それは上に立つ者として当然のことなのだろう。

でも、セリーナ様だって僕らと同じ年頃の女の子だ。可愛い犬と遊んでみたいと思っているに違いない。何よりセリーナ様は不思議なくらい犬に好かれる人で、飼育し始めた当初はセリーナ様に突進する犬たちを押さえつけるのに必死になっていたくらいだ。

こんなに犬に好かれる人なんだから、犬のことが大好きなのは当然のことだろう。

でも、僕のような身分の低い者から「犬と遊んでみてはどうですか？」なんて僭越《せんえつ》過ぎて言えるわけがないし、言ったところで否定されるのは目に見えている。

どうしたらセリーナ様が思う存分犬と戯れるようになれるのか、僕はずっと考えた。

すると、素晴らしいチャンスが巡ってきた。

国王陛下と謁見したときに、陛下のご家族が犬好きであることが判明したのだ。

これはセリーナ様が犬と遊ぶ良い口実となる。

そこで屋敷に戻るなり、僕はセリーナ様に進言した。

「セリーナ様、犬が好きな王太子様と婚約なされたからには、毎日犬と接するべきなのではないかと思いますが、如何でしょうか？」

「……何が言いたいの？」

セリーナ様は努めて平静を装っていたが、その実、強い感情を隠しているように見えた。僕の提案の内容を予期して、心の中で喜んでいたに違いない。

「毎日、我々の犬を相手に一時間ほど遊ぶ時間を設けてみてはどうかと」

「一時間?」

セリーナ様はぐっと堪《こら》えるような顔をした。きっと一時間では短いと思ったのだろう。

「短いでしょうか?」

「いえ! 良い提案です。さすがは我が従者。褒めて差し上げます」

セリーナ様は慌てて僕の提案を採用してくれた。本当はもっと遊びたいのに、僕たちの手前我慢することにしたのだろう。

良かった。顔は強張《こわば》っているけど本心ではきっとお喜びに違いない。ようやくお役に立つことができた。

僕は自分のやったことに初めて誇りを持てたような気がした。

第4章　討伐

4—1　避暑

わたしとエドワード様の婚約はあっさり成立した。前世よりも一年程早い。

もちろん、早い分には問題ないだろう。

けれど、あれほどもう一度なりたいと願っていた婚約者なのに、そこには思っていたような喜びはなかった。多分、犬のおかげだし。

もっと言えば、前世ではあんなに素敵だと思っていたエドワード様は、どこか物足りなかった。

これならオスカーはおろか、リチャードやルイスのほうがまだマシのように思える。

前世と合わせれば三十年以上生きているせいだろうか？　わたしは自分の気持ちが良くわからなくなっていた。

そんな混乱しているわたしに、ルイスがとんでもないことを提案してきた。

「セリーナ様、犬が好きな王太子様と婚約なされたからには、毎日犬と接するべきなのではないかと思いますが如何《いかが》でしょうか？」

こいつは一体何を言い出しやがるのでしょうか？　毎日犬と接する？　それは何の拷問なの？

まさかわたしの犬嫌いを察していたのか？

「……何が言いたいの？」

わたしは努めて平静を装った。けれど、全身に冷や汗が流れている。

「毎日、我々の犬を相手に一時間ほど遊ぶ時間を設けてみてはどうかと」

「一時間？」

今まで散々訓練でいたぶってきた仕返しのつもりなのか、ルイスの提案は嫌がらせ以外の何物でもなかった。

しかも、王太子様との婚約の件と絡めてきているので非常に断りづらい。何て狡猾《こうかつ》な！

「短いでしょうか？」

「いえ！　良い提案です。さすがは我が従者。褒めて差し上げます」

虫も殺さないような顔をして、主人に反旗を翻すとは恐ろしい子。オスカーやイザベルが可愛《かわい》く思える。

わたしは渋々ルイスの提案を採用することにした。

「ありがとうございます！　では早速今から犬を連れてきますね！」

わたしが止める間もなく、ルイスは他の従者たちを引き連れて部屋へと戻っていった。

え、嘘《うそ》？　今日から？

◇　◇　◇

この時間を何に例えるのかと言えば、部屋にただ座って処刑を待っていた前世のあのときに似ている。

わたしは神に願った。このわずかな間に、犬たちが何らかの病気にかかって全滅していることを。

しかし、そんなささやかな願いは神に届かず、六人の従者たちが六匹の犬を連れてきた。実に元気いっぱいで、わたしは悲しい。

「ではごゆるりとどうぞ」

ルイスが温かみのある声で死刑執行の宣告を行った。

一斉に飼い主たちから解き放たれる犬たち。かつてわたしを襲ったときよりも大きく成長しており、まさに血に飢えた野獣である。

「ハッハッ！」「フッフッ！」「バッバウッ！」「ワンワン！」「クンクン！」「ガウガウ！」

「ひっ、ひぃぃぃっ！」

わたしは耐えることができず、思わず悲鳴を上げてしまった。

しかし、野獣たちは許してはくれない。まず、リチャードの飼っているでかい犬が、わたしを押し倒した。そこに他の五匹の犬たちも加わり、わたしを蹂躙《じゅうりん》し始める。

服をくわえて引っ張る、足をのせる、手足を甘噛《あまが》みされる、尻をすりつけられるとやりたい放題だ。

え、これ、一時間も続くの？　無理、死んじゃう！

わたしは助けを求めようと、従者たちのほうを見た。

しかし、そこには人の不幸をニヤニヤ笑って眺めている六人の悪魔たちが立っていました。

（はっ、はめられた）

わたしにはただのひとりの味方もいなかったのだ。

彼らはこの屋敷に来たときから、わたしへの復讐《ふくしゅう》の機会を待っていたに違いない。

しかし、わたしはセリーナ・ローゼンバーグ。公爵家の令嬢だ。いずれはこの国を統べる王妃となる人間でもある。この程度の嫌がらせに屈していては話にならない。

わたしは立ち上がった。犬に蹂躙されながらも立って見せたのだ。

誰かにこの偉業を讃《たた》えて欲しい。何なら今の姿を銅像にして、未来永劫《みらいえいごう》記憶してもらいたいぐらいだ。

『野獣たちに立ち向かうセリーナ・ローゼンバーグ』

素晴らしい銅像のタイトルだ。

……そんな妄想で気を紛らわせつつも、わたしは気合で笑みすら浮かべて犬たちに対応し、苦行の一時間を立ったまま耐え抜いた。服が犬たちのよだれでべしょべしょである。

どうだ見たか、公爵家令嬢のプライドを！

わたしは従者たちをにらみつけた。

彼らは笑っていた。その意味するところは「今日のところはこれで勘弁してやろう」ということに他ならない。

そう、この地獄が明日からずっと続くのだ。わたしは湯浴《ゆあ》みをしながら泣いた。

犬たちのことはひとまず置いておくとして、わたしにはやることがある。婚約は成立したのだが、このままでは前世同様、あのエレノアによってぶち壊されるのが目に見えていた。

それを防ぐためにやらなければならないことは、エレノアの手柄を横取りすることである。

前世では、わたしが十五になった年に、エレノアが聖なる力で魔物を鎮めたことによって一躍国中に名を轟《とどろ》かせた。そこから聖女伝説が始まるわけだが、わたしが先にその魔物を倒してしまえば、その伝説も始まる前に終わるというわけだ。

そして、今年はわたしが十五になる年。

ようやく、わたしの力を示すときが来たのだ。

◇　◇　◇

「全員傾注！」

オスカーの号令で従者全員が整列し、わたしの声を聞く姿勢をとった。

「これより我々はエルフェン湖へと向かいます。皆準備を整えておくように」

エルフェン湖ではこの夏、巨大な蛇の魔物が暴れることになっている。それをエレノアにさきがけて倒すために行くのだ。

「セリーナ様、何用があって、そこに行くのでしょうか？」

イザベルが軽く手をあげて質問した。

「エルフェン湖には蛇の魔物が現れます。我々はその討伐を目的とします」

「エルフェン湖に蛇の魔物……ですか？」

イザベルは怪訝《けげん》な顔をしている。エルフェン湖は貴族たちの避暑地として有名な場所であり、近年魔物が出現したという話はない。

「わたしの言葉が信じられませんか？」

「いいえ、失礼しました！　セリーナ様の仰《おっしゃ》ることに間違いはありません！」

イザベルが敬礼して、自分の非を詫《わ》びた。

「蛇の魔物に関しては、わたしだけが知っている情報なので他言無用です。いいですね？」

「サー、イエッサー！」

従者たちが声を揃《そろ》えた。彼らは口が堅く、他に情報が洩《も》れる心配はない。

「これは今までの訓練のための戦いではありません。わたしにとっても、あなたたちにとっても初めての本格的な実戦となります。そして、この戦いでわたしという存在を国中に知らしめる必要があるのです。しかし相手は強力な魔物。決して気を抜いてはいけません。きちんと怠りなく準備を整えておくように。いいですね？」

「サー、イエッサー！」

いつになったら止《や》めるんだろう、その返事は。

さて、従者たちには「蛇の魔物を倒す」と説明したものの、お父様にはそんな話はできない。なので、無難に話を通しておいた。

「避暑のためにエルフェン湖に行ってまいります」と。

もちろん、お父様は笑って許可してくださった。

◇　◇　◇

「セリーナ、あれは何かね？」

わたしたちがエルフェン湖に旅立つ当日、お父様はわざわざ見送りに来てくださった。

お父様が指差した先には、今回の旅の荷物を載せた馬車がある。

「もちろん、今回の避暑のための荷物ですわ、お父様」

馬車の荷台には鎧兜《よろいかぶと》、盾、剣、槍《やり》、弓矢などが満載されており、日の光に照らされて物騒な輝きを放っていた。他には回復用の薬などが樽《たる》で載っかっている。どこからどう見ても軍事用の馬車にしか見えない。

「……あれが、かね？」

「最近の道中は危険が多いと聞いておりますので」

「そんな報告は受けていないのだが……」

あまり納得していないようだが、お父様は視線を他へと動かした。

「……彼らは何をやっているのかな？」

その視線の先にはわたしの従者たちがいた。今回の旅に向けての円陣を組んで、何事かを叫んで

いる。

「我々はセリーナ様を愛しているか!?」

オスカーが叫んだ。それを受けて全員が声をあげる。

「生涯忠誠！　命を懸けて！　忠誠！　忠誠！　忠誠！」

「我々を育てるものは何だ!?」

イザベルが叫んだ。

「血だ！　血だ！　血だ！」

「我々の存在意義は何だ!?」

リチャードが叫んだ。

「殺しだ！　殺しだ！　殺しだ！」

従者たちは、まるで百戦錬磨の傭兵団《ようへいだん》のような様相を呈していた。

「彼らは従者として初めて遠くへ出かけるわけですから、ああやって気を引き締めているのです」

わたしはそう説明した。

嘘ではない。少し気合が入り過ぎている気もするが。

「……従者にしては、いささか物騒な言葉を使っているようだが？」

いつものお父様の笑みが引き攣《つ》っていた。

「そうですわね。きっと孤児院のころの良くない言葉遣いが残っているのでしょう」

この際、すべての罪を孤児院になすりつけることにした。

「そんな孤児院だったかね?」

お父様はいまいち納得していないようだった。

もちろん、聞かなかったことにする。

そして、釈然としないお父様を置いて、わたしたちはエルフェン湖へと旅立った。

4―2 イザベル

母は娼婦《しょうふ》だった。父のことは知らない。多分、母の客のひとりだったのだろう。

わたしは娼館で生まれ、娼館で育った。似たような境遇の子は何人かいて、兄弟のように扱われた。

だからというわけでもないけど、あまり母親にかまってもらった記憶はない。娼婦として人気があったのだろう。子供の面倒を見るのは、客を取る前の若い女の子の仕事だった。

成長すれば、女は娼婦に、男は下働きに。そういう場所だった。

多分、他の連中が思っているほど嫌なところではない。それなりに楽しくやっていたと思う。

でも、成長するにつれて、自分がどういう場所にいるのか理解するようになり、客を取るようになった年上の子たちが泣いているのを見るようになって、段々心境に変化が生まれてきた。

きっかけになったのは母親の死だった。

娼婦によくある病による死だ。けれど死ぬ直前、妄想にとりつかれて錯乱する母の姿を見て、わたしは恐怖にとりつかれた。「ああはなりたくない」と。

母の葬儀は簡易的だった。共同墓地に葬られて終わり。

ただ、その墓地に隣接していたのがホーリーヘイヴン孤児院だった。

わたしは葬式が終わると、隙を見てそこから抜け出して、孤児院の門を叩《たた》いた。

そして、扉から出てきた院長にわたしは言った。

「娼婦にはなりたくない」

院長は少し困った顔をした後、わたしを匿《かくま》ってくれた。

娼館の連中は孤児院にまでわたしを捜しに来たみたいだけど、院長が「そんな子はいない」とはっきり否定してくれたのだ。運が良かったことに、この孤児院は貴族たちの援助によって運営されていたため、権力者の庇護《ひご》下《か》にあった。そのため、娼館の強面《こわもて》の男たちも、無理を通して孤児院の中まで捜すことはできなかった。

◇　◇　◇

孤児院の日々もそう悪いものではなかったが、娼館に比べれば、お行儀の良い子が多かったので、育ちの悪いわたしは浮いていたと思う。ただ、それなりに運動ができて、ちょっとだけ頭の良かったわたしは、比較的行儀の悪い子たちを仲間に引き入れて、自分の居場所を作った。

それで他の子たちにも影響力を発揮するようになり、何年か経《た》つとわたしは孤児院の女の子たちを仕切るようになっていた。

だからといって、わたしは悪いことをしたわけじゃない。何といっても匿ってくれた院長には恩を感じている。

わたしがやったことは、悪いことをした連中にちょっとしたお仕置きをしただけだ。

みんなで無視したり、ものを隠してやったり、何故《なぜ》か食事の量が減っていたり、幽霊が出るという物置に閉じ込めたり。

そういう見せしめを作ると、取り巻きたちは喜び、わたしの影響力は強くなった。一石二鳥だ。


「イザベル、勝手に罰を与えてはなりません」

院長からはよく注意を受けた。

「何で？　あいつらは悪いことをしたじゃない？」

「神様が罰を与えるからです」

「神様は何もしないよ？」

「神は決して悪を見逃すことはありません。どんな人間でもいつかはその報いを受けるのです」

「でも、院長。神様がいたら孤児なんてひとりもいないはずじゃない？　神様はいないいんだよ」

わたしが神の不在を説くと、院長は悲しそうな顔をした。

でも、神の存在を前提にして生きていくことなんかできない。そんなものに頼っていたら、とてもやっていけないことは生まれたときから知っている。

結局のところ、何事を為《な》すにも力がいるのだ。それは腕力だったり、人の数だったり、権力だったり色々だ。

孤児院で腕力があったのはリチャード。あいつは何でも暴力で解決していた。

数の力にものを言わせていたのはオスカー。男の子たちを統率して好き勝手やっていた。

わたしは孤児院に秩序をもたらすべく、あいつらといつも争っていた。

どこにいても争いは起きる。やはり力は必要だ。

ところが、わたしの孤児院での生活は突如として終わりを告げる。

悪魔が孤児院にやってきたのだ。

セリーナ・ローゼンバーグ。公爵家令嬢。

彼女は孤児の中から従者を選ぶと宣言し、服でも選ぶような気安さで子供を品定めしていった。

初めは院長が選抜したお行儀の良い子たちから選ばれると思っていたのだけれど、リチャードとオスカーが選ばれたと聞いて、わたしは身の危険を感じた。

すぐに身を隠そうと思ったのだが、時すでに遅く、院長が悪魔を連れてきた。

「この子も従者候補にするわ」

まるで絵画の中から抜け出てきたみたいに綺麗《きれい》な女の子だった。ただ、その瞳は子供のものとは思えないくらい強い意志を感じた。

「あの、わたしなんて何の役にも立たないと思いますが……」

わたしのことは院長から説明を受けているはずだ。それでもわたしを選ぼうとしている時点で、どんな従者を選ぼうとしているのか知れている。だから、必死で選ばれないように振る舞った。

「あら、イザベルはお母様みたいに娼婦にでもなりたいの？　素敵な将来の夢ね」

悪魔はわたしの心の黒いシミを正確に摑《つか》んでいた。怒りで顔が歪《ゆが》んだのが自分でもわかった。

そこでわたしの運命は決まった。

◇◇◇

公爵家で待ち受けていたのは想像以上の地獄だった。

過酷な体力訓練、厳しい勉強、さらには武器を使った戦闘訓練まで施された。それも精神をえぐるような罵倒というおまけまで付いている。

どう考えても、普通の従者には必要のない能力が求められていた。目的が見えない。

ただ、ひとつわかったことは、確かにこれでは院長が用意していたお行儀の良い子たちでは耐えられなかったということだ。認めたくはないけど、リチャードやオスカー、それにわたしみたいな筋金入りのろくでなしでないと生き延びることはできなかっただろう。

ルイス、アリス、エマの三人は、わたしたちとは違った意味で変わった子たちだったから、ついていけたようなものだ。

そういう意味ではセリーナ様の目は確かだった。

一年が経ち、わたしたちには犬が与えられた。

何で毎日を必死に耐え抜いている自分たちが、犬の面倒まで見なければならないのか理解できなかった。

でも、言うことは聞かなければならない。犬の世話を放置しようものなら、何をされるかわかったものではなかった。

仕方なく世話をしたが、最初はなかなか上手《うま》くいかなかった。

一向にわたしになつかないのだ。餌をあげても、散歩をしてやっても、トイレの面倒を見てやっても、どこかよそよそしさを感じた。

ある日、限界がきて、わたしはその白い子犬を思わず床に叩きつけようとした。

だけどその瞬間、犬の瞳と目が合って身体《からだ》の力が抜けた。

その瞳は知っている。娼館にいたときのわたしたちの目だ。常に何かに怯《おび》えていた自分の目だ。

……なるほど、確かにわたしはこの犬を飼わないわけにはいかないらしい。

わたしたちは過去の自分たちと向き合う必要があった。それをセリーナ様は見抜いていたのだ。

犬が来てから色んなことが腑《ふ》に落ちるようになった。

セリーナ様は常にわたしたちを見ている。それも異常なまでに熱心に。

何故か？

そこには愛があるからだ。

セリーナ様にとってわたしたちは『特別』だったのだ。わたしたちはセリーナ様に選ばれた人間だったのだ。セリーナ様はわたしたちの父として母として愛を与えてくださっているのだ。

その証拠に、厳しい訓練を耐え抜いたわたしたちには力が身に付いていた。望めば騎士にだって、何にだってなれるような力だ。

従者になった日は忘れられない。何しろ国王陛下にまで謁見ができたからだ。娼婦の娘だったわたしがだ。

けれど、わたしは自分のことしか見えていなかった。

国王陛下に謁見した後、ルイスがセリーナ様に進言したのだ。

「毎日、我々の犬を相手に一時間ほど遊ぶ時間を設けてみてはどうかと」と。

不覚にもわたしは気付いていなかった。セリーナ様も本当は犬が大好きであることを。

考えてみれば、ベッドにまで犬を連れ込むような人だ。好きじゃないはずがない。

セリーナ様もルイスの提案を聞き入れ、早速犬と戯れていらっしゃった。

犬を抱きかかえたまま倒れ込んで、六匹の犬と遊ぶ姿はまるで天使のようだった。

残念なことに、セリーナ様はそのお姿をはしたないと思ったのか、すぐに立ち上がって犬たちと接するようになったのだが、それはそれで素敵だった。

わたしたちは皆、セリーナ様が犬と戯れるお姿を目に焼き付けるように見ていた。

本当にこの方に仕えることができて良かったと思う。

この夏はセリーナ様と共にエルフェン湖に行く。避暑地として有名な場所だが、セリーナ様によると蛇の魔物が出現するのだという。

そんな話は聞いたこともないが、セリーナ様の言うことは絶対であり、その言葉に疑いを持つなどあってはならない。

たとえ蛇だろうがドラゴンだろうが、我々はセリーナ様の剣となり盾となって戦うだけだ。

我らの命はセリーナ様のために。

4―3 サーペント

王国の北側にあるエルフェン湖は風光明媚《ふうこうめいび》な場所だ。

山と森に囲まれて景色が美しい。冬は極寒の地となるようだが、夏は涼しく、暑さを避けるのには最適の土地と言えた。

昔からエルフェン湖の畔《ほとり》で夏を過ごすのがステータスとされており、有力な貴族たちはここに別邸を構えている。当然、我がローゼンバーグ家も大きな別邸を所有していた。

もちろん、邸内には絵画や彫刻が飾られ、王都の屋敷ほどではないが、優雅な生活を送ることができるようになっている。公爵家の権威というものは、こういうところにも現れているわけだ。

そんな格式高い場所に、武器や防具等の装備品が次々に運び込まれた。本当は七人分で済むはずなのだが、予備を大量に用意してきたので何十人分もの荷物になっている。

別邸のエントランスは、あっという間に騎士団の詰め所のようになった。

「あの、セリーナ様……これは一体どういうことでしょうか?」

別邸を預かる初老の執事が、恐る恐る尋ねてきた。

「避暑に必要な品よ」

そのうち湖に現れる蛇の化け物を退治するために必要な装備だ、とは言えない。

だから適当に誤魔化すことにした。

「避暑には必要ないものかと……」

「王都で流行《はや》っているのよ」

「そんな物騒なものが流行っているなどと聞いたことがありませんぞ？　どう見ても戦争の準備をしているようにしか見えないのですが？」

わたしは指をパチンと鳴らした。すぐにリチャードが駆け寄ってきた。

「セリーナ様がカラスが白いと仰せになれば、我々はカラスを白く塗りつぶす。血が青いと仰せになれば、我々は青い血を流してみせる。我々の忠義とは、忠誠とはそういうものだ。わかるな？」

リチャードは血走った目で執事をにらみつけた。ついでに拳の骨をポキポキと鳴らしている。彼は若いが身体がでかい上に、顔もいかついので迫力があった。

「……はい、わかりました」

執事は青ざめた顔で納得してくれた。相互理解は大切である。

◇　◇　◇

わたしたちは別邸周辺で訓練を行いつつ、蛇の魔物に備えた。

前世のおぼろげな記憶では、でかい蛇だとしか知らないため、他に似たような魔物がいないか事前にアリスに調査させている。

今は別邸の一室で、その調査内容を聞くための会議を行っていた。

「セリーナ様のお話を聞く限りでは、その魔物はサーペントだと推測されます。悪魔の化身とも言われている伝説の魔物で、人に害をなすため恐れられています。弱点は光の魔法らしいのですが、出現頻度が百年に一度くらいなので詳細はわかっていません。ほとんどの場合は、国に現れる『聖女』によって鎮められているようです。一説によると知性が高く、人の言葉を、恐らくは古代語ですが、解するという話もあります」

アリスが調べてきたことを淡々と説明した。六人の中ではこの子がもっとも落ち着いていて、感情を見せることがあまりない。

その説明を聞く限りでは、サーペントは単なる聖女の引き立て役のように思える。

光の魔法が弱点？　何だそれは？　聖女に退治されるために存在するようなものではないか。

「光の魔法以外はサーペントに効かないの？」

わたしはアリスに確認した。

「魔法に限って言えばそうです。以前お伝えした通り、武器に関しては鉄製のものではサーペントの鱗《うろこ》を傷つけることはできないようですが、ミスリル製ならば有効なようです」

ミスリルが効くことは別邸に来る前にアリスから聞いていた。だから、ミスリル製の武器を大量に用意してきたのだ。

「しかし、恐ろしい蛇の魔物というだけで騎士や兵士が戦うのを嫌がったので、実際に戦った記録があまりありません。それに害を為すと言っても、水辺の周囲に留《とど》まるため、大きな被害を及ぼした形跡がないのです。王国としても放置するのが通例で、その間に聖女が到着して退治するというのが一連の流れのようです。ただ、過去に一度も武力で討伐されたことがないため、強力な魔物であることは間違いありません」

それでは、みんなが手を組んで聖女の出現を盛り上げているだけではないか。

わたしはふつふつと怒りが湧いてきた。

「確かに水の中では戦いづらい。陸に上がってこないのか？」

オスカーが質問した。

「陸にも出られるみたいですが、基本的には水の中です」

「湖に毒でも撒《ま》けば、陸の上におびき寄せられる？」

イザベルが提案した。なかなか良い意見である。これは正義の戦いだ。多少の被害はやむを得ない。

「おびき寄せるなら女性を使うと効果的だと思われます。サーペントは美しい女性を好むと言われていますので」

聖なる力に弱くて、女好き……どこまで聖女に都合の良い存在なのだろうか？

「ならば、わたしとイザベルがサーペントを陸に誘導した後に、サーペントの退路を断って攻撃するというのは？」

わたしは世界でもっとも美しいし、イザベルもなかなかのものだ。囮《おとり》としてはうってつけだろう。

「良いと思います。セリーナ様とイザベルが誘い出し、少しずつ湖から引き離せばよろしいかと」

アリスも賛成した。

「セリーナ様が囮になれば、どんな魔物でも誘い出されること間違いありません！　もし出てこなかったら、俺が引きずり出してやります！」

リチャードも追随した。

こうしてある程度の方向性が決まったので、そのままサーペント討伐のための詳細を詰めていくことになった。

◇　◇　◇

『……遠くに聖なる力を感じる』

サーペントは湖の底から目覚めつつあった。

一般的にサーペントは悪い魔物とされているが、実は神の御使《みつか》いであり、聖女を導く役割を担っている。

聖女を見極め、世の中に安寧をもたらすのがサーペントの目的だ。

聖女をこの地に招くためには少しばかり暴れる必要があるのだが、サーペントはその仕事も好きだった。特に美しい人間の女にちょっかいをかけるのが、この怪物の趣味でもあったのだ。

サーペントは浮上すると湖の上に頭を出した。湖畔には身なりの良い人間たちがくつろいでいる。

『あまり美しい女はいないな』

サーペントは少しばかりつまらない気持ちになったが、とりあえず仕事をすることにした。

湖から這《は》い上がり、その巨体をさらすと、人間たちが蜘蛛《くも》の子を散らすように逃げていく。

それはそれで気持ちの良いものだった。

『ふむ、こんなものか。早く聖女が来るといいのだが……』

周囲を見回すと、二人組の女が椅子に座ったままお互いを抱き合い、こちらを見て震えていた。

黒い髪と青い髪をした女である。年若いが、ふたりとも申し分ない美女だった。特に黒髪のほうは、長い間生きてきたサーペントでも滅多に見たことがないくらい美しい。

この二人組の女は恐怖で身動きが取れなくなったようだ。それがサーペントの嗜虐《しぎゃく》心《しん》を誘った。

『少しばかり戯れてやろう』

サーペントは鎌首をもたげて、細い舌をちろちろと見せながら、ふたりの女ににじり寄った。

女たちはここでようやく悲鳴を上げて、足をもつらせながら逃げ始めた。

『良い反応だ』

すっかり気を良くしたサーペントは完全に湖からその姿を現すと、弄ぶように女たちの後をゆっくりと追った。

『舐《な》めるぐらいはしてもよかろう』

すでにサーペントの頭からは「聖女を導く」という目的は消えていた。

女たちは上手く逃げることもできず、転んで地面に倒れた。

『無様な姿だ。だが、それすらも美しい』

少し口を開けた状態で頭部を女たちに近づけていく。

ふたりの女のあげる悲鳴が心地よい。

『さて、どうやって弄ぼうか』

サーペントがそんな妄想を抱いたところで、突然尻尾に痛みが走った。

振り返ると、鎧《よろい》を着た人間の男が剣を尻尾に叩きつけている姿が目に入った。

サーペントの鱗は鉄よりも硬く、そう簡単に攻撃を通すはずはないのだが、男が持っている大剣は白銀の光を放っている。

『ミスリルか！』

さしものサーペントの鱗でもミスリルの剣を完全に防ぐことはできない。おかげで尻尾の先端が千切れかけている。

サーペントは息を吐いた。「シャーッ！」という甲高い音が響き渡る。これは怒りを示す行為であった。

これに対して人間の男はまったく怖気《おじけ》づくことなく、さらなる攻撃を加えようとしたが、サーペントは尻尾を振るって反撃を試みた。

すると今度は後頭部に衝撃が走った。しかも熱を感じる。これは魔力によるものか？

女たちがいたほうに頭を戻すと、黒髪の女が魔力の残滓《ざんし》を漂わせていた。

先ほどまでの怯えた表情は消え去り、不敵な笑みを浮かべている。

青い髪の女は鎧を身に纏《まと》って剣を構えていた。恐らく服の下に鎧を着こんでいたのだろう。

『罠《わな》か!?』

サーペントは驚愕《きょうがく》した。自分が今日現れることは誰も知らなかったはずだ。気まぐれで起きたようなものである。

ところが、人間たちは明らかに準備万端で迎撃の用意を整えていたとしか思えない。

再び尻尾に痛みが走る。

見れば完全に尻尾が分断されてしまっていた。だが、ほんの先端に過ぎない。

『許すまじ』

サーペントは尻尾を振るった。その一撃をまともに喰《く》らえば、人間など簡単に殴殺することができるはずだ。

初撃はかわされたものの、人間の男の動きはそこまで速くない。すぐに捉えることができるはずだ。

しかし、今度は側面から魔法が飛んできた。見れば、遠くに赤髪の女が杖《つえ》を構えている。

『魔法使いがふたりも?』

サーペントは魔法に対する抵抗力はかなり高い。弱点は光の魔法のみである。だが水生生物なので炎の魔法には比較的弱く、そこをふたりの魔法使いは突いてきている。厄介だ。

思案を巡らせていると、また身体に軽い痛みが走った。今度は胴体に弓矢が刺さっている。鱗を貫通したということは矢じりはミスリル製なのだろう。

黒髪の弓兵の姿が目に入った。人間たちはひとつの場所に固まらず、分散して攻撃を仕掛けてきているのだ。鬱陶しい。実に鬱陶しかった。

サーペントは本気で暴れた。距離がある人間に対しては尻尾を鞭《むち》のようにしならせて攻撃し、近くの人間には毒の牙で襲い掛かった。

自分は神聖なる獣である。たかだか人間如《ごと》きに負けるはずがない。現に人間の攻撃からは大したダメージを受けていない。

なかなか当たらない攻撃に苛立《いらだ》ちながらも、最終的には自分が勝つだろうと考えていたサーペントの頭の上に、何かが舞い降りてきた。

そして光を失った。

4―4 エマ

孤児院に来る前のことは覚えていない。

気付いたら、そこにいた。院長の話では、あたしが赤ちゃんのときに孤児院の前に捨てられていたらしい。

まあ、どうでもいいことだ。だって親になんて興味がないし。

それよりも、あたしは身体を動かすのが好きだった。建物や木に登ることが好きだった。走り回

オーバーラップ文庫&ノベルス
NEWS
ハズレ枠の【状態異常スキル】で最強になった俺がすべてを蹂躙するまで12
著：篠崎 芳　イラスト：KWKM
ついにアライオンへと辿りついた三森灯河は、女神ヴィシスへの復讐を果たすため、彼女が座す神創迷宮へと足を踏み入れる。そして灯河らとともに迷宮へ突入した十河綾香と高雄姉妹は、“ヴィシスの仔ら”であるヲールムガンド、ヨミビトと遭遇し……？
廃棄、蹂躙、別離、邂逅。そして——
「戻ってきたぜ、ヴィシス」
——到達。
TV アニメ 絶賛放送中！
ハズレ枠の【状態異常スキル】で最強になった俺がすべてを蹂躙するまで
TBS 毎週（木）24:59〜
BS11 毎週（日）24:00〜 ほか
dアニメストアで最速配信中!!
HP ▸ https://hazurewaku-anime.com/
X ▸ @hazurewaku_info
2407 B/N
©篠崎芳・オーバーラップ／ハズレ枠の状態異常スキル製作委員会

第9回
WEB小説
大賞
金賞
「あ、あいつ、もしかしてとんでもない実力を
隠しているんじゃ……」
「フッ（計画どおり……！）」
自分をSSS級だと思い込んでいるC級魔術学生1
著：nkmr　イラスト：嵐月
ノベルス
注目作
『誰が勇者を殺したか』
著者の最新作！
悪の令嬢と十二の瞳
〜最強従者たちと伝説の悪女、
人生二度目の華麗なる無双録〜
著：駄犬　イラスト：saino

るのも悪くない。

でもよく怒られる。

「エマ、じっとしていなさい」と。

院長たちにも怒られたし、後から孤児院に入ったイザベルにまで怒られた。

怪我《けが》をすると危ないから、というのが理由なんだけど、わたしは怪我をしたことはない……あんまり。

ちょっと高いところから落ちることもあったけれど、そんなのはご愛敬《あいきょう》だと思う。

あたしは自分の身体を使って何かに挑戦したいだけだ。

ただ、身体が大きくなってくると、段々物足りなさを感じるようになってきた。

孤児院も屋根まで登ってしまったし、一番高い木も制覇してしまった。

やることがなくなってしまったのだ。

そんなときに現れたのがセリーナ様だった。

あたしはいつの間にか従者候補に指名されていたけど、そんなことはどうでも良かった。

だってもう孤児院は退屈だったから。

連れていかれた公爵家では、夢のような生活が待っていた。

丸太でできた大きなハシゴとか、底なし沼とか、断崖絶壁の岩山とか、見るだけで胸がわくわくした。後は重たい荷物を持って走らされたり、森の中に投げ込まれた小さな宝石を捜させられたり、橋の上を走りながら魔法を避《よ》けたり、頭の上にタライを載せてバランスを取ったりと、毎日が体力の限界に挑戦しているようで楽しかった。

しかも、あたしが楽しそうに訓練をクリアしていくものだから、セリーナ様はあたし専用のスペシャルな訓練まで用意してくださった。

水の上に長い布を浮かせて、その上を走るというものだ。

これは難しかった。何せ布に足を乗せた途端に沈んでしまう。

沈む前に次の足を乗せなければならない。それを交互に素早く行うことで、布の上を走ることが可能になるのだ。あたしはこれができるようになるまでに、一週間もかかってしまった。

できたときはセリーナ様も喜んでくれた。

「凄《すご》いわ、エマ。さすがのわたしも冗談のつもりだったのだけど」

セリーナ様の顔がちょっと強張《こわば》っていたのは気のせいだろう。

あと、セリーナ様は犬までくれた。元気な子犬だ。犬と一緒に運動するのも楽しかった。

イザベルたちは何故か不満そうだったけど、あたしには何の不満もなかった。

あ、違った。勉強は嫌いだった。あれは苦手だ。じっとしてなければいけないし。

まあ、勉強さえなければ、もっと良かったんだけど、とにかくセリーナ様は最高のご主人様だった。いつも滅茶苦茶《めちゃくちゃ》なことを言って、あたしを楽しませてくれる。

中でも面白かったのが剣術の訓練だ。

公爵家に仕えている騎士さんが先生なんだけど、要はこの騎士さんを倒せるようになればいいわけだ。

だけど、この騎士さんが強かった。元々は国でもトップクラスの騎士だったとかで、こっちの攻撃は当たらないし、向こうは簡単に攻撃を当ててくる。

「おまえには素質はある」

騎士さんはそう言って、いつも色々剣の使い方を教えてくれた。そうやって剣術を覚えるのも面白かったけど、このままだといつになったら勝てるかわからなかった。

だからあたしは考えた。剣が一本だと当たらない。なら剣を二本持てばいいのではないかと。

だって、手はふたつあるのだから。

わたしは練習した。時間があるときは両手に剣を持って素振りを繰り返した。

もちろん最初は重かったし、同時に動かすのは大変だったけど、難しいから面白い。

一年くらい頑張ったら自由に動かせるようになった。

で、騎士さんに挑んだ。

「二刀流？　噂《うわさ》には聞いたことがあるが邪道だぞ？」

騎士さんはあまり良い顔をしなかった。

でも、いいんだ。邪道でもなんでも、あたしは早く勝ちたいだけなんだ。

勝負が始まると、すぐに騎士さんを攻撃した。動きだけならあたしのほうが速い。

いつも騎士さんは、その攻撃を的確で最小限の動きでかわしてくるのだ。

剣が一本ならね。

でも、今は剣を二本持っている。ダンスを踊るようにタンタタンと両手の剣をリズミカルに振るった。

騎士さんは見たこともないくらい険しい顔をして攻撃を防ぎ続けたけど、とうとう隙を見せた。

あたしはそこに剣を捻《ね》じ込んで、首元に剣先を突きつけた。

「……参った」

やった！　とうとう、あたしは騎士さんに勝つことができた！

……でも、明日からは何をしよう？

◇　◇　◇

騎士さんに勝った後、しばらく経って、あたしは正式にセリーナ様の従者になった。

王様のところに行ったりしたけど、そんなことはどうでもいい。

それよりも、湖に行ってサーペントとかいう蛇の魔物を倒す素敵な任務が待っていたのだ。

さすがセリーナ様、いつもあたしを飽きさせず楽しませてくれる。

サーペントを倒すためにみんなで一緒に訓練をしたけれど、あたしの役目はサーペントの頭の上に登って、その両眼《りょうがん》に二本の剣を突き刺すことだった。なかなか難しそうで面白そうだ。

あたしは早くサーペントが現れないか、毎日ドキドキしながら待っていた。

湖に来てから一週間ほど経ったころ、ようやくサーペントが現れた。大きい蛇だ。こんな大きな生き物は見たことがない。

セリーナ様とイザベルが囮になって陸の上に誘い出し、そこをリチャードが背後から攻撃した。

さらにアリスとセリーナ様が魔法で牽制《けんせい》して、オスカーは弓で攻撃を仕掛けた。回復役のルイスは待機だ。

でも、サーペントの動きは結構素早くて、なかなか隙を見せない。

あたしは慎重にその動きのパターンを見極める。

そして、セリーナ様の魔法がサーペントの顔に正面から直撃した。

爆炎でサーペントが視界を失った瞬間、あたしは走った。そして、サーペントの胴体に飛び乗って、ぴょんぴょんとその身体の上を跳躍しながら頭部を目指した。

着ている鎧は必要最小限のもので、しかもミスリル製だから軽い。身体の動きには何の支障もきたさなくて素敵だ。

あたしはサーペントの頭部に着地すると、背中から抜き放った二本の剣をその両眼に突き立てた。

途端に甲高い音みたいな声をあげて、サーペントは狂ったように暴れ出した。

手が付けられない。あたしはさっさと剣を引き抜いて、そこから飛び降りた。

その後もサーペントは手ごわかった。やっぱり身体は頑丈で、目は見えないけど攻撃がかすめるだけでも大きなダメージを受けた。

まあ、ルイスが全部治してくれたけど。

サーペントは必死に湖に戻ろうとしたが、方向感覚を失ってしまっているので上手くいかず、逆にセリーナ様の挑発にのって、さらに陸のほうへとおびき出されていた。

『でかくなりすぎて同じ蛇に相手にされないからといって、人間の女に手を出すなんて節操がないわ。しかも、聖なる力を持った相手じゃないと興奮できないんでしょう？　随分倒錯した趣味ね。貴族御用達《ごようたし》のあらゆる要望に応える娼館でも紹介してあげようかしら？　ミミズぐらいなら用意してくれるかもしれないわ？』

わざわざ、古代語まで使って罵倒するセリーナ様はさすがだと思う。

怒り狂ったサーペントは、セリーナ様の声が聞こえる方向の陸地に引き込まれた。

しかし、こちらの攻撃もなかなか有効なものがない。

でも、我慢比べには慣れている。何せ毎年一回、あたしたちは精神と体力を同時に削るセリーナ様の徹夜の耐久訓練を受けてきた。

それを考えれば、こんな戦いを続けることは大したことではない。

あたしは戦い続けたが、武器のほうが先に悲鳴をあげた。鋼より高い強度を誇るミスリルの剣が、硬い鱗を何度も斬りつけるうちに使い物にならなくなったのだ。あたしは何回も剣を取り替えることになった。

仲間たちも武器を頻繁に代えていたし、ダメージを受けた防具も着け替えていた。セリーナ様があらかじめ大量に装備を用意していなかったら、ひょっとしたら負けていたかもしれない。

ルイスだけでは回復の手が足りず、樽で持ってきた回復薬を浴びるように飲んだ。

少しずつ少しずつサーペントの動きは鈍っていった。そして、半日ほど戦ったところで、とうとうサーペントが力尽きた。

アリス曰《いわ》く、サーペントは最期に、

『おのれ、悪魔め……』

とつぶやいたらしい。

うん、サーペントは間違っていない。セリーナ様は悪魔だ。

こんなに美しく残酷で強い人間は他にいない。だから、悪魔なのだろう。

あたしたちの仕える尊い悪魔様だ。

4―5 聖女

サーペントの討伐に成功した。結構時間はかかったが、その分、わたしたちが倒したことを多くの貴族たちが目撃していた。これでエレノアもおしまいである。聖女という唯一のアイデンティティを失い、ただの下級貴族の娘として、ローズウッド学院に入学してくることになるだろう。

学院に入ってきたら、精々いびり抜いてやるとしよう。

サーペントの死体を前にそんなことを考えていたら、取り巻いている群衆の中に当のエレノアの姿が見えた。

意外と早くやってきたものだ。わたしたちが戦っているのを知って、急いで来たのかもしれない。

彼女の着ている質素な服は動きやすさに重点が置かれていて、貴族というより平民のものに近い。

伸ばせば見栄えがすると思われる金髪も、邪魔にならない程度に短くしていた。顔立ちは派手ではないが、よく見れば整っている。

わたしが前世で覚えている通りのエレノアだった。

その表情は驚きを隠しきれていない。

前世では一切の嫌がらせが通用しなかった聖女に、ようやく一泡吹かせてやった。

エレノアが何と言うのか楽しみだ。

「何故倒してしまったのですか？」だろうか。それとも「勝手なことをしないでください！」かもしれない。さぞかし滑稽な顔で喚《わめ》くことだろう。

エレノアがわたしのところに歩み寄ってきた。

従者たちが少しだけ警戒している。

「セリーナ様。初めてお目にかかります、わたしはエレノア・ハミルトンと申します。このたびはサーペントを退治して頂き、まことにありがとうございました」

エレノアが丁寧に礼を述べてきた。

あれ？

「なぜ、あなたが礼を言うの？」

「もちろん、サーペントを倒して頂いたからです」

「別にあなたのために倒したわけではないけど？」

「実はわたし、最近になって光の魔法を使えるようになりまして」

光の魔法は聖女のみが使える特別な魔法だ。聖女であることの証明であるといっても良い。ただし、聖女として認知されるには何か偉業を成し遂げなければならないので、わたしがサーペントを倒してしまっては不味《まず》いはずなのだが。

「そうなの？　ではサーペントはあなたに任せるべきだったかしら？」

我ながら白々しい嘘をつくものだ。

「いえ、セリーナ様。わたしは怖かったのです」

「怖い？　何が？」

「もちろん、サーペントがです。光の魔法が使えるようになったとはいえ、わたしはただの十五歳の娘に過ぎません。このような恐ろしい魔物と対峙《たいじ》したくはなかったのです」

エレノアはわたしの目の前のサーペントの死骸に目をやり、瞳に恐れを映した。

「ですが、教会の人たちに『サーペントを退けるのは、聖女としてのしきたりだから行くように』と言われて、ここに来たのです。ここに来るまで、怖くて怖くて仕方がありませんでした。でも、先にセリーナ様が退治してくださったので、本当に安心したのです」

わたしはエレノアをじっと見た。嘘を言っているようには見えない。むしろ、本当に感謝しているような気がする。

「……そう。でもあなたがサーペントを退けなかったら、聖女としての証《あかし》が立てられないのではないかしら？」

「別にそんなものは必要ありません。元々わたしに聖女など過ぎた役目だったのです。わたしは父の領地を家族と共に盛り立てられたら、それで良かったのです」

やはり、嘘を言っているようには見えない。それとも巧妙に本心を隠しているのだろうか？

「わかりました。でも無駄足を踏ませてすまなかったわね。気を付けて帰るといいわ」

「はい、ありがとうございます」

エレノアはやはり丁寧に辞去の挨拶をすると、そのまま帰っていった。わたしはその姿をじっと見ていた。

◇　◇　◇

王都の屋敷に戻ったわたしを真っ先に出迎えてくれたのは、お父様でもなければ、屋敷の使用人たちでもない。

六匹の犬たちだった。

馬車を降りるや否や、わたしは六匹の野獣に襲いかかられ、押し倒された。

エルフェン湖は良いところだった。少なくとも、あそこには犬がいなかった。

わたしはそんな感慨に耽《ふけ》りながらも、遠のいていく意識を必死に呼び戻していた。

飼い主である従者たちが何とか犬たちを引き離した後、わたしは待っていたお父様からお褒めの言葉を頂いた。

「素晴らしい活躍だったそうじゃないか、セリーナ！　陛下も喜んでいたぞ」

「ありがとうございます、お父様」

本来、聖女のものになるはずだった手柄を奪い、自分の評価を上げる。計画通りだ。後はこのまま学院に入学し、邪魔になりそうな者たちを排除していけば次期王妃の座はわたしのものである。

「おまえが鍛えた従者たちも立派に働いたと聞いて、わたしも鼻が高い」

「いえ、避暑に行ったら偶然遭遇しただけのことで……」

あれだけ武装を整えておいて偶然も何もあったものではないが、そういうことにしておいた。

「謙遜することはない。三日三晩戦ってサーペントを倒したそうじゃないか？　おまえたちの戦いは吟遊詩人が詩にしているというぞ？」

三日三晩？　せいぜい半日程度だったと思うが、随分話に尾ひれがついているようだ。

「陛下はおまえに大きな期待を寄せている。知っての通り、王国には他にも魔物の被害で困っている場所が多い。それを是非おまえに退治して欲しいと陛下は仰っている」

(それぐらい自分たちでやったら？)

とは言えない。騎士団には国境や街を守る任務もあるし、深刻な被害がない限り、魔物は放置されがちなのだ。そういった魔物は冒険者たちが退治することになっている。しかし、被害に遭っている街や村に資金が無ければ冒険者は雇えないし、魔物が強ければ冒険者だって依頼を断る。なので、魔物に困っている地域は多い。そういった事情があるから、無償で魔物を退治してくれる聖女の存在がありがたいのだ。

もっと自分たちで何とかして欲しいものだが、エレノアに活躍の場を与えるわけにはいかないので引き受けざるを得ない。

「畏《かしこ》まりました、お父様。ですが、わたしは来年ローズウッド学院に入学する身。期間はそこで区切らせて頂きたいのですが……」

せっかくエドワード様と婚約したのに、学院で仲を深められなかったら意味がない。それどころか、エレノアとかに横からかすめ取られる可能性だってある。そこは譲れない条件だ。

「わかっておる。わたしから陛下にそう説明しておこう」

というわけで、学院に入学するまでの期間、わたしは各地を転戦する羽目になった。

まあ、名声を手に入れることができると思えば、悪いことばかりではない。

考えてみれば、前世のわたしは公爵家の令嬢ということ以外、何も持たない娘だった。

(王妃になるからには相応の実績があったほうが良い)

年を重ねたせいか、わたしはそんな風に考えるようになっていた。

4—6　トレキの村

馬車がゆっくりと峠道を走っている。

わたしはあまり王都から出たことがなかったので、雄大な山や森に包まれた地方の風景は珍しいといえば珍しいのだが、一時間も経たないうちに飽きた。

何故ならいくら馬車が進んでも同じ景色がずっと続くからだ。所詮は木と山である。多少の変化はあっても代わり映えはしない。

退屈だ。

わたしの目の前にはイザベルが座っているが、生真面目なところのある彼女はあまり雑談をするタイプではない。用件がないと話しかけづらいところがある。

前世の従者であれば、

「何か楽しいことを喋《しゃべ》って、わたしを楽しませて？」

と雑に話を振ることもできたのだが、イザベルはわたしの話を深読みするところがある。

エルフェン湖にサーペントを倒しに行ったとき、やはり馬車の中で、

「面白いこと話して」

とイザベルに言ったことがあった。

するとイザベルは真顔で「効果的な人の痛めつけ方」とか「いかにして人の弱みを握るか」について詳細に話し出したのだ。まったく楽しくなかった。

どうやら、わたしがそういう話を求めていると勘違いしたらしい。いや、確かに将来的には役に立つ知識かもしれないが、退屈しのぎにそんな物騒なことについて語り合いたかったわけではないのだ。

だから、ちょっとイザベルには話しかけづらい。

イザベルの隣にはアリスが座っていて、ずっと本を読んでいる。

アリスは聞けば何でも話してくれるのだが、何と言うか、辞書と対話している気分になるのだ。知識を一方的に発信し続けるので、やっぱりあまり楽しくない。本で知識を得ているので話自体は豊富に知っているのだが、無表情で抑揚なく淡々と話すため、どんな面白い話も台無しになる。コミュニケーション能力が絶滅しているのだ。ただ、眠たいときにはちょうどいいかもしれない。

で、本来わたしの隣に座っているはずのエマは、今はそこにいない。

外で馬車の隣を走っていた。

わたしが目線をやると、手をぶんぶん振ってくれる。

出発するときに、

「わたし、馬と勝負がしたいんです！」

と言い出したときは、「すぐに音を上げるだろう」と思っていた。

ところが走り出して四時間経つのに、まったくそんな気配はない。

馬と同等に走れる人間って……。

せっかく豪華な馬車を用意したというのに、存在意義が台無しである。

ただ、手を振り返してやると、嬉《うれ》しそうに笑うのはちょっと可愛い。


ともかく、わたしの女の従者たちは楽しいお話というものができない。

男の従者たちは後ろに続く馬車に乗せている。あいつらなら多少はマシな話ができそうだが、馬車のような密室で男に長時間囲まれているのは世間体が悪過ぎる。

そういうわけで馬車の旅はひたすら退屈だった。

◇　◇　◇

何日か馬車に揺られて到着したのは、トレキの村だった。

何でも百年くらい前に聖女が封印した魔物たちが最近復活して、近隣で暴れまわるようになって被害を被っているのだという。

迷惑な話だ。何で中途半端に封印なんかするのだろうか？　きっちり魔物を仕留めておけば、こんなことにはならなかっただろうに。

次代の聖女のために、わざと仕事を残しているのではないだろうか？

ただ、村人たちは本当に困っている。

彼らの身なりはうちの使用人以下。みんなボロボロの服を着ている。手とか浅黒くてゴツゴツしていて、同じ人間とは思えない。

村長を名乗る老人は多少マシな恰好《かっこう》をしていたが、それでもちょっとお近づきにはなりたくない感じだ。

「お願い致します、聖女様。貴方様《あなたさま》はサーペントを倒したと聞いております。あの伝説の大蛇を！　それなら、今我々を苦しめているレッサーデーモンも何とかすることができるはずです！」

村長がわたしに懇願してきた。レッサーデーモンとは、でかい蝙蝠《こうもり》に人間の手足が生えたような気持ち悪い魔物である。それほど強くはないが群れをなす習性があり、大群になるとやっかいな相手だった。わざわざ聖女が封印したということは、かなりの数になるのだろう。恐らくは数百匹といったところか。倒せなくはないだろうが、ちょっと面倒くさい。

しかも、他の村人たちはわたしに半信半疑なのか、物珍しそうな無遠慮な視線を向けている。麗しい貴族の娘が本当に魔物を倒せるのか、素直には信じられないのだろう。

別にわたしだって魔物討伐なんかやりたいわけじゃない。国王に命じられて仕方なくやってきたのだ。だから、もう少しこちらの気分を盛り上げて欲しいところなのだが……。

まあ仕方がない。ここはわたしが下々の者たちと同じ目線で話をしてやらねばならないのだろう。何せエレノアの代わりをしなければならないのだから。ここはひとつ庶民的な立ち振る舞いをして、親しみやすい令嬢を演出せねば。

「お茶を」

わたしがつぶやくと、一斉に従者たちが動き出した。

男の従者たちが馬車から椅子と机を運び出し、イザベルが茶葉を取り出し、エマは茶器を用意。アリスが魔法で瞬時に湯を沸かして、それでティーポットをさっと温めると、すかさずイザベルが絶妙な量の茶葉をその中に投入。アリスが再び魔法で適温のお湯を沸かすと、ティーポットに注《つ》いで、蓋をして蒸らした。

その間に、腰を下ろせばピッタリの位置にオスカーが椅子を置いたので、わたしはそれに座った。

さらにリチャードが手の届きやすい位置にテーブルを置き、ルイスが大きな日傘をかざして、わたしに日の光があたらないようにした。

テーブルの上には先ほどのティーポットと茶菓子が置かれ、茶葉がしっかり蒸らされたタイミングで、イザベルが美しい所作でカップに紅茶を注ぐ。

この間、まったく無駄がない。従者たちの流れるような仕事ぶりにわたしも満足である。

お茶も非常に美味《おい》しい。ようやく一息つけた。

まるで一枚の絵画のように優雅にくつろぐわたしの姿を見て、村人たちも親しみを持ったことだろう。……あれ？　何故かみんな唖然《あぜん》とした顔をしている。

「それで」

ひょっとしたら、わたしのあまりの美しさに話しかけるのを躊躇《ちゅうちょ》しているのかもしれない。仕方がないから、わたしから村長に話しかけてやることにした。

「魔物はどちらにいらっしゃるのかしら？」

「え？」

村長が呆《ほう》けた返事をした。途端に従者たちににらみつけられ、慌てて言葉を継ぐ。

「はっ、はい。先代の聖女様が魔物たちを封印した洞窟はここから見えるところにありまして、ちょうどあの山の中腹あたりに見えると思います」

村長が指差した方向を見ると、岩肌の多い山が見えた。他の山は木で緑色に染まっているので、一際目立っている。確かにその山の中腹辺りに穴がぽっかり開いていた。

「あれは聖なる山として先祖代々祀《まつ》ってきた御山《おやま》です。いつも我々は御山に見守られて生活を営んできました。聖女様の加護もありまして、その昔、このあたりを荒らしていたレッサーデーモンもあの山に封じることができたのですが……」

正直、わたしはもう動きたくなかった。お茶を飲んで、身体も心もすっかり落ち着いてしまっている。今からあの山まで行って、レッサーデーモンを一匹一匹倒すなんて面倒くさい。

聖女の加護？　中途半端なことをするから、後で困ることになるのではないか。

「なので、もう一度レッサーデーモンを封印して頂ければと……」

村長が何か言っているが、わたしは聖女ではないので封印することなどできるはずがない。

要はレッサーデーモンを全滅させれば良い話だ。

わたしは椅子からゆっくり立ち上がった。

「アリス。魔力のバックアップを」

赤髪の小柄な少女がコクリと頷《うなず》くと、わたしの腰のあたりに手をあてて魔力の供給を始めた。アリスの魔力がわたしの中に流れ込み、身体が熱くなっていくのを感じる。

ここからあの山までは少し距離があるので、ちょっと大がかりな呪文を使う必要がある。それには自分の魔力だけでは少し心もとないので、アリスに魔力の支援をさせたのだ。

わたしは御山とやらに両手をかざした。

『我が魔力は万象を包み込む炎、煌《きら》めく破壊の嵐、無慈悲なる力。我は破滅をもたらす者となり、我が意志は不滅、我が魔力は永遠。絶えず、絶えず、炎をもたらさん……』

「あの……一体何を……むぐっ……」

不安に駆られた村長がわたしに近づこうとして、リチャードに阻まれて口を荒っぽくふさがれたようだ。これだから田舎者は困る。魔法の詠唱中は集中を乱さないように、静かにするのが常識だというのに。

『我が手に宿りし猛火よ、今こそ解き放たれん。爆《は》ぜよ！』

呪文が完成し、わたしの両手の先から巨大な火球が顕現、閃光《せんこう》となって岩山に放たれた。

魔法は洞窟があった中腹に炸裂《さくれつ》、爆音を鳴り響かせて洞窟を吹っ飛ばした。

ついでに山も崩れた。

「セリーナ様」

手回しよく、双眼の遠眼鏡で洞窟の状況を確認していたオスカーが声を上げた。

「二十四匹ほど生き残ったようです。敵討ちでもするつもりなのか、こちらへ向かって飛んできます」

見ると確かに黒い何かがこっちに向かって飛んできていた。

わたしは今の魔法で疲れている。後は従者たちに任せるとしよう。

「エマとリチャードはオフェンス、イザベルとオスカーはディフェンス、アリスとルイスはバックアップ。魔物をすべて倒しなさい」

「サー、イエッサー！」

エマとリチャードがレッサーデーモンに向かって走り出した。イザベルとオスカーは村の防衛のために武器を構えた。イザベルは剣、オスカーは弓である。

アリスはわたし同様魔力を消費しているので待機。ルイスは回復要員兼わたしの日傘係。

椅子に座り直して目をやれば、エマが既にレッサーデーモンと会敵していた。

翼を持つレッサーデーモンは当然のように空を飛んでいるのだが、エマはそれより高く跳躍することで叩き斬っている。あの子の前世は鳥なのかしら？　エマはレッサーデーモンの死体を踏みつけてさらに跳躍、次のレッサーデーモン目掛けて飛んだ。

相変わらず人間技とは思えない。落下したら死ぬと思うんだけど怖くないのだろうか？

リチャードはというと、あいつは高く飛んだりすることができないから石を投げていた。投擲《とうてき》である。まるで子供のような攻撃方法だが、投げた石は唸《うな》りをあげてレッサーデーモンの頭部に直撃した。痛そう。レッサーデーモンたちが次々と石で頭を砕かれて落下していく。

ふむ、なかなかやるではないか。森や山の中に十日ほど放置して、ひたすら魔物たちと戦わせた成果が出ている。

ただ、それでも何匹かは倒し損ねて、こちらに接近してきていた。

それをオスカーが弓矢で狙った。彼は色々な武器を器用に扱えるが、中でも弓は上手い。遠距離から姑息《こそく》に相手を攻撃するというのが、性分に合っているのだろう。

その弓すらも避けて、三匹のレッサーデーモンがわたしの近くまでたどり着いた。

従者たちの猛攻を耐え忍んでここまで来るとは、いっそ健気《けなげ》ですらある。

だが、そんな可哀《かわい》そうな魔物たちをイザベルがあっさり斬り捨てた。剣術だけならイザベルは従者の中でも随一である。そのへんの騎士では太刀打ちできない。

ただ、リチャードとエマの身体能力が異常なので、攻撃は主にあのふたりに任せて、イザベルには普段わたしの護衛をさせている。見た目も良いし。

◇◇◇

レッサーデーモンはすべて撃滅した。完勝である。

なのだが、何故か村長は膝をついて手を地に着けていた。

「御山が……我らの聖地が……」

山？　あの岩だらけの山なら半壊して、何百匹といたであろうレッサーデーモンの巨大な墓と化していた。

これで村が平和になるなら安いものだと思うのだけれど？

しかし、村人たちの雰囲気は微妙なものだった。「何てことしてくれたんだ！」という不満がありありと伝わってくる。

特に年かさの村人はあからさまに怒っていた。それを見た従者たち、主にイザベルとオスカーが村人たちを威圧し、場の空気が緊迫している。

せっかくレッサーデーモンを倒してやったのに何か面白くない。帰りがけにこの村も吹き飛ばしてやろうかしら？

そんなことを考えていたら、ひとりの村の青年が村長に手を差し伸べた。

「父さん、あんな山なんかどうでもいいじゃないか！」

どうやら村長の息子らしい。

「おまえ、何てこと言うんだ！　御山は我々の聖地だったのだぞ？」

ただのレッサーデーモンの棲《す》み処《か》では？

「いつまでもあの山に縛られていては駄目だったんだよ！　あの山が俺たちに何かしてくれたかい？　違うだろう？　古い因習にいつまでも縛られていては駄目だったんだよ！　聖女様の魔法は俺たちの常識も打ち砕いてくれたんだ！　未来に進めって」

いや、そういう意味はなかったのだけれど。

「そう……なのですか？」

村長がわたしのほうを向いた。どうしよう？　正直に言おうかしら？

「当たり前だ、村長」

わたしの代わりにオスカーが喋り始めた。

「おまえたちが御山と崇《あが》めていた山は、実質的にはレッサーデーモンの巣でしかなかった。先代の聖女はおまえたちの信仰に配慮して魔物たちを封印するに止《とど》めたが、それでは何の解決にもならなかったのだ。事実、封印が解けてしまった後は、また被害が出てしまっていたではないか。それをセリーナ様は根本的に解決したのだ。それもわざわざ、おまえたちの前で御山を崩すことで信仰に囚《とら》われていたおまえたちの心までも解き放ったのだ！　これを聖女を越える偉業と言わずして、何と言うのか！」

　封印できないから山ごと吹っ飛ばしただけなんだけど、オスカーが良い感じのことを言ってくれた。おかげで村人たちのわたしを見る目が変わってきている。

「ありがとうございます、セリーナ様！」

　村長の息子が礼を述べた。他の村人たちもそれに倣って、次々に感謝の言葉を口にしていく。

　……悪くない。そういえば、こんな風に自分のやったことで感謝されたことなんて、今まであったただろうか？

　形ばかりの感謝なら前世でもあった。「わたしのような身分の低い者に気を遣ってくださって、ありがとうございます」みたいなものなら。

　でも、今はみんな心から喜んでいる。レッサーデーモンの脅威から解放されたことが素直に嬉しいのだろう。

　うん、やっぱり悪くない。わたしは村人たちの笑顔を見ながら、そんな風に思えた。

4—7　ドーズ領

　トレキの村を悩ませていたレッサーデーモンを全滅させた後、わたしは王都に戻るなり次の討伐命令を受けた。

　百年ぶりに活動を再開したドラゴンの討伐である。ただ、ドラゴンといっても、そこまで大きなものではない。何とか空を飛べる程度にまで成長した個体らしい。

出現場所は例によって王国の辺境にある領土。王国の利益にはなりにくい場所なので、対処を後回しにされていたわけだ。

このドラゴンも百年前に聖女によって鎮められた逸話を持っていた。聞けば歴代の聖女たちが封印するなり、鎮めるなりした魔物たちが王国の至る所に存在しているらしい。

何でそんな中途半端なことをしてまわったのか。おかげでわたしが要らない苦労をする。


「聖女には魔物を倒す力はありません」

馬車の中で聖女に対する愚痴をこぼしていたわたしに、アリスが答えた。

「光の魔法とは相手を攻撃する類《たぐい》のものではなく、精神に作用するのです」

「精神的？　幻覚とか魅了とかするの？」

まさか、光の魔法を使ってエドワード様を魅了していたのか、エレノアは？

「少し違います。光とは心の光を指し示しています。善なる心とでも言ったほうがいいかもしれません。それに働きかけて、相手の敵意や害意を鎮めるのです」

なるほど。前世でエレノアを襲うために雇ったならず者たちが突然改心したのも、光の魔法が原因だったのか。

それなら何でエレノアは、わたしに光の魔法を使わなかったのだろう？

「光の魔法は誰にでも効果があるの、アリス？」

「いえ、少しでも良心が無ければ効果がないそうです」

……多分、公爵家の令嬢相手に光の魔法を使うのは畏れ多かったから、という理由に違いない。

わたしが魔物よりも良い心がないとか、そんなわけはないだろう。

「後は魔物であれば、ある程度の期間、完全に活動を停止させることもできるようです。『封印』と呼ばれる魔法ですね。聖女はこの魔法で各地の魔物を鎮めていたのです。光の魔法には相手を物理的に攻撃するようなものはないはずです」

「封印は簡単にできる呪文なの？」

「簡単ではありません。他の光の魔法を使って、ある程度相手の心をなだめてから、ようやく使うことができるようです。魔物の心をなだめるにはとても時間がかかるらしく、伝承によると三日三晩かかったこともあると記載されていました」

「そう、そんなに時間がかかるの……」

対話あるのみなのか。わたしが思っていたほど、光の魔法は使い勝手が良いものではないらしい。さすが聖女と呼ばれているだけはある。お優しいことだ。だけど、わたしは優しくなどない。聖女とは違う。魔物だろうが運命だろうが、自分の力で打ち倒すのみだ。

◇　◇　◇

馬車の窓から眺めていた景色から、ドラゴンが棲むという大きな山が見えてきた。

「ようこそおいでくださいました、セリーナ様！」

街の入り口のところでわたしを出迎えたのは、この地方の領主であるドーズ侯である。三十くらいの痩せた男だった。彼の顔には深い皺《しわ》が刻まれ、目は疲れ切っていた。頬はこけており、衰えた様子がうかがえる。髪の毛も幾分乱れていて、手入れをする余裕もないようだった。

「ずいぶん、ドラゴンに悩まされているようね、ドーズ侯」

「ええ、正直、いつ街が襲われてもおかしくありません。それを思うと寝ることもできず、お恥ずかしい限りです」

貴族にしては正直過ぎる物言いだった。けれど、面倒な探り合いがない分、楽ではある。

「それでドラゴンはどこにいるのですか？　あの山？」

わたしは馬車から見た大きな山を指差した。

「はい、その通りです。ただ、あの山のどこにいるかはわかっておりません」

トレキの村のレッサーデーモンたちが棲み処としていた岩山とは大きさがまったく違う。

魔法を撃ったところで山肌を少し削るくらいで終わってしまうだろう。

要はちゃんと山にまで行って倒さなければいけないというわけだ。

え？　あの険しい山に？　わたし嫌よ？

「ドーズ侯は、何故ドラゴンがこの街を襲うと思っているのかしら？」

気のせいだったら帰りたい。

「かのドラゴンは主に動物を餌として食べているようなのですが、その動物の中には人間も含まれるのです。この街はドラゴンにしてみれば、わかりやすい狩り場なのです。騎士や兵士たちで守備隊を編成して何とか追い払うことができているのですが、それも時間の問題なのです。今のところ、ドラゴンは戯れ程度に襲っているようなのですが、それでも守備隊のほうは疲弊して限界を迎えており、いつ瓦解してもおかしくありません」

それはまあ、街なんて「ここに人間がいるよ！」って全力でアピールしているようなものだから、ドラゴンにしてみれば狩りやすいことだろう。森とか平原のどこにいるかわからない動物を相手にするよりかは。

で、ドラゴンは餌を求めて、この街を襲っていると。

じゃあ、餌を目の前にぶら下げてやれば、誘い出せるというわけか。

わたしはエマを見た。健康的でしなやかな肢体は美味しそうと言えば美味しそうである。身体能力が無駄に高いので囮にはもってこいだ。

「ドーズ侯、この辺で戦いやすい場所はどこでしょう？」

「それでしたら、ドラゴンが棲む山の麓に開けた平地があるので、そのあたりでしたらどうでしょうか？」

そんな遠くまで行きたくない。

「もっと街の近くにはないのですか？」

「街の近くですか？　その……できれば街からは離れた場所で戦って欲しいのですが……」

ドーズ侯は申し訳なさそうに首をすくめた。

「何を仰るか、ドーズ侯！」

それを咎《とが》めたのはイザベルだった。

「セリーナ様はたとえあの山の中だろうと、ドラゴンなど物ともされない御方です。それを敢《あ》えて街の近くで倒すというからには理由があるのです！」

「理由ですか？」

わたしの従者に偉そうなことを言われたにもかかわらず、ドーズ侯はあまり気にしていないようだ。わたしのほうが冷や冷やしてしまう。

「この街の住人たちに当事者意識を持たせることです。平和は決して楽には手に入らないものだという気持ちが大事なのです。脅威というのはドラゴンに限ったものではありません。この先、何があるのかわからない。にもかかわらず、自分たちの見聞きできない場所でドラゴンを退治してしまっては、平和は簡単に得られることができると勘違いしてしまうでしょう。セリーナ様はその心の緩みこそを憂いていらっしゃるのです。ドラゴンはセリーナ様が必ず倒すでしょう。ですが、最後は自分たちで街を守るという気概を持つことが必要なのです」

イザベルの言葉にドーズ侯はハッとした顔になった。ドーズ侯が連れてきた騎士たちの顔つきも変わった。ついでにわたしの表情も変わったことだろう。だって、そんなこと考えてなかったし。

さすがイザベル。孤児院で女の子たちを取りまとめていただけあって、口が上手い。

わたしは単に山まで行くのが面倒くさかっただけなのに。

「わかりました！　確かにセリーナ様たちのような若者だけを戦わせようなどと、わたしたちは虫の良いことを考えていたのかもしれません。我々もいざというときは自分たちが戦う覚悟で、街の近くでドラゴンを誘《おび》き寄せることにいたしましょう！」

疲れ切っていたドーズ侯の目に光が灯《とも》った。のせられやすい人だ。それでは貴族社会を生きていくのは辛《つら》いだろうに。

新たに戦場として指定された場所は、街にほど近い平原だった。そこなら大した移動距離はないので、わたし的にも許容できる。

「では、エマ。あなたがドラゴンをここに誘い出しなさい」

「わかりました！　ドラゴンと競走するんですね！　楽しそうです！」

すごいな、この子。その競走には自分の命がかかっているのに、本当に楽しそうにしている。

「それでね、エマ。鎧は脱いでいきなさい。着ている服もできるだけ少なくしたほうがいいわ」

わたしはエマが身に着けていた鎧を外すように命令した。

「わかりました！」

エマは躊躇なく鎧を外し、上着も脱いで肌着のような姿になった。

「なるほど。ドラゴンのブレスには鎧を着ていても、ほとんど効果が期待できない。それよりは鎧を外すことで身軽にして、スピードアップを図ったというわけですね！」

ルイスが感心したように何度も頷いた。

え？　だって、肌が見えていたほうが美味しそうに見えるでしょう？　鎧なんて硬そうなものを着ていたら、ドラゴンが食べに来てくれないかもしれないじゃない。

あまり発育の良い子ではないので女性としての魅力はないけど、餌としてなら魅力的に映ることだろう。

「では行って参ります！」

エマはびしっと敬礼すると、野生の猿のようにかろやかに山へ向かって走り出した。

◇◇◇

戦場となる平原に移動したわたしはお茶を飲んでいた。ドラゴンが来るまで暇だったからだ。

後方にあるドーズ侯の街では、騎士や兵士たちが守りを固めている。街の人々は平原の近くまで出てきて、固唾をのんで事の成り行きを見守っていた。

別に逃げても良いと思うのだけれど。邪魔だし。でも、イザベルがあんなことを話した手前、今更「どっか行って」なんて言えない。

わたしが三杯目のお茶に口をつけたところで、山から何かが飛んでくるのが見えた。

「ドラゴンが来ました。エマも健在です」

オスカーが遠眼鏡で状況を確認し、エマの無事を報告してきた。

何かドラゴンが轟々《ごうごう》と森に向かって火を吹いているので、あのへんにエマがいるのだろう。

この距離であの大きさだと、ドラゴンはまあまあ大きい。

しばらくすると蚤《のみ》のようなものがぴょんぴょんと跳ねて、こちらに来るのが見えた。

あれがエマか。

「では総員戦闘準備」

「サー、イエッサー！」

わたしの声に、従者たちが武器を構えて応じた。

「逃げられると面倒だから、十分に引き付けてから叩き落《お》とすわよ。エマがこちらに到着したところをわたしとアリスが魔法で攻撃。堕としたところをリチャード、オスカー、イザベルが近接戦闘。ルイスはリチャードたちにあらかじめ神の加護をかけておいて。ああ、わたしにもお願い」

「わかりました」

僧侶であるルイスが神の加護を祈り始めた。これでドラゴンの炎を一回くらい浴びても平気なはずだ。さすがにエマには届かないけど、多分大丈夫だろう。


エマの姿がようやく見えた。すごい勢いで平原を疾走している。

ドラゴンは執拗《しつよう》にエマを追いかけている。エマ以外が目に入っていない。随分と気に入られたようだ。さてはああいうのが好みなのか？

そのドラゴンが平原の上空へ入った。わたしは両手をかざして魔法を唱える。

『大いなる風よ、我が呼び声に応えよ。風の刃、疾風の剣、嵐の渦。大気を揺るがし、天を裂け。

風よ、風よ、敵を斬り裂く力となりて我が手に宿りし風よ、今まさに解き放たん』

狙うはドラゴンの右側の翼。

アリスが同じ魔法を詠唱して、ドラゴンの左側の翼に向かって手をかざしている。

『斬り裂け、嵐の運び手よ！』

顕現したふたつの風の魔法は強力な真空の刃となって、ドラゴンの両翼を切り刻んだ。

ドラゴンの本体を覆う鱗には通用しない魔法だが、薄い皮膚のような翼には効果てきめんである。

翼を失ったドラゴンが断末魔のような咆哮《ほうこう》をあげて墜落した。

すかさず、リチャードたちが墜落地点に向けて走っていった。一旦戻って、素早く鎧を装着したエマもそれに続く。近接戦となれば、さすがに鎧があったほうが良いという判断だろう。抜けているように見えて、そういう判断は的確だ。

「わたしも行くわ。アリスとルイスは援護をお願い」

「サー、イエッサー！」

わざわざ前線に出たくはないのだけれど、従者たちを戦わせて自分は高みの見物とあっては外聞が悪い。これはわたしが名声を得るための戦いなのだ。観客は大勢いる。ここで力を示さなければならない。

墜落したドラゴンは既に立ち上がろうとしていた。さすが魔物の中でも最強の種族。落下した程度のダメージでは倒れてくれない。

その足目掛けてリチャードが斧《おの》のように大剣を振るった。

「オラアッ！」

鱗を斬り裂いて血しぶきが上がり、うちの屋敷くらいの高さのあるドラゴンの身体がぐらついた。

凶相を浮かべた魔物が口を開けて、炎のブレスでリチャードを狙おうとしたが、回り込んだオスカーが小賢《こざか》しく尻尾を攻撃して、敵の注意を逸《そ》らした。

さらにイザベルが鱗に覆われていない腹部を斬り付けている。

怒り狂ったドラゴンは、両手両足の鋭いかぎ爪による攻撃に切り替えた。

そこにエマも参戦。後方のアリスとルイスが適度に攻撃魔法と回復魔法を飛ばしてくるので、大分こちらのほうが優勢だ。

わたしは自らの剣に魔力を込めた。公爵家の秘蔵の一振りである魔剣。込める魔力が高ければ高いほど威力を増すことができる。まさにわたしにうってつけの剣だ。

徐々に首が下がり始めていたドラゴンに向かって、わたしは持てるすべての魔力を込めて剣を振るった。

◇　◇　◇

「ありがとうございます、セリーナ様！」

ドーズ侯が目を潤ませて、わたしに礼を述べた。

わたしの隣には斬り落としたドラゴンの首が横たわっている。その虚《うつ》ろな視線は何を思うのか。

きっと、この魔物にも言いたいことはあったはずだ。かつてのわたしのように。

恐らくドラゴンのほうが先にこの地域をねぐらにしていて、後から人間たちが進出してきたのだろうから。

「どうかされましたか？」

ドーズ侯が何か無礼があったのかと、うかがうような視線でわたしを見ていた。

「いえ、何でもありません」

わたしはドラゴンに感じたわずかな憐憫《れんびん》を振り払って、ドーズ侯と向き合った。

彼の後ろには騎士や兵士たちだけでなく、たくさんの住民たちが集まっている。

「この地を悩ませていたドラゴンは、セリーナ・ローゼンバーグが討ち取りました！」

わたしは声を上げた。

「わたしが魔竜を倒すことで示したのは、勇気と団結、そして信じる心をもってこそ、どんな巨大な敵にも立ち向かい、打ち勝つことができるということです。この戦いは、単なる肉体的なものではなく、心と魂の戦いでした。わたしは敵を恐れず、仲間を信じて進んできました。その信念があったからこそ得られた勝利なのです！　この勝利はわたしたちだけのものでなく、この地に住まうすべての人々のものと言えるでしょう。わたしたちはこの経験から学ぶことで、この地をより強く、より良い場所に変えていくことができるのです。今日という日のことを忘れずに心に刻みなさい。そして、未来への道を共に歩むのです！」

自分でも何を言っているかわからないが、従者たちを特訓している時期に毎日のように演説していたおかげで、この手の煽《あお》りは慣れたものである。

心と魂の戦いとか、我ながら訳がわからない。単に実力の勝利である。ドラゴン相手に勝ったのも、わたしと従者たちの戦功に他ならない。だって、ここの人たち何もしてないし。

ただ、こういう風に言っておくと受けがいいのだ。

「セリーナ・ローゼンバーグ、万歳！」

誰かが叫んだ。

それをきっかけに、住民たちが一斉にわたしへの賛辞を叫び始めた。

中には泣いている者もいる。いや、目の前のドーズ侯が泣いていた。

領地をドラゴンの脅威にさらされて、ずっと思い悩んでいたからだろう。

その気持ちはわからなくはない。

従者たちも自分たちの力を示せて、とても満足そうにしている。

あんなに面倒くさいと思っていた討伐任務だったけれど、不思議と充実感があった。

4—8　ボドガー伯

「次はオーク退治に行って欲しい」

ドラゴンを退治して帰ってきたら、すぐに次の討伐命令が下された。

オークは人間の頭を豚に変えたような魔物だ。要は豚人間である。繁殖力も豚並みで、放置しておけば、あっという間に増殖する。

というわけで今回は聖女絡みではなく、単に地方領主の不始末だった。

それについて文句を言うつもりはない。

わたしは前世も含めて、ほとんど王都から出なかったが、トレキの村にもドーズ侯の街にも人の営みはあった。貴族は貴族だから偉いわけではなく、貴族として民を守るから偉いということがわかった。あまりそういったことについて考えたこともなかったが、民衆のために戦うというのも悪くはない。わたしはそう思うようになっていた。

「本当に貴方にオーク討伐ができるのかね？」

自領のオークたちを放置した上に、大量発生させたボドガー伯の態度は悪かった。

疑い深そうな目で、わたしと従者たちを見ている。

酒樽のような肥満体に、たるみ切った顎。王都であれば、とても社交の場には出られないような貴族だが、地方に引き籠っていたせいで自分が一番偉いと勘違いしているのだろう。

わたしを見る目がいやらしい。上から下まで舐めるように視線を這わせている。

何だろう、ここに来るまでにあったはずのやる気が一気に消滅した。

民衆のこととかどうでも良くなった。もう帰りたい。

しかし、それ以上にボドガー伯の態度に腹が立った。

わたしと会うなり、イザベルを指差して、

「この従者をわたしに譲ってくれないかね？」

とか言い出したのだ。

いつもは冷静なイザベルが露骨に不快な顔をしていた。

わたしも不快である。人の持ち物に手を出そうとは良い度胸をしているではないか。

きっぱり断ったら、今度はいちゃもんをつけるようにわたしの力を疑い始めたというわけだ。

「わたしの力をお疑いなら、ここで試してみますか？」

わたしが掌《てのひら》に炎を浮かべた。

オークと間違えたと言えば、多分殺《や》っても問題ないだろう。こんがりと焼いてオークの餌にでもすれば、証拠は残らずバレることはない。

ボドガー伯が引き連れていた大勢の兵士たちが、慌ててわたしたちを取り囲んで剣や槍を構えた。

こんな領主によく忠誠を尽くすものだ。

リチャードはその槍の穂先の根本を無造作に摑むと、そのまま兵士ごと持ち上げた。

槍を手放さなかった兵士はそのまま高く浮き上がって悲鳴を上げる。

「ふんっ」

リチャードが槍を振るうと、哀れな兵士は遠くへ投げ飛ばされ、か弱い乙女のような声と共に地面と熱い抱擁を交わした。

「上等だよ、相手になるぜ？」

手にした槍をへし折り、ボドガー伯たちに不敵な笑みを見せるリチャード。

わたしの従者としてはちょっと態度に問題があるが、何かあったときは全部こいつのせいにできるので、これはこれで構わない。

「いや、おまえたち……いや、セリーナ様たちの力はよくわかった。うむ、頼もしい限りだ。是非、オーク討伐をお願いするとしよう」

ボドガー伯は何とか体面を取り繕おうとして、震える声でわたしたちのことを認めた。

このままやりあっても良かったのだけれど、受けた命令はオーク討伐なので、そっちから片付けなければならない。一応、情報も手に入れる必要がある。

ボドガー伯は逃げるように去っていったが、彼の残していった部下がオークたちの現状について話してくれた。

◇◇◇

「あれがオーク？」

高台に立ったわたしは、眼下に見える光景に目を疑った。

それは茶色く塗りつぶされた広大な荒れ地のように見えた。しかし、よく見ると、その茶色いのが個々に蠢《うごめ》いている。膨大な数のオークが大地を埋め尽くしているのだ。

ボドガー伯の部下によると、オークたちは今までに何度も街に攻めてきたらしい。最初は大した数ではなかったのだが、無駄な損害を被ることを恐れたボドガー伯は適当に追い払うだけで追撃を固く禁じたらしい。

オークも馬鹿ではない。豚並みには知能がある。街を襲って何度も敗北を繰り返した結果、彼らは山や森に籠り、時間をかけて勢力を蓄えることを選択したのだ。そして、かなりの数をそろえることに成功した。

ただ、この時点ではまだ勝てる見込みはあったらしい。この領地を守る騎士団長がそう進言した。ところが再び攻め寄せてきたオークの大群に恐れをなしたボドガー伯が、食料を渡すことで和平を結んだのだ。それも何度も。

で、与えられた食料を食べたオークたちがさらに数を増やして現在に至ると。もうボドガー伯領には、オークに与える食料は残ってない。いや、王都でもあの数のオークを食わせるだけの食料はないだろう。

だから、ボドガー伯は慌てて国王に討伐軍の派遣を求めたのだ。

何という馬鹿げた話だろうか。オークは「一匹見つけたら十四いると思え」と言われているくらい繁殖力の高い魔物である。見つけたら徹底的に殲滅《せんめつ》するのが鉄則だ。もしくはどこかへ去っていくまで追い込まなければならない。

それを自分の領地で餌まで与えて繁殖させるとは暗愚にも程がある。

ボドガー伯自身は、

「わたしは平和主義者だから力に頼らず、話し合いで争いを解決したのだ！」

と自慢していたらしい。

説明に置いて行ったボドガー伯の部下が、溜《た》まった鬱憤を晴らすように聞いていないことまで話してくれた。どうもこの人はボドガー伯と上手くいっていなかったらしく、嫌な役回りとして、わたしへの状況説明を任されたようだ。おかげで情報をたくさん得ることができたけど。


そして今、気持ち悪いほどの数のオークが目前に迫っている。

「とりあえず、燃やそうかしら？」

「御心のままに」

わたしの言葉に五人の従者たちが追従した。今回、アリスは別行動である。

いくら数が多かろうと所詮はオーク。従者がひとりふたりいなくても問題はない。

「ルイス、魔力のバックアップを」

「はっ」

遠慮がちにわたしの背中に触れたルイスが魔力の供給を始めた。ルイスもアリスほどではないが、なかなかの魔力の持ち主である。まあ、一番は圧倒的にわたしなのだけど。

『赤き炎の精霊、岩をも溶かす灼熱《しやくねつ》、地獄の業火、我が手に宿り、我に力を授け、世界を焼き尽くさんと我は欲す……』

炎の呪文はわたしの得意としている魔法だ。とにかく相性が良い。相性が良すぎて、いつもは全力を出すのが難しいくらいなのだが、今回は数が数なので本気が出せる。

『三千世界を紅蓮《ぐれん》の華で埋め尽くせ、滅せよ！』

呪文の完成と共に、猛火がオークたちを包み込んだ。それは津波のように広がり、次々とオークたちを呑《の》み込んでいく。

豚共の絶叫が大地に響き渡った。

「ふふふっ」

別に恨みはないのだが、知らず笑みがこぼれる。オークも存外良い声で鳴くものだ。


辛くも炎を逃れたオークたちの何匹かが、高台にいるわたしたちの姿を確認して声を上げた。

豚でも、この芸術的な炎を誰が生み出したかくらいはわかるらしい。

怒り狂ったオークたちがわたし目掛けて殺到してきた。魔法でほとんど焼き尽くしたとはいえ、もとの数が膨大だったので、生き残りも相当の数である。少なくとも百匹はいるだろう。

「わたし、疲れたから座っているわ。後はお願いね？」

「サー、イエッサー！」

椅子に腰かけたわたしを尻目に、リチャードとエマが先陣を切った。

雄叫《おたけ》びをあげながらリチャードが振り回す大剣は、一振りで三、四匹のオークを斬り裂いた。

エマは二本の剣を器用に使いこなして、的確に敵の急所を仕留めていく。

対照的な戦い方をするふたりだが、生き残りのオークたちの数は急速に減っていった。

さすがに不利を悟ったオークたちは逃げ出そうとしたが、既にオスカーとイザベルが回り込んで退路を断っている。あのふたりはいやらしい戦い方が実に上手い。

何せ一匹も残すわけにはいかないのだ。わたしに失敗はない。

こうしてオークの殲滅戦はあっさり終焉《しゅうえん》を迎えた。

◇ ◇ ◇

「さすがセリーナ様！　わたしは最初から信じておりました！」

出迎えたボドガー伯は最初とはうって変わって、へりくだった態度を取っていた。

何なら揉《も》み手《で》までしていて実にわかりやすい。

わたしたちの周りには、多くの住民たちが集まってきていた。あの膨大なオークの群れを全滅させたということで、物珍しさで出てきたのだろう。

「黙りなさい、ボドガー伯！　あなたを王都に連行します！」

みんなが見ている中、わたしはボドガー伯を糾弾した。

「なっ、何をいきなり！」

ボドガー伯は訳がわからないという顔をしている。

「オークが大量に発生した原因はあなたにあります。そのためにどれだけの民が被害を被ったことか！　国王陛下は決してその罪を許しはしません！」

ちなみに国王からそんな命令は受けていない。完全に越権行為である。しかし、こんなヤツのために働いたと思うと腹が立つので、罪人として連行することにわたしが決定した。

「オークが大量に発生したのは、わたしのせいではない！　そんなことで裁かれる謂《いわ》れはない！」

ボドガー伯が肥えた身体を震わせて抗弁した。

彼の言っていることは間違いではない。確かに対処は間違ったが、それ自体が罪になるかと言われると微妙なところである。しかし、そんなことはどうでもいい。わたしはこいつのことが嫌いなのだ。

「他にも罪状はあります！　領内で行った不正の数々、その証拠はすでに摑んでいます！」

「そんな馬鹿な！　わたしは知らんぞ、そんなこと！」

ボドガー伯の顔が青くなった。

わたしも知らない。だって、適当に言っているだけだから。

でも、その顔で善政を行っているとはとても思えない。部下からも嫌われていたし。集まっている住民たちも声こそ出さないが、ボドガー伯の窮地を明らかに喜んでおり、わたしの予想を裏付けている。

そこにアリスが戻ってきた。相変わらずの無表情だけど、ぐっと親指を立てている。

どうやら証拠が集まったようだ。

アリスは、孤児院のころから人の部屋に忍び込んで書物や手紙を漁《あさ》っていた天性のコソ泥である。その特技を活《い》かして、ボドガー伯の館に潜入させ、不正の証拠がないか調べさせていたのだ。

「ではアリス、証拠を見せなさい！」

「はい。税の収支が二重帳簿になっており、本来の税収は国に提出したものとは異なっておりました。また、賄賂によって役職を決めていたことを裏付ける書簡も発見しています。他にも裕福な商人に冤罪《えんざい》を着せて、不当に財産を奪ったことが記載されている手紙などもございます」

アリスは何枚かの書類を広げて見せた。

「おい、そいつを捕えろ！」

今度は顔を真っ赤にしたボドガー伯が兵士たちに命じたが、彼らは顔を見合わせて誰も動こうとしなかった。何故なら、リチャードが拳を鳴らして威嚇しているから。

ボドガー伯が見た目通りの罪を犯してくれていて、実に嬉しい。

まあ、罪があろうがなかろうが、わたしのやることには変わりはないのだが。

あとは住民たちの支持を集めておけば、王都に帰ったときにうるさいことは言われずに済むだろう。

わたしは民衆たちに向かって語りかけた。

「この地に住まう民たちよ！　わたしはセリーナ・ローゼンバーグ。わたしは国王陛下の命を受けて、この地に平和をもたらすためにやってきた！　そのために何万というオークの大群を焼き尽くした。オークを討つことは、確かにこの地に平和を築くために必要なことだった。しかし、この国の真の敵は魔物だけではない。悪行や不正を行う領主たちもまた、この国に仇《あだ》なす敵なのだ。彼らは国とその礎である民を脅かし、平和を損なう存在である。わたしたちは彼らに対抗するために団結し、勇気を持って立ち向かわなければならない。我々は偽りや不正に屈せず、困難に立ち向かい、勇気を持って行動することが求められているのだ。それこそが国王陛下が求める真の平和である。そして今日、この地は新しい時代の幕開けを迎えることができたのだ！」

相変わらず口から適当なことを言っているだけだが、住民たちからは熱烈な歓声が上がった。涙ぐんでいる者たちも多い。

良い感じだ。既成事実を作ってしまえば、こっちのものである。

これで、わたしがやったことは全部国王の命令ということになるだろう。

大体、わたしに何でもかんでも丸投げする国王が悪いのだ。これぐらいの尻拭いはしてもらわないと割に合わない。

わたしは大歓声の中、縄で縛ったボドガー伯を粗末な馬車の荷台に放り込んだ。

他にも不正に関わったと見られる貴族や役人たちが、住民たちの手によって次々と捕まえられていた。

彼らはわたしに不利な証言をしかねないから、ひとり残らず処分してもらえると助かる。

こうして、わたしはこの地を後にした。

◇◇◇

「国王陛下、お父様、わたしはご命令通り、かの地に平和をもたらしました！」

後日、城に戻ったわたしはにこやかに報告を行った。

「うっ、うむ。ご苦労であった」

ふたりとも顔が引き攣っていたが、特にお咎めはなかった。オークを全滅させて悪徳領主を裁いたのだから、文句を言われる筋合いはない。

連れてきたボドガー伯はわたしの要望通り有罪となり、牢獄《ろうごく》へと送られることになった。

その後も、わたしは従者たちを引き連れて魔物と戦い続けた。やっていることはほとんど傭兵団である。

向かった先では、領主たちからも民衆からも熱烈な歓迎を受けた。

彼らによると、わたしは魔物たちを倒した聖女なのだそうだ。冗談ではない。わたしは普通の魔法は使えるが、光の魔法は使えない。

方々でそう説明するのだが、わたしは荒くれた孤児たちを更生させ、野良犬を慈しみ、剣と魔法に優れた聖女ということになっている。

どうやら王太子の婚約者であるわたしのことを、国王がそういう風に喧伝《けんでん》しているようなのだ。

わからなくはない。次期王妃がやったことなら国の手柄となる。それは国王の求心力にも繋《つな》がる。

この国において王権はそれほど強力ではなく、有力な貴族たちの合議制という側面も強い。

前世でわたしが切り捨てられ、聖女であるエレノアが次期王妃の座に据えられたのも、そういう事情によるところがあったのではないだろうか。要は次期国王には公爵家の後ろ盾よりも、聖女の名声が欲しかったというわけだ。

今のわたしは公爵家の力に加えて魔物を討伐する英雄でもある。これを聖女にまつり上げてしまえば王家にとっては都合が良い。

恐らく前世では、わたしが今やっている魔物の討伐をエレノアがひとりでやらされていたのだろう。いくら光の魔法が使えるからとはいえ、そう簡単なことではない。聖女といっても十五歳の少女だ。前世で十五歳のころ、わたしは何をやっていただろうか？

……くだらないことにお金を浪費していた記憶しかない。

前世のわたしは色んなことを知らな過ぎたのかもしれない。

各地を転戦し、魔物たちの返り血を浴びながら、わたしはそんなことを考えていた。

第5章　学院

5—1　帰還

ようやく、ローズウッド学院に入学する日がやってきた。

わたしは入学直前まで魔物討伐に明け暮れていた。このままでは約束を反故《ほご》にされるのではないかと不安に思っていたが、そこはお父様が国王に取りなしてくれたらしい。

変な話、国王は王家の権力強化を狙って王太子の婚約者であるわたしを戦わせているのだが、わたしはまだ公爵家の人間なので、現在はローゼンバーグ公爵家の影響力が高まる恰好《かっこう》となっている。

笑顔を絶やさない温厚なお父様は権力争いに向いているほうではないが、元々我が公爵家は力の強い貴族のひとつだ。そこにわたしの武功が加わり、内外からの評判が高まっているというわけだ。

入学当日、わたしは従者たちを引き連れ、学院に足を踏み入れた。

従者たちには学院に入れるためにずっと勉強させたし、実績も積み重ねたので能力的には入学には何の問題もなかった。そもそも貴族の令嬢に従者が付いてくるのは当然である。

「六人は多い」とか「孤児の出はちょっと」などと言う連中は、公爵家の権力とわたしの物理的な力で黙らせた。

さて、実に十六年ぶりだ。わたしは待っていた。前世でわたしを見捨てた学友や教師たちに鉄槌《てっつい》を下し、復讐《ふくしゅう》を果たすこのときを。

さあ寄って来い、前世のように。公爵家の恩恵にあずかろうとして、形ばかりの友誼《ゆうぎ》を結ぼうとした学友たちよ。

わたしに近づこうとしたが最後、散々弄んでからゴミくずのように捨ててやる！


……あれ？　誰も寄ってこない？

生徒たちはおろか、教師すらわたしの側《そば》に近づこうともしない。

それどころかわたしが近づくと、みんな怯《おび》えたように逃げていく。

「さすがですね、セリーナ様」

リチャードが誇らしげに言った。

「人としての格の違いに、学院の連中は近づくことさえ恐れおおいという感じですな！」

本当にそうだろうか？

何というか格の違い云々《うんぬん》ではなく、単に怖がられているだけのような……。

学院の人間たちの反応を訝《いぶか》しんでいると、進路方向にいた女子生徒のひとりがわたしに気付き、慌てて立ち去ろうとして道をふさぐように転んだ。

「すいません！　すいません！　道をふさいだご無礼をどうかお許しください！」

女子生徒は這《は》いつくばって泣いて謝った。

さらにその子の友達らしき生徒も横から飛び出してきて、一緒に謝り始めた。

「申し訳ございません！　この子、どんくさいだけで決してわざとじゃないんです！　どうか命だけはお助けを！」

いやいや、さすがに道をふさいだだけで殺すとかないんですけど？　わたしは鬼か悪魔と勘違いされているのか？

「オスカー、あの子に手を貸してあげなさい」

とりあえず邪魔なので、オスカーに対応を任せた。

オスカーは、すっと前に出ると、倒れていた女子生徒に優しく手を差し伸べた。

「お怪我《けが》はありませんか、お嬢様？　わたしの手でよければ、どうぞおつかまりください」

よそ行きの笑みを浮かべているオスカーに、女子生徒は頬を赤らめて、その手を摑《つか》んだ。

オスカーは腰を抱き寄せるように必要以上に密着して優しく立ち上がらせると、自然な動作で通路の端へと導く。

女子生徒は潤んだ瞳でオスカーから目を離さないでいた。

さすが女ったらし。無駄に顔が良いわけじゃない。他の女子生徒たちからも熱い視線を集めている。

まあ、そんなことはどうでも良い。

問題はわたしの評判だ。一体どうなっている？

「イザベル」

「はい」

「学院内でのわたしの評判を収集しなさい。悪い話でもかまいません」

「畏《かしこ》まりました」

イザベルは情報を集めるために、わたしから静かに離れていった。

◇　◇　◇

「結論から申しますと、セリーナ様の評判はとても良いものと思われます」

昼になって戻ってきたイザベルは、早速報告を始めた。

ちなみにこの時間になっても、わたしの扱いは変わらず、誰も近寄ってこなかった。

授業中もわたしのまわりには空白地帯が生まれている。前世では鬱陶しいほど人が集まって、代わる代わる挨拶を受けたものだったというのに。

「評判が良いのに誰も近寄ってこない？」

「近寄りがたい、と考えられているのでしょう。ただ、魔物討伐の際の逸話が幾つか広まっており、それが原因で恐れられているのではないかと」

「逸話？　どんな逸話？」

「ゴブリン退治をしたときのことを覚えておいでですか？」

「覚えているわ」

他国から流れてきたのか、たまたま繁殖したのかはわからないが、王国のある地方でゴブリンが大量に発生したのだ。あまりに数が多かったので、その土地の領主と合同で討伐作戦を遂行した。

「あのとき、ゴブリンたちが潜んでいた森で、セリーナ様は何でもかんでも燃やしましたよね？『逃げるヤツはゴブリンだ！　逃げないヤツはよく訓練されたゴブリンだ！』とか言って、最後は森ごと燃やしていましたよね？」

……言い訳をすると、最初はちゃんと探索しながらゴブリンを倒していた。けれど、途中から確認するのが面倒くさくなって、それっぽいものを片っ端から焼き払ったのだ。

結局、山や森ごと焼いて、あの領地の半分を焼け野原に変えたっけ。

しかも、一匹残らず退治してやったのに、領主に嫌味を言われたのだ。

「ゴブリンとはいえ、よく女子供まで殺せるな」

わたしも頭に来たから言い返した。

「動きが遅いから簡単なことですよ？　でも、領主様はどうでしょう？」

領主は太っていて、見るからに鈍重そうだった。

それで、わたしが掌《てのひら》に炎を浮かべてやったら、顔を青くして逃げていった。

あのときは胸がすっきりしたものだ。

ん？　逸話って、もしかして……。

「まさか、あの討伐のときのわたしの発言が広まっていたりは……」

「はい。セリーナ様は女子供でも容赦がないと評判です」

それのどこが良い評判なんだろうか？

◇　◇　◇

その後、幾日か経《た》っても、わたしの側に人が寄り付くことはなかった。

これでは復讐をしようにも、なかなか動き出すことができない。

しかし、そんな状況にホッとしている自分がいることにも、わたしは気付いていた。

恨みを持ち続けるには、十六年という月日は長かった。

わたしの中の年齢は三十代半ばに達している。もはや、昔のように何も考えずに突き進むような熱は失われつつあった。

わたしは他の生徒たちから距離を取ったことで、学院のことを俯瞰《ふかん》して見ることができた。

そこではまだ子供である生徒たちが大人の真似事《まねごと》をするように、箱庭の中でささやかな権力闘争を繰り広げている。十代半ばである彼らには、それが魅力的なことに思えているのであろう。

前世の自分も同じように公爵家の令嬢であることをいいことに、人を思うままに動かそうとしていたのであれば反省すべき点もあったかもしれない。

今思えば虚《むな》しい人生だった。周囲の人間とは上っ面の付き合いばかりで、わたしを本当に想《おも》ってくれる人間がいなかった。

――本当にそうだっただろうか？――

何かが脳裏をかすめたような気もするが、ただの気のせいかもしれない。

とにかく、やり直している今の人生は悪くない。固い絆《きずな》で結ばれた六人の従者と共に、それなりに充実した日々を過ごしている。

……ひょっとしたら、従者たちにとっては不幸だった可能性もなくはないが。

前世はあくまで前世であり、もっと今を大切にすべきなのかもしれない。

「あなたたちは好きにしなさい」

わたしは従者たちに伝えた。復讐の道具として使おうと思っていた彼らも十代の若い盛りだ。やりたいことも色々あるだろう。何もずっとわたしに付き従っている必要はない。

従者たちはわたしの言葉に黙って頷《うなず》いた。そして、翌日から交代で人を残して、どこかへ行くようになった。

これで良い。

わたしはそう思った。このときは。

◇　◇　◇

しばらくして、いつものようにわたしが学院に登校すると、門のところに誰かを出迎えるようにふたつの生徒の列が綺麗《きれい》にできていた。

そして彼らはわたしの姿を確認するなり、一斉に跪《ひざまず》いた。

「おはようございます！　セリーナ様！」

ナニコレ？

当惑しているわたしに、オスカーがそっと耳打ちした。

「セリーナ様、とりあえず一年生の過半数は我々の傘下に収めました。すぐに学院すべてを我らのものと致しますので、少し時間を頂ければと思います」

……忘れていた。わたしの従者たちもまた十代の若い盛り。

こういう権力闘争が大好きな時期であることに。

5―2 オスカー

俺が覚えている最初の記憶は、母親に手を引かれて孤児院に連れていかれたときのものだ。

「あなたの本当のお父さんは貴族なのです。そのことに誇りを持って生きて」

母は悲し気な表情を浮かべて、そう言った。

今にして思えば、母は若くして子をなしてしまったが、貴族だった相手に結婚を迫ることもできなかったのだろう。かといって、女ひとりで生きていくには難しく、他の男と結婚するために子供を孤児院に預けたというわけだ。

要は俺の存在が邪魔だったと。

まあそれはいい。……いや、良くはないが理解できなくもない。ただ、別れの一言は余計だった。

幼い俺は、その言葉を本気にしてしまった。

俺は本当は偉いんだと、そのうち貴族である父親が迎えに来るのだと思い込んでしまった。

「俺はおまえたちとは違う、本当は貴族なんだ」

そんな風に本気で考えていた。意味のない選民意識にまみれて、他の子供たちを馬鹿にしていた。

俺が能無しだったら、ただの痛い子供だが、ある程度の知恵と力に恵まれていたので大抵のことが上手《うま》くできてしまったのも良くなかった。それに周囲の女の子たちや修道女の態度で、自分の顔が良いことをすぐに自覚してしまった。ちょっと優しく声をかけてやれば、大抵のお願いは聞いてもらえた。

調子に乗った俺は「実は俺は国王の隠し子なんじゃないか？」とさえ思っていた。

生意気なガキだったと思う。他の子供はもちろん、院長の言うこともロクに聞かなかった。だから、孤児院ではそれなりに楽しくやっていた。あの方が来るまでは。

公爵令嬢が従者を探しに来ると聞いたとき、「俺は将来貴族になるのだから、そんなものになる必要はない」と思った。院長も俺の妄想じみた願望を知っていたので、最初は従者の候補に出さなかったようだ。面倒な子供を公爵家と引き合わすわけにはいかないと考えたのだろう。

それで聞き分けの良い子供たちを選抜したわけだが、あの方はそんな連中を必要としていなかった。

あの方が、セリーナ様が必要としていたのは、真に秀でた資質を持っていた人間だったのだ。

イザベル、アリス、エマ、リチャード、ルイスは問題こそあったものの、優れた才能を持っていた。俺もその中に含めて頂けたことは、今にして思えば身に余る光栄だ。今にして思えば。

あのときはそんな風に思わなかったのだ。何せ俺を選んだときの言葉が、

「貴族の子であろうが、平民の子であろうが、わたしのところでは等しく価値がないことを思い知らせてあげるとしましょう」

だったわけだから、悪い予感しかしなかった。

何しろ、俺がすがっていた選民意識を踏みにじったのだから。それも公爵の娘がだ。

そして、予感は当たった。公爵家で待っていたのは過酷な訓練の日々。

肉体的にも辛《つら》かったが、精神的にはもっと厳しかった。

「あら、それで貴族の血を引いているつもりだったの？　豚の血の間違いじゃないかしら？　大体、本当に貴族の血を引いていたら、あなたのお母様だって、もったいなくて捨てなかったでしょうに」

セリーナ様は事あるごとに、えぐるような言葉で俺たちを罵倒していじめ抜いた。

最初の一年くらいはセリーナ様のことを憎んだ。

「何でおれたちをこんなひどい目にあわせるんだ？　貴族というだけで、そんなに偉いのか？　人間の価値は生まれで決まるようなものじゃないだろうが！」

と自分の価値観が変わるくらいには憎んだ。

しかし、それは過ちだった。セリーナ様の目的は俺たちの心と身体《からだ》を一度バラバラにして、そこから再構築することにあった。そのためにあそこまでひどい……今思い出しても吐き気がするような訓練が必要だったわけだ。実際、俺の中の「貴族は偉い」なんて思い込みは、いつの間にか消え去っていたのだから。

俺は悟ったのだ。セリーナ様の言っていた通り、身分など意味がないということを。

そして、セリーナ様はそれを実証した。

サーペント退治を皮切りに、各地を転戦して名声を高めた。高価な椅子に尻を乗せるくらいしか能のない貴族どもを嘲笑《あざわら》うかのように俺たちは力を示した。

もはや、この国で俺たちのことを知らない者はいない。

その実績を引っさげて、セリーナ様はローズウッド学院へと入学された。

目的はわかっている。学院の掌握と、その先にあるこの国の実権を握ることだ。

セリーナ様は学院に集まるこの国の貴族の子弟たちを束ねて、将来の自分の派閥を作るおつもりなのだ。

一年時に三年生までを、三年時に一年生までを掌握すれば、前後二年と自分の学年を合わせた計五学年を支配下におくことができる。この影響力は大きい。

現在は王太子の婚約者となっておられるが、そんな地位に頼ることなく、この国を我がものとすることが可能となるだろう。

入学時こそ様子を見られておいでだったが、先日ついに命令してくださった。

「あなたたちは好きにしなさい」と。

試されている、と俺たち全員が思った。

具体的な指示を出さずとも、俺たちは自分たちで考えて行動できると考えてのお言葉だ。

訓練中に散々そういう言葉は聞かされていたから慣れている。

早速、俺たちは行動を開始した。

◇　◇　◇

ローズウッド学院は一般クラス、騎士クラス、魔術クラス、神官クラスに分かれている。

俺たちはセリーナ様の従者だが、一応それぞれのクラスに籍を置いていた。

俺とイザベルはセリーナ様と同じ一般クラス、リチャードとエマは騎士クラス、アリスは魔術クラス、ルイスは神官クラスだ。

一般クラスと言えば普通の生徒たちが学ぶ場所に聞こえるが、実態は貴族の子弟が集まる上流階級のクラスだ。

俺とイザベルは事前に集めていた情報を元に、既に出来上がりつつあったグループに調略をかけた。

孤児院のときとやることは変わらない。

相手が何を望んでいるか、何を欲しているか、何を言って欲しいかを把握し、ゆっくりと自分の影響下におく。

身分の高低など関係ない。所詮人間だ。むしろ身分に頼る人間ほど、かつての俺のように他にすがるものがない。自分が身分以外に何もないことに気付かせてやれば、たやすく付け込むことができる。まったく、セリーナ様以外の貴族というのは俗物ばかりだ。

俺とイザベルのもと、セリーナ様を頂点とした巨大な派閥を作るのに、そう時間はかからなかった。

リチャードとエマのやったことはもっとシンプルだ。力を示す、それのみ。

リチャードは模擬戦及び私闘を通じて、一週間ほどで一年の騎士クラスを制圧すると、すぐさま上の学年の騎士クラスに殴り込みをかけた。

「一対一とは言わねぇ。好きなだけかかってこいよ、先輩方？」

リチャードに煽《あお》られた上級生は誇りと面子《メンツ》を秤《はかり》にかけた結果、無様にも徒党を組んで挑んだ。

だが、相手が悪かった。リチャードは化け物じみた怪力の持ち主である。しかも、巨体にもかかわらず動きも速い。

あいつの振るう大剣は防ぐことも受け流すこともできず、剣や盾ごと相手を叩《たた》き潰した。

先輩方は誇りも面子も捨てて、リチャードを無視すべきだったのだ。

上級生たちはリチャードのいいように蹂躙《じゅうりん》された。

エマはもっと質《たち》が悪かった。あいつは堂々と他のクラスの模擬戦に乱入したのだ。

「あたしの相手になる人がいないので、ちょっと戦ってもらえませんか？　この学校、レベルが低くて」

ちなみにエマの場合は煽っているわけではなく、素で言っている。

これに怒った教師がエマひとりを相手に生徒全員で勝ち抜き戦を始めるのだが、ほとんどの生徒たちはエマの二刀流の前に秒殺され、最後はついでとばかりに教師も倒される羽目になる。

腕利きぞろいの騎士クラスの教師たちはエマの前にことごとく敗れ去り、その力にひれ伏した。

こうしてローズウッド学院の騎士クラスは、リチャードとエマの影響下に置かれることとなったのだ。

魔術クラスと神官クラスは身分や力がものを言う場所ではないが、アリスとルイスは入学時から首席の座を維持し続けた。魔法自体が特殊技能であるためクラスはひとつしかなく、そこでトップの成績を取っていれば自然とクラスの中心的存在となることができた。

あとはセリーナ様がいかに素晴らしいかを喧伝《けんでん》するだけである。

アリスとルイスは事あるごとに言った。

「孤児だった自分たちが、ここまでの力をつけられたのはセリーナ様のおかげ」

「セリーナ様の言う通りにすれば魔力が上がる」

「セリーナ様を信じていれば、どんな怪我や病気も治せる」

「セリーナ様さえいれば幸せになれる。他に何もいらない」

等々、多少の誇張はあるにせよ、そこに嘘《うそ》はない。実際に優秀な成績を修めていたふたりの言葉には真実味があり、すぐにセリーナ様の信奉者は増えていった。

こうしてセリーナ様の威光は徐々に学院に広まっていった。

◇　◇　◇

ある程度の人数がそろったところで、俺たちは傘下に収めた生徒たちを校門の後ろに並べた。

無論、セリーナ様に挨拶をさせ、同時に誰がこの学院の真の支配者であるのかを示すためだ。

「おはようございます！　セリーナ様！」

並んでいた生徒たちを見て、セリーナ様は声を失った。

きっと想像していたよりも数が少なかったことに失望されたのだろう。

申し訳ない。俺たちは選ばれしセリーナ様の従者だ。もっと励まねばならない。

5―3　掌握

前世において、わたしは学院でそれなりの派閥を率いていた。それは公爵家という名前に惹《ひ》かれた者たちが集まってできたもので、最後は何の役にも立たなかった。

学院には他にもそういう派閥的なものは存在する。前世のわたしと同様に、有力な貴族の子弟のもとには人が集まるものだ。現に同学年では王太子であるエドワード様のもとにも人が集まっている。……前世ほどではないが。

だが、今までは派閥間の抗争のようなものはなかった。貴族とは表向きは優雅でなくてはならない。何かあっても直接的にはやり合わず、自分の権威を誇示しつつも風聞などで婉曲《えんきょく》的《てき》に相手を揺さぶる程度だ。わたしは直接エレノアに手を出した結果、処刑されてしまったのだが。

そして、現世なのだが、他の派閥の者たちからのわたしの評判はすこぶる悪い。

何せリチャードとエマが暴力的に勢力を拡大し、イザベルとオスカーが調略を仕掛け、アリスとルイスが支持者というか信者を増やしているのだ。貴族的なやり方ではまったく対抗しようがない。わたしが同じ立場でも、すごく嫌だと思う。

こういう場合、噂話《うわさばなし》で相手の評判を落とすのが常なのだが、わたしの場合、「ローゼンバーグ公爵家のセリーナ様の従者たちは教育がなっていないご様子ですね」みたいなことを言われたりするわけだ。

従者たちには暗殺者としての教育を施してきたのだから、教育がなってなくて当然である。わたしとしては特に反論はない。

ところが従者たちがそれを許さなかった。たちまち情報の出所をオスカーたちが突き止め、証人まで揃えて、わたしのところへやってくるのだ。

「セリーナ様に反抗的な態度を取る者がいましたので、少々ご足労頂けませんか」と。

そんなことを言われたら、わたしも動かないわけにはいかない。

貴族とは体面を気にするものである。しかも、わたしは公爵家の人間なのだから侮辱されたと教えられて、そのままにしておくわけにはいかないのだ。

……頼むから教えないで欲しい。

というわけで、今日は二年生に在籍しているシルバーレイン伯爵家の令嬢であるカレンのところへやってきていた。

普通は一年生が二年生の教室に来るだけでも顰蹙《ひんしゅく》を買う。

実際、わたしたちが入ってくるなり、男の先輩が注意してきた。

「おい、一年が勝手に二年のクラスに入ってくるんじゃない！　おまえたちは学院内における礼儀というものを知らないのか？　身分が高ければ何をしたっていいわけじゃないんだぞ！」

実に正論だ。わたしもそう思う。どこかで見たことがある顔なので、それなりに偉い貴族の出なのだろう。

ただ、うちの従者たちにはそういった正論も身分も通用しない。

リチャードが近くにあった五人掛けの長机に前屈《まえかが》みに片手をおいた。

「申し訳ありませんね、先輩。自分たちは年が上か下かで、偉い偉くないなんて決められないんですよ」

その言葉と共に、リチャードが手を押し当てていた長机が砕け散った。力だけでなく魔力も使っており、技術的には高度な技で脅しに使うにはもったいない。

「ひいっ！」「きゃあっ！」などという悲鳴があちこちから聞こえた。

注意した男の先輩の顔も青ざめている。ちなみに、壊れた長机はあとでわたしが弁償することになるだろう。

「ちょっと、廊下で話しましょうか、先輩？」

リチャードは先輩の襟首を掴むと、そのまま引きずって廊下に連れ出した。こうなると、他の先輩方はみんな下を向いて黙るしかない。

「セリーナ様、あちらにいらっしゃるのがカレン様です」

イザベルが手を差し伸べた先の教室の奥には、白いドレスのいかにもな貴族の令嬢がいた。取り巻きと思われる四人の生徒たちに囲まれて偉そうに椅子に座っている。前世ではわたしもあんな感じだった。

まあまあ美人ではあるが、少し目のつり上がったきつい顔立ちをしている。気が強そうだ。

「何か御用かしら、セリーナ様」

カレンがわたしに視線を向けた。身分の高い貴族の令嬢だけあって、わたしたちに怯《ひる》んだ様子はない。態度だけは立派なものである。

「用があるのはわたしではなく、カレン様だと聞いているのですが。何でもわたしのことを『戦うしか能がない』と仰《おつしや》ったとか。また、『王妃にはもっともふさわしくない人間』とも仰せになったと聞きまして。わたしに何か言いたいことがあるなら直接聞こうかと思いまして、わざわざ足を運んだ次第なのですよ？」

「あら、わたくし、そんなこと言いましたかしら？」

カレンは知らないふりをした。よくある逃げ口上である。

「ええ、複数の生徒たちからそのように伺っていますわ」

「誰かしら、そんなことを言ったのは？」

カレンは強気な態度を取っていた。証拠はないと思っているのだろう。もしくはいくらでも言い逃れができると高を括《くく》っているのか。可哀《かわい》そうに。うちの従者たちはそんなに甘くはないのだ。

「誰って、あなたの周りにいる方々ですわ」

「えっ?」

カレンは驚いて自分の取り巻きたちを見回した。

すると、その中のひとりである女生徒が表情が抜け落ちたような顔をして、淡々と語り始めた。

「はい、カレン様は三日前にセリーナ様のことを『戦うしか能がない』と仰っていました」

「エリナ、何故《なぜ》あなたはそんなことを……」

カレンは証言した女子生徒エリナを呆然《ぼうぜん》と見ていた。イザベルから聞いた話によると、エリナは一番カレンに心酔していた人間らしい。そのため、カレンに与えた衝撃が大きいのだろう。

「心酔していた」と言っても所詮は身分や見た目でそう錯覚していたに過ぎない。そんなものはあっさりと崩れ去るものだ。かつてのわたしのように。

そもそも身分や見た目はわたしのほうが優れているわけだし、その上、従者たちが物理的、精神的に追い込んだので、あっさりこちら側に寝返ったというわけだ。

寝返ったのはエリナひとりではない。カレンの隣に立っていた男子生徒が口を開いた。

「カレン様は昨日セリーナ様を『王妃にはもっともふさわしくない人間』と話しておられました」

「エド! あなたもなの!?」

カレンは今にも卒倒しそうな顔をしている。

エドは魔術クラスの生徒で、カレンのことが好きだったらしい。貴族としての階級は低いため、かなわない恋なのだが。そして、カレンもエドの気持ちを知っていて側に置いていた。

ただ、エドは肝心の魔術のほうが伸び悩んでいたらしい。そこで一年生の首席であるアリスに「どうやったら、そんなに魔法が使えるようになるのか？」と聞いたところ、わたしに趣旨替えをすれば魔力が伸びると言い含められたようだ。

エドはほんの出来心でわたしを信じてみた結果、魔術のほうに成果が出た、と。

実際のところは、アリスがさり気なくアドバイスしたおかげなのだが、以来エドはわたしの信奉者となっていた。

……何かこう、わたしの思い描いていた学院の支配の仕方とは大分違う。これではまるで悪の秘密結社のような感じになっているのは気のせいだろうか？


信じていた取り巻きふたりに裏切られたカレンは、救いを求めるように残ったふたりの取り巻きたちのほうを向いていた。それに対して、彼らは笑みを浮かべていた。

「カレン様、ご安心ください。我々はあなたの味方です」

「ええ、カレン様もセリーナ様を信じればいいのです。そうすればこれからも一緒です」

どういう手段を使ったかはわたしも知らないが、そのふたりもわたしの陣営に鞍替《くらが》えしていた。

取り巻きだった四人は、カレンを匿《かくま》っていたわけではなく、逃がさないために周りを取り囲んでいたに過ぎない。ちなみにカレンの従者は、この四人によって遠ざけられている。

「ひいっ！」

カレンの勝気な顔が恐怖で歪《ゆが》んだ。逃げようという素振りを見せているが、四人にしっかり囲まれているので、どこへも行くことができない。

「セリーナ様、ご足労ありがとうございました。後は我々のほうで処理致します」

オスカーが恭しくわたしに声をかけた。

どういう処理をするかは知らないが、今までの例からいくと、カレンたちは明日から校門でわたしを出迎えることになるだろう。

オスカーは嗜虐《しぎやくてき》的な表情を浮かべていた。何をする気かは知らないが、わたしはこんな変な訓練をした記憶はない。何でこんなことになっているのだろうか？

◇◇◇

翌朝、校門の前にはわたしを出迎えるカレンたちの姿があった。


ローズウッド学院は学校であるため、当然勉強をしなければならないし、試験もある。

わたしは二回目の学校生活なのだが、十六年前のことなど詳細には覚えていない。うっすらと「こんなことが授業で出たな」と記憶にあるくらいだ。そもそも、前世のわたしは全然勉強なんかしておらず、公爵家が雇った家庭教師たちが総がかりとなって、ようやく及第点だった。

現世では品行方正な令嬢を演じるために、エレノアを真似て子供のころから真面目に勉強している。エレノアは聖女というだけでなく、学業も優秀で前世では首席だった。

現世ではわたしが首席でエレノアは次席である。子供のときに十八歳の記憶を持っていて、そこから勉強をしてきたのだから当然といえば当然だ。ちなみにエレノアの後にはオスカーやイザベルが続く。あのふたりもなかなか成績が良い。

アリスとルイスはクラスが違うので試験も別物だが、ふたりとも魔術クラスと神官クラスで首席をとっている。

リチャードとエマは頭は良くないが実技で高評価を得ていた。何せ騎士クラスの教員より強いのだ。どんなに素行が悪くても評価を高くせざるを得ないだろう。

そういうわけでわたしたちは色んな意味で目立っていた。

目立つ人間はやっかみを買うのが世の常である。

わたしの場合は「打倒セリーナ！」を旗印に、いくつかの派閥が密《ひそ》かに連合したらしい。

「密かに」というのは当人たちの気持ち的なもので、オスカーとイザベルには筒抜けだった。このふたりは相手の弱みに付け込んで、至る所に協力者という名のスパイを作って情報を集めていた。

その「打倒セリーナ！」連合に狙われたのはリチャードである。何せ身体も態度もでかかった。

わかりやすく強いリチャードさえいなくなれば、後はどうにでもなると思ったのだろう。

「愚かな連中ですよ」

オスカーは嗤《わら》った。

「本当に危険なのはセリーナ様だというのに」

いや、主人を危険人物扱いするのもどうかと思うぞ?

連合の方々の計画は、リチャードをひとりで呼び出したところを十人がかりで不意打ちするというものだった。ただし、武器として本物の剣が用意されるらしい。

これは危険だった。襲うほうが。

「本物の剣だと、俺は加減ができませんね」

話を聞いたリチャードは苦笑いしていた。

わたしたちは魔物たち相手に何度も戦ってきている。正直、学生程度では剣を持ち出してきたところで相手にならない。ただ、本物の剣を持っていると当然こちらも加減が利かなくなる。リチャードは魔物を素手で殴り倒せる男だ。本気を出したら相手が死んでしまう。それは不味《まず》い。

「殺してしまう前に、穏便に敵を全滅させるように」

それがわたしの出した命令だった。

◇◇◇

「打倒セリーナ!」連合が集めた十人の騎士クラスの生徒たちは、指示された倉庫に集まっていた。

そこで剣が渡される段取りになっていたからだ。

倉庫は学院の敷地内の隅にあり、普段は学院で使用されている訓練用の木剣や鎧《よろい》などが置かれている。中は薄暗く、独特の匂いと湿り気のある場所だった。

集まった生徒たちは倉庫内を見回した。しかし、用意されているという剣が見当たらない。どういうことかと訝しんでいると、後方の入り口の扉が閉まる音が倉庫内に響いた。振り向いた生徒たちが目にしたのは、扉をふさぐように立っていたリチャードの姿だった。

「よう、俺は別に剣を使ってもらっても構わなかったんだけどな、それじゃあ手加減が利かずに殺してしまうことをセリーナ様が心配されたんだよ。優しいセリーナ様に感謝するんだな。……ああ、木剣なら使ってもいいぜ？　それくらいのハンデはやるよ」

拳を鳴らしながらリチャードがゆっくりと歩を進める。生徒たちは半狂乱となって木剣を手に取ったが、その結果は知れていた。

一方そのころ、連合の上層部となっていた貴族の子弟たちは、オスカーとイザベルによって切り崩されていた。

イザベルはその中のひとりである男子生徒を拉致すると、耳元で囁《ささや》いた。

「セリーナ様は慈悲深い方なので、今のうちに傘下に入ればお許しになると思いますよ？　そうそう、わたしはさっきこんなものを倉庫で拾ったのですが、あなたのものではありませんか？」

イザベルが男子生徒に見せたのは、リチャードを襲撃する予定だった騎士クラスの生徒十人の生徒証だった。それも血がべったりと付着している。

その男子生徒は侯爵家の跡継ぎで普段は態度の大きい人間だったが、これには顔を青くして首を何度も縦に振るしかなかった。

ちなみにオスカーも同じようなことを女子生徒たちに行っていて、次々と連合から離反させることに成功していた。

こうして、「打倒セリーナ！」連合は結成されてから数日で壊滅させられた。以後、セリーナに逆らう勢力は徹底的に排除されたのだった。

5—4 死闘

わたしと犬との死闘は学院に入っても続いていた。

何しろ王太子様（と王妃様）と会うのに犬も連れて行かなければならないため、どのみち犬に慣れる必要があったからだ。

しかし、何度戦ってもわたしが一方的に蹂躙されるばかりで、勝ち筋が見つからなかった。

このまま無策で犬と相対するわけにはいかない。戦いにおいて敵のことを知るのは鉄則である。

そこで本日の戦いを前に、一番犬に詳しいルイスをわたしの部屋に招いて相談することにした。

「ルイス、あなたは孤児になる前に犬を飼っていて、今も犬の相手をするのは得意みたいだけど、何かコツがあるの？」

「え？　セリーナ様ほどではございませんよ？」

うるさい。

「……わたしの場合は勝手に犬のほうから寄ってくるだけで、わたしのほうから何かしたわけではないの。あなたはそうじゃないんでしょう？」

「ああ、なるほど。確かにセリーナ様は何もされなくても犬が寄ってきますね。不思議なくらい」

それが死ぬほど迷惑なのよ。

「そう。だから何と言うのか、ちゃんとした犬の扱い方を知らないの。でも、王家の犬とも関わるようになると、そういうわけにもいかないでしょう？」

「確かにそうかもしれませんね。畏まりました。わたしでよければ、犬の扱い方を教えさせて頂きます。では、わたしの犬を連れてまいりますので、少々お待ちください」

一度席を立ったルイスは、ほどなくして犬を連れて戻ってきた。

ルイスの犬はこれといった特徴はなく、スタンダードなタイプとも言える。

最近、犬が勝手にわたしのところへ来ることはなくなったが、それでもルイスの犬から熱い視線を感じる。心なしか息遣いも荒い。

「やっぱり、セリーナ様を見るとちょっと興奮するようですね」

ルイスが犬の様子を見て微笑《ほほえ》んだ。頼むから、その興奮を止めて欲しい。

「そうですね。犬とうまくやるには、まず優しく話しかけることでしょうか」

「話しかける？　犬語でもあるの？」

「……いえ、そんなものはございません。人の言葉で十分です。ただ、気持ちを込めて優しく語りかけることが重要です」

「言葉が通じないのに優しく話すの？　それって笑いながら『丸焼きにして他の犬の餌にしてくれ

る』とか言っていいのかしら？」

「あの……犬は人の気持ちに敏感な生き物なので、態度だけでなく言葉も優しくしてくださいね？」

ルイスはちょっと困った顔をした。細かいヤツだ。

「わかった。じゃあ、その犬に話しかけてみるわ」

わたしは犬と向き合うと、軽く呼吸を整えた。

「可愛《かわい》いわね？」

「ワッ、ワンッ!!」

文字通りケダモノと化した物体が、間髪を入れずに飛びかかってきた。

話が違う！

組みついてきた犬がわたしの顔を舐《な》めまわそうと顔を近づけてきたので、必死に避《よ》けた。

「さすがセリーナ様！　効果は抜群ですね！」

ルイスが褒め称《たた》えた。違う、そうじゃない。

「こんな熱烈なお付き合いじゃなくて、まずはお友達から始めたいのよ！」

わたしはルイスにも手伝ってもらって、何とか犬を引きはがした。

「いやぁ、無理じゃないですかね？　こんなに好かれていると」

ルイスは無責任なことを言い始めた。

「……他に方法は？」

「餌をあげて教育するのが一般的な方法ではあります。まずは餌を手に持って、『お座り』を教えるのですが……」

食べ物で懐柔する。人間にも有効な手段だ。こんなこともあろうかと干し肉を用意してある。

わたしはその干し肉を取り出すと、高々と掲げて宣言した。

「お座り！」

次の瞬間、わたしの顔面に犬の尻が飛んできた。

わたしはその勢いで後ろに倒れ、最後は犬がわたしの顔の上におすわりをする形となった。

しかも、そのまま尻をわたしの顔に擦《こす》り付けられた。この世にこれ以上の地獄があるだろうか？

しばらくすると気がすんだ犬はわたしの頭の上から去り、手から干し肉をひょいっとくわえていった。何たる屈辱。

「犬って器用ですね」

ルイスは感心したように犬の頭を撫《な》でた。主《あるじ》の介抱が先でしょ？　おまえはそれでも従者なの？

◇　◇　◇

その後もわたしは諦めなかった。

エドワード様に会いに城に行ったときだけ、何故か犬たちは大人しいのだが、いつ裏切られるかわかったものではない。

わたしは来る日も来る日も犬と戦い続けた。

そして、ようやくひとつの境地に至った。

――人間って素晴らしい。だって言葉が通じる――

何故わたしはあんなにエレノアや学友たちを目の敵にしていたのだろうか？

彼女たちは人間だ。話せばわかる。

わたしが命令しようが懇願しようが、何ひとつ言うことを聞いてくれないあの野獣たちとは違うのだ。

それだけで尊いと言える。

わたしは人を許せるようになった。犬に比べれば、すべては些細《ささい》なことだ。

現にわたしは人生をやり直せている。それで十分ではないだろうか？

ただ、そうは言っても犬との時間は持ち続けた。

わたしは数々の魔物の討伐に成功してきた。犬如《ごと》きに負けたままで済ますわけにはいかない。

それに……犬たちは昔ほど元気ではなくなってきている。

野良犬だったので正確な年齢はわからないが、恐らく犬としては老齢にさしかかってきているのだろう。

元気がなくなったとはいえ相変わらずわたしの言うことは聞いてくれないが、相手にはしやすくなった。わたしにはそれが嬉《うれ》しくもあり寂しくもあった。

わかっていたことだが犬たちはわたしに対して悪意はなく、むしろ好意しかなかったのだ。

わたしだって激しい愛情表現が嫌だっただけで、もう少し距離を置いてくれていたら、もっと好きになれたのかもしれない。

　そんな風に思えるようになった。

◇◇◇

学院では、門のところでわたしを出迎える生徒の数が日に日に増えていった。

よく見れば結構身分の高い貴族の子弟もいる。何で教師たちは注意しないのだろうか？

教師たちはわたしが視線を向けるだけで顔を背け、決して目を合わせないようにしている。

わたしの顔を見たら石になるとでも思ってやしないか？

もう少し教師としての責務を果たして欲しい。国王でも臣下にこんな仰々しい挨拶はさせないので、ちょっと恥ずかしい。

王族といえば、わたしの婚約者であるエドワード様が同じ学年にいらっしゃるのだが、何故か影が薄い。前世ではもっと目立っていてキラキラしていたと思うのだが、取り巻きの数も少ないような気がする。

　オスカーに事情を聞くと、

「当然ですよ。もっと真に尊きお方がこの学院にいらっしゃるのですから、身分ぐらいにしか魅力がない方には人が寄ってきますまい」

　いや、その身分ぐらいしか魅力のない方は、わたしの婚約者なんだけど？

それに身分は大事でしょ？　前世のわたしは身分こそがすべてだと思っていたのだから。

しかし、わたしの思いとは裏腹に、エドワード様はどんどん目立たなくなっていった。

初めは婚約者らしくわたしとも接し、時折お茶などを一緒に飲んでいたのだが、次第に疎遠になっていった。

婚約者になった当初は犬と共に何度も楽しくお話をしていたのだが、わたしが魔物討伐に駆り出された後くらいからその回数も減っていた。これでは前世とまったく変わらないではないか。

ただ、従者たちが集めた情報によると、エドワード様は同い年ながら数々の実績を立てているわたしに比べて、まだ自分は何もしていないので気が引けているらしい。

何とも気の小さなことだ。前世で辛辣に婚約破棄を言い渡した人とはとても思えない。

結局のところ、立場の弱い者にしか強く出られない男というわけか。

以前から薄々気づいていたが、わたしは自分が思っていたほどエドワード様のことが好きではなかったようだ。

王太子という立場に憧れていただけなのだろう。

5―5　婚約破棄

その後も従者たちは勝手に勢力を拡大していった。

何せ彼らを訓練しているときから、「学院に入ってからが本番だ」とわたしが言い続けてきたのだから、今更止めることはできない。

騎士クラスの生徒がリチャードに対して「サー、イエッサー！」と叫んでいる姿を目にしたが、見なかったことにした。まさかとは思うが、わたしが従者たちにした教育を、従者たちが一般生徒に施しているのではなかろうか？

「あれは暗殺者向けの教育だから、普通の人にはやってはいけませんよ？」

なんて言えない。

前世では優雅だった学院の雰囲気が段々軍隊のそれに近づいてきているのも、きっと気のせいだと思う。

そして最終的にはわたしが学院を歩いているだけで、生徒が直立不動で敬礼してくるようになった。

わたしを見る眼差《まなざ》しが狂おしいほど熱を帯びている。一体、彼らの中では、わたしはどういう存在になっているのだろうか？

嫌な形で学院をほぼ手中に収めたことを実感した後、ふと気になって、本物の聖女であるエレノアがどうしているかをイザベルに尋ねた。

「エレノアは偽聖女と揶揄《やゆ》され、あまり思わしくない立場にいるようです」

わたしが聖女もどきになってしまったので、光の魔法が使えるのに聖女として実績を挙げられないエレノアは苦境に追い込まれているということか。

……いや、エレノアは聖女になりたくないと言っていた。

思えば、前世ではエレノアは学院に入る前も、在籍している最中も魔物退治に駆り出され、忙《せわ》しなく働いていた。その上、学院では他でもない、わたしに目をつけられて辛い目にあっていた。

もしかしたら、現世の今の状況のほうがエレノアにとって良いのかもしれない。

「エレノアにちょっかいをかける連中を排除しなさい」

「よろしいのですか？」

聖女にまつり上げられたわたしと本物の聖女であるエレノアは、他から見るとあまり良い関係には見えないらしい。

「わたしの目の届くところで、そのような見苦しい真似は許しません」

「確かに。ではそのように手配致しましょう」

イザベルは跪くと、わたしの命をすぐに実行すべく立ち去った。

◇　◇　◇

それから数日経って、エレノアがわたしのクラスの教室に入ってきた。

わたしとの不仲が噂される聖女の登場にクラスメイトたちはざわめいたが、エレノアはお構いなしにわたしのところへと一直線にやってきた。

「セリーナ様、ありがとうございました」

エレノアが丁寧に礼を述べた。上辺のものではない。その緑色の瞳が、その声が、心からのものであることを物語っていた。

「何のことかしら？」

わたしは小首をかしげた。

「いいのです。わたしはセリーナ様に御礼《おれい》が言いたかった。それだけのことです」

イザベルは上手くやったはずだが、エレノアの勘が良いことは知っている。わたしも前世で何度も悪だくみを回避されたものだ。で、その勘の良さで誰が手を回したかを察したようだ。

「ねぇ、エレノア。あなたは聖女をやりたい？」

わたしの言葉にエレノアではなく、従者たちが身を強張《こわば》らせた。

「いえ。わたしは臆病者ですから。魔物と戦うのは怖いです」

エレノアは微《かす》かに微笑んだ。わたしはエレノアの耳に口を寄せた。

「そう。でも覚悟を決めなさい。学院を卒業したら、あなたが聖女をやるのよ？」

「セリーナ様……」

エレノアが当惑した表情を浮かべている。

「学院生活を楽しみなさい、エレノア」

わたしは手を振って会話が終わったことを示した。別にわたしは聖女がやりたくて人生をやり直したわけじゃない。エレノアと戦うつもりでやり直したのだ。しかし、彼女にその気がないのなら、無理に戦うこともない。

三十代半ばの女が十代の女の子と戦う。今考えれば滑稽な話だ。

エレノアが教室から去っていく。

学院を完全に掌握し、エレノアから聖女の座を奪った。婚約者の座も奪われることはないだろう。

わたしのやりたいことはすべて成し遂げたわけだ。

しかし、わたしの心にはぽっかりと穴が開いていた。

何かが足りない。前世ではあったのに、この人生で足りないものがある。

それが何であるのかがわからなかった。

◇◇◇

その後、学院では特に何事もなく順調に月日は流れ、わたしたちは三年となった。オスカーとイザベルが新入生たちもきっちりまとめあげているので、わたしの敵となるような者はいない。

気になることと言えば、エドワード様がエレノアに近づいているらしい。

「セリーナ様の光が強すぎて、輝きを失った者同士、共感するところがあるようです。要は負け犬の馴《な》れ合《あ》いですな」

オスカーがふたりの関係を辛辣に評した。

エレノアはわたしに遠慮して、その関係に一線を引いているようだが、エドワード様のほうがご執心のようだ。

なるほど、歴史はそう簡単には変わらないというわけか。

ただ、わたしはエレノアに嫌がらせなど一切していないし、この学院の生徒たちはわたしに完全に服従している。前世のようにいきなり断罪され、周囲の人間に裏切られることはない。もっとも裏切られたところで、わたしは自分自身の力でねじ伏せる自信がある。

「どういたしますか？」

オスカーはその黒い瞳に闇を宿らせた。わたしが「殺せ」と命令すれば、聖女だろうと王太子だろうと殺してみせるだろう。

「放っておきなさい」

もう婚約者や王妃の座に未練はなかった。ただ、わたしがなりたくなくても、周囲の人間が今更許さないだろう。あのふたりは一体どうするつもりなのだろうか？

わたしの言葉にオスカーはただ黙って頷いた。

◇　◇　◇

それから数ヶ月が経ち、わたしはお父様に呼ばれた。「内密の話がある」と。

わたしがお父様の部屋を訪ねると、すぐに人払いがされて、ふたりだけになった。

お父様はいつものように笑っていたが、少しぎこちなさを感じた。

まさか、婚約破棄だろうか？　現在の王家と公爵家の力関係ではそんなことはできないと思っていたのだが。

「エドワード様が婚約の破棄を希望されている。『自分にはセリーナは見合わない』という理由でな。その代わりにエドワード様は王太子の座を降りるそうだ」

婚約破棄は予想していたが、王太子の座を捨てるとは想定外だ。何のことはない、前世も現世もエドワード様はエレノアのことが好きだったというわけだ。

「……国王陛下はどうするおつもりでしょうか？」

自分でも驚くほどショックがない。むしろ、笑ってしまいたいくらいだ。

「国王陛下は第二王子であるフェリックス様を王太子にし、セリーナにその婚約者になってはどうかと仰っている」

フェリックス様はエドワード様とは十歳離れた弟君だ。今は七歳くらいだろうか。男であればそれくらい年下の娘と結婚するのは珍しくないが、女がそんな年下の男と結婚するのはあまり聞いたことがない。それも相手は将来の国王。無理のある話だ。

「フェリックス様に年上の女を押し付けるのは申し訳ありません。陛下にも『エドワード様を王太子の座から降ろす必要はない』と伝えてください」

「……いいのか？」

お父様が珍しく笑顔を消して、探るような目でわたしを見た。

「無理に王妃の座を狙っては物笑いの種となりましょう。公爵家としても王家に貸しを作れます。何なら婚約破棄の代償として、領地のひとつでも要求してみては如何《いかが》でしょうか？　体面的にも、そのあたりが落としどころかと」

「ふむ」

お父様は目を伏せて少し考えた後、

「そうだな、それがよかろう。陛下はどうしてもおまえを王室に入れたかったようだが、今のローゼンバーグ家であれば、そこまでして王家と繋《つな》がる必要もあるまい」

と、いつものように朗らかに笑って結論付けた。

わたしの代わりに王妃となるのが実績の薄い聖女であれば、むしろ王家は弱体化する。

卒業後はエレノアに聖女の役割を負ってもらうつもりだが、それでも公爵家の権勢が弱まることはないだろう。

何にせよ、わたしはもうあのふたりにはそれほど関心は無かった。

第6章　儀式

6―1　七曜

「七曜に推薦されるかもしれません」

アリスがそんな報告をしてきたのは、わたしと王太子の婚約破棄が内々に決定して、しばらく経《た》った後のことだった。

七曜とは、この国の魔法使いのトップ七人に贈られる称号である。

魔力、能力、実績等々の評価基準があるらしいが、アリスの年齢で七曜に推薦されるのは珍しいことだ。

アリスは一年時から魔術クラスの首席で、在学中に新たな魔法を次々と生み出している。息をするように本の知識を吸収していく彼女の能力をもってすれば、確かに七曜に入ることは難しくないだろう。しかし、わたしは違和感を覚えた。

「七曜に空席なんかあったかしら？　確か七人全員健在だったはずだけど、誰か引退したの？」

七曜になるには、そもそも席に空きが無ければならない。七曜の誰かが引退するか亡くなるかして枠が空かなければ、どんなに優れた魔法使いであっても七曜になることはできない。

「いえ、七曜の席は長い間ひとつ空きがありました。今回ようやく選考するという話になり、その候補者のひとりにわたしが選ばれたのです」

その話は知っている。前世でも選考会は開催された……開催された？　本当に？　前世では誰が選ばれた？

その誰かの名前が思い出せない。でも、わたしの中では、その誰かが七曜のままになっている。

「アリス、他の候補者の名前を教えて」

「はい。五年前の国境の紛争で武勲を挙げたアルカナス。闇魔法の研究者として名高いエリアナ。前回の七曜の最終選考に残ったレイラ、新しい魔法を数多く考案しているセフィロスの四人です」

どの名前にもまったく心当たりがない。けれど、前世でも誰かが七曜になったはずだ。わたしはその魔法使いを知っている。何故《なぜ》か確信めいたものを感じた。

七曜になるからには、強力な魔法が使えたはずだ。

――例えばもう一度人生をやり直せるような――

ずっと引っかかっていた。

何故死んだはずのわたしが、再び人生をやり直しているのか？

生まれ変わった当初は、神の導きだと思っていた。

悲劇的な死を迎えたわたしを神が哀れみ、チャンスを与えてくれたのだと。

しかし、そんなはずはなかった。今にして思えば、あれは悲劇でも何でもない。

世の中のことを何も理解していなかった十八の娘が使い慣れぬ権力を振りかざした挙句、その報いを受けたに過ぎない。

それに前世のわたしはわがままで気位だけが高い貴族の令嬢に過ぎず、善行など何ひとつ積んでいなかった。

神の恩寵《おんちょう》が期待できるような人間ではない。

恐らく前世において七曜になった人物こそ、わたしに人生をやり直させた張本人なのだろう。

名前はわからない。しかし、欠けたいくつかの破片が合わさっていくような感覚を覚えた。

そして、わたしの中の記憶がひとつ開いた。

「セリーナ、これは凄《すご》い本なんだよ？」

前世で誰かがそう言って、一冊の本をわたしに見せたのだ。

「この本は『レコード』っていうアーティファクトなんだ。物理現象はもちろん、魔法や時間の影響を受けることもない。つまり、この本は何が起きても存在し続けるんだ。無かったことにもならない。記憶にも残り続ける。たとえ世界が滅んでも、魔法によって世界が変えられてもね」

「何それ？　全然凄くないじゃない。そんなの何の意味もないわ」

そのときのわたしは『レコード』を一瞥《いちべつ》すると、すぐに関心を失った。

魔法に疎かったわたしは、ただ存在し続ける本に価値が見いだせなかった。

だから、前世のわたしはどうでもいい出来事として、あの本を記憶の片隅に追いやったのだ。そのせいで印象が薄く、今まで思い出すことがなかった。

あるはずなのにないと思っていた本。でも、わたしはその本の在処《ありか》を知っていた。

そして、世界を巻き戻し、人生をやり直す魔法。

魔法は対価を求める。人の人生ひとつに対する対価は、同じものでなければならない。

すなわち、術者の人生そのものだ。

パチリパチリとわたしの頭の中で色々なものが合わさっていく。

◇◇◇

その日の学院からの帰り、ある貴族の屋敷に立ち寄った。

面識はない、はずだ。でもずっと引っかかっていた家。

レイヴンウッド子爵家。

代々優秀な魔法使いを輩出し、その功績が認められて貴族に名を連ねた家だ。

イザベルを先に向かわせ、わたしは門の前で待った。

「屋敷の中を見せて欲しい」

不躾《ぶしつけ》な用件だ。けれど家の格が違うので、多少の無理は通るだろう。

しばらくすると、イザベルと屋敷の使用人が一緒に出てきて、わたしを屋敷の中へと案内した。

家の扉の前では、レイヴンウッド子爵の夫人が何事かと緊張した面持ちで立っていた。

「お初にお目にかかります、レイヴンウッド夫人。セリーナ・ローゼンバーグと申します。本日は急な来訪をお許しいただき、ありがとうございます」

わたしはできるだけ丁寧な挨拶をした。

「お名前はかねがね伺っております。今日はどのような用向きで来られたのでしょうか？　屋敷を見せて欲しいとのことですが……」

「そのまえにひとつだけ質問を、レイヴンウッド夫人。わたしと同じ年頃のお子様はいらっしゃいますか？」

「……いえ、うちには子供はいません」

レイヴンウッド夫人は少し悲しそうな表情を浮かべた。跡取りとなる子供ができなかったことは、彼女にとって辛《つら》い話題に違いない。

「失礼致しました。それでは部屋をひとつ見せて欲しいのです。恐らく誰も使っていない部屋だと思います」

夫人と使用人が顔を見合わせた。多分、心当たりがないのだろう。

「そんな部屋あったかしら？　主人の部屋以外ならお見せしても構わないと思いますので、それでしたら中へどうぞ」

わたしは屋敷の中へと足を踏み入れた。

既視感がある。初めて来たはずなのに初めてではない感覚。

夫人は訝《いぶか》しげにわたしを見ている。その視線にかまわず、わたしは歩き出した。

玄関ホールから左に入った廊下の、突き当たりのところにある部屋。そこが目的の場所。

『レコード』に関する記憶だけが、おぼろげに残っている。

けれど、そこには何もなかった。本来は何か部屋がありそうなのに、不自然にスペースが空いている。

わたしはそっと壁に手を押し当てた。確かここだったはずだ。

壁……ではありえない、くぼみの感触が掌《てのひら》から伝わってきた。わたしはそのくぼみをなぞるように手を動かし、目的のものを探る。

手が軽くそれに触れ、カチャリと音を立てた。見えないドアノブ。わたしの目的のものでもある。

わたしがそのドアノブを握ると、まるで初めからそこにあったかのように扉が姿を現した。

夫人も使用人も、わたしが連れてきた従者たちも驚いている。

「セリーナ様、これは一体？」

イザベルが警戒している。恐らくは魔術的な何かだと思ったのだろう。

「幻覚の類《たぐい》ではありません。整合性を取るために世界から隔離されていたのでしょう。本来はあってはならないものを隠すためにね」

時間が巻き戻っても存在し続ける本。時系列や作成者の喪失といった因果関係にも大きな矛盾を抱えているがために、不都合なものとして隠されていたのだろう。

わたしは躊躇《ちゅうちょ》なく扉を開いた。

中にはベッドと机と椅子、それに本棚が置かれていた。本棚は空っぽだ。

（懐かしい）

知らない部屋のはずなのに懐かしさを感じる。

わたしは机の引き出しを開けると、一冊の本を、『レコード』を手に取った。

——マリウス・レイヴンウッドの書——


本の表紙にはそう記されていた。

そのまま部屋を出ると、わたしは呆然《ぼうぜん》としている夫人に挨拶をした。

「お騒がせしました。それではこれで失礼します」

やっていることは泥棒だが、この本の中身を見られるわけにはいかない。

見ず知らずの息子の本だと説明しても、夫人は混乱するだけだろう。

それに、あの部屋のことは少し時間が経てば自然に受け入れるはずだ。初めからそこにあったものとして。恐らく本のことも忘れると思う。そうでないと整合性が取れないからだ。

実際、夫人も使用人も不自然なほど動けないでいる。今彼女たちの頭の中では、都合の良い様に世界が再構築されているのだろう。

わたしの従者たちも意識に混乱を起こしているのか、歩きながら顔をしかめて頭を横に振っている。前世からこの本の存在を知っているわたしだけが、一連の出来事を覚えることができているはずだ。

なるほど、この本は確かに凄い。世界の因果まで改変して存在し続けている。

わたしは馬車の中で本をそっと開いた。

対面に座っているイザベルも、隣に座っているエマも、さっきの出来事など無かったかのように本に関心を示していない。斜め向かいに座っているアリスでさえ他の本を読んでいる。多分、この本がわたしの手元にあることに何の疑問も感じないのだろう。

本の一ページ目にはこう書かれていた。


――親愛なるセリーナへ――

6―2 マリウス

セリーナがこれを読んでいるということは、君はもう一度人生をやり直せているということだろう。

素晴らしい。僕は世界を改変することに成功した。今こそ僕は七曜にふさわしい魔法使いだと、胸を張って言える。

ただ、セリーナ。君は僕のことを覚えていないはずだ。

無理もない。魔法には常に対価が必要だ。世界を改変するための代償には、魔力だけではとても足りないんだ。

この魔法を行使するには、自分の存在自体を代償とする必要がある。つまり、僕自身の存在を世界に差し出さなければならなかったわけだ。

言っていることはわかるかな？　僕の知っているセリーナのままだったら、このへんで本を投げ出しそうで怖いんだけど、二度目の人生で人間的に成長していることを期待している。

要するに今君のいる世界では、僕は存在しないものとなっているんだ。

自己紹介からしようか。僕はマリウス・レイヴンウッド。そうだな、君の唯一の友達だ。

僕たちの出会いは三歳ぐらいまでに遡る。

同じ年頃の貴族の子供たちがローゼンバーグ公爵家に集められて、君と交流するという迷惑極まりない会合があった。何せ君はわがままいっぱいの手のつけようのないモンスターだったからね。セリーナの言うことをすべて聞き入れる公爵閣下と、セリーナに関わろうとしない公爵夫人が生み出した『実体を持った迷惑』と言っても良い。

だから、その会合は回を重ねるごとに参加人数が減っていって、最後はとうとう僕だけになった。

これは偉業だよ。公爵家の権力をもってしても不可能があることを証明したのだから。

何で僕だけが続けられたかと言えば、行くたびに公爵家の本を一冊読ませてもらえたからだ。要は僕の知識欲を人質に取られていたというわけだね。僕の家もたくさんの本があったけど、公爵家はそれ以上に本を揃《そろ》えていた。

おかげで会合では君に殴られたり、蹴られたり、馬にされたりしていたよ。

しかも、君に命令されたときは、跪《ひざまず》いて言うことを聞かなければならなかった。

「何様のつもりだ？」って感じだったね。

あと、行くたびにセリーナ付きの召使いさんたちが代わっていた。君のお守《も》りは大変だったんだろうね。同情したものだよ。

だけど、遊び相手が僕ひとりになって、君も思うところがあったようだ。

君のわがままにひとしきり付き合った後は、一緒に本を読むようになったんだ。最初は迷惑だと思ったよ。せっかくのご褒美の時間にまで、君は僕に付いてくるようになったんだから。

でも不思議と、その時間だけは大人しくしてくれたんだ。

僕が読む本を見て、

「ふん、つまらなそうな本ね」

ってケチをつけて、自分は別の本を読んでいたんだ。

そして僕が帰ってから、僕が読んでいた本を手に取って読み始めていたって、仲良くなった召使いさんから聞いたよ。

僕が読んでいたのは魔法関係の結構難しい本だったから、そこでも癇癪《かんしゃく》を起こしていたらしいけどね。

でも、セリーナは負けず嫌いだったから、家庭教師に聞いたり、勉強したりして、頑張って読んだんだって。

それで次に会ったときに僕に言ったんだ。

「あなたの読んでいた本、簡単だったわ」

おかしかったよ。だって、大人でも読めないような本もあったんだ。勉強嫌いな君が読めるようなものじゃなかったんだもの。

だから、僕は君の家庭教師からとても感謝されていたんだ。

「あなたのおかげでお嬢様が勉強するようになりました！」ってね。

君が魔法がある程度できるようになったのも、学院で何とか及第点を取れていたのも、僕のおかげなんだよ？

セリーナはまったく感謝してくれなかったけどね。というか、君が「ありがとう」って言っている姿なんか見たことがないよ。

僕たちの付き合いはずっと続いた。君の素行は少しずつ良くなっていった。爪先程度の成長をするのに百年かかる水晶のように。

でも、君は世間一般的に見ると、やっぱりわがままで威張りん坊で、他の貴族の子たちからあんまりよく思われていなかったんだ。

そして、僕もそれで良いと思っていた。

セリーナには僕だけがいればいいんだ、って思ってしまったんだ。

散々、君のことを悪く言ったかもしれないけど、僕だって大した人間じゃなかったんだよ。

本当は僕は君と会うのは、そんなに嫌じゃなかったんだ。

セリーナは綺麗《きれい》だったからね。初めて会ったとき驚いたよ。

黒い宝石みたいな瞳。奇跡的な調和をした顔。柔らかな絹のような白い肌。

長い黒髪は繊細で美しくて工芸品みたいで、思わず落ちていた髪を持ち帰ったこともあった。

「こんな美しい女の子が存在するんだ！」って僕は感動したんだよ。まるでおとぎ話から抜け出したお姫様みたいだったから。

まあ、それをもってしても、他の人たちが逃げ出すほど性格は悪かったけど……。

僕はね、君を独占したかったんだ。君の友達は僕ひとりでいいって思っていたんだ。

でも本当は、友達ならもっと君に言うべきことを言わなければならなかった。

僕は十三歳でローズウッド学院に入った。

ここの魔術クラスは魔法使いなら誰しも目指すところだけど、通常は十六歳で入るところを三年早く入ることができたんだ。

こう言うと凄いと思うかもしれない。実際、僕はある程度優秀ではあった。

あったんだけど、そこまでではなかったんだよ。

十三歳の僕の誕生日に君は僕に言ったんだ。

「誕生日おめでとう、マリウス。わたしが最高のプレゼントを用意したわ。あなたは来年からローズウッド学院の魔術クラスに入れるのよ！　わたしがお父様にお願いしたの。どう？　凄いでしょう？」

……凄すぎて気を失いかけたよ。ローゼンバーグ公爵家の権力はそこまで無理が利くんだ、と思ってね。

もちろん断ることなんてできない。公爵の面子《メンツ》を潰すことになるからね。

せっかくの僕の誕生日だったのに、その晩、我が家は親戚が十人くらい死んだような重苦しい雰囲気に包まれたよ。

そして、眉間に深い皺《しわ》を作った父さんが僕に言ったんだ。

「死ぬ気でやるしかないぞ？」

今だから言うけど、本当に迷惑だったよ！

僕はその日から本当に死ぬ気で勉強したんだ。何せ同級生は全員三歳年上だ。僕が授業についていけなかったら、公爵に迷惑がかかる、レイヴンウッド家の沽券《こけん》に関わるんだ。

そして何よりも君がまた言われてしまうんだ。


「ああ、またローゼンバーグの娘が迷惑をまき散らしてる」って。

それだけは避けたかった。僕のせいで君が悪く言われるのは嫌だった。

だから、必死になって頑張ったんだよ。

実技でも座学でも一番になれるように努力した。一年次の終了時に僕が首席になったことを知った君は無邪気に笑ったんだ。

「さすが、わたしのマリウスね」

憎かったよ。人の気も知らないで、幸せそうに笑っているんだから。

でも僕は、それでも君に笑っていて欲しかったんだ。

僕はそのまま卒業するまで魔術クラスの首席を守り続けた。

卒業したときはホッとしたよ。肩の荷が下りたと思った。

僕の卒業と入れ替わりに、セリーナはローズウッド学院へ入学したんだ。

入学の少し前に、

「わたし、エドワード様と婚約したのよ！」

って誇らしげに言われたときは、少し胸に痛みを感じたよ。ちょっとだけね。

公爵家の立場を考えたら、当然の成り行きだと思っていたから。

その後、僕は魔法の研究者として働くことになった。

昔から興味があった『時の魔法』の研究に励んだんだ。

研究は上手《うま》くいったよ。何せ君の相手をする必要がなくなったんだからね。

少し寂しくて、それを紛らわすように研究に打ち込んだんだ。

で、完成したのがこの本だよ。

時間軸を固定することで、どんな外部の干渉にも影響を受けることのないアーティファクト。

元始からのすべての事象、想念、感情が記録されているという世界記憶への足掛かりとなりうる書だ。

もちろん、ほんの僅かな一歩に過ぎないのだけどね。

この偉業を君に見せたときの反応は微妙なものだった。

「何それ？　全然凄くないじゃない。何の意味もないわ」

君は僕にそう言ったんだ。まあ仕方がない。これの凄さを理解するには、ある程度の魔法に関する知識体系が必要だったからね。

だけど、その数日後、君はまたとんでもないことを言い出したんだ。

「マリウスを七曜に推薦しておいたわ」

◇　◇　◇

「わたしの友達が七曜になったら凄いでしょう?」

君は無邪気に微笑《ほほえ》みかけ、僕の頭は真っ白になった。

この国トップの七人の魔法使いに推薦された?　僕が?

「いくら他に友達がいないからといって、唯一の友人を魔法使いの頂点に推薦するんじゃない!」

そう口から出かかったけど、何とかこらえたよ。

公爵家の無茶ぶりにも程がある。君は本当に周りの迷惑を考えたほうが良い。

研究はそれなりに評価されていたものの、僕自身は駆け出しの研究者に過ぎなかったからね。

本当はそんな称号は荷が重すぎるから辞退したかったんだ。

でも、やらざるを得なかった。そのころ、聞こえてきたセリーナの評判はかなりひどいものだったから。

「ローゼンバーグ公爵の令嬢がローズウッド学院で権力をむやみに振りかざしている」

「令嬢は国の宝である聖女様に嫌がらせをしている」

「令嬢のわがままには婚約者である王太子様も困り果てている」

学院を卒業していた僕にはどうすることもできなかった。

ただ、「実力のない個人的な友達を七曜に推薦してきた」なんて悪評を追加するわけにはいかなかったんだ。

それで僕はこの『レコード』と並行して研究を進めていた『リセット』という魔法の完成を急いだんだ。

『リセット』は対象の死と共に発動し、時間を巻き戻して初めからやり直すという時間の魔法。しかも、一度目の人生の知識を持ったままという特典付きだ。特典を付与しなければ、同じ結末を辿《たど》るだけの無意味な魔法となってしまうからね。

ただ、この魔法は人ひとりを対価にする必要があった。それも「対価になる」という意志が必要となる。誰でも良いわけじゃない。

むしろ、これでも効率を最大限に上げた結果なんだよ。人ひとりで世界を変えられるのだからね。実際は世界を書き換えているんだけど、『人に人生をやり直させる』と魔法の目的を矮小《わいしょうか》化し、世界に誤認させることで成立させているんだ。

七曜の選考会までの数ヶ月の間、僕は寝食を忘れて研究に取り組んだ。

三年も飛び級でローズウッド学院に入ったときよりも大変だったよ。

父親や学院時代の友人、同僚の研究者にも協力してもらった。

みんな親身になって手伝ってくれたよ。「おまえも大変だな」って同情してくれてね。

僕とセリーナの長い付き合いのことは、みんな知っていたから。

君の悪評もたまには役に立ったわけだ。

そうして、何とか『リセット』の基礎理論の発表が選考会に間に合い、僕は七曜に選出された。

理論のみだけど、これは画期的な魔法だったんだ。『レコード』と併せて評価されたんだと思う。共に世界の理《ことわり》に働きかけるような研究理論だったからね。

公爵家の働きかけもあったかもしれないけど、僕はほっとしたよ。

セリーナは間違っていなかったと、少なくとも人を見る目はあったんだと、世に知らしめることができたと思ったから。

でも、君は学院の卒業パーティーで罪に問われたんだ。聖女の殺害未遂という名目で。

僕も初めはそこまで深刻に受け止めていなかったんだ。君は何といっても公爵令嬢だし、罪に問われたとしても重いものにはならないだろうと思っていたからね。

もちろん、君がしたことは許されないことだし、ある程度の贖罪《しょくざい》は必要だったと思う。

ところが、君に下された判決は死罪だった。

何故そうなったのかはわからない。公爵家の影響力が落ちたのか、思った以上に聖女が重要な人物だったのか、もしくは君の素行が悪過ぎたのか。

何にせよ、僕の見込みは甘かったというわけだ。

僕はもっとセリーナと正面から向き合うべきだった。嫌われてもいいから、喧嘩《けんか》してでも君を正すべきだったんだ。後悔してもしきれないよ。

だから、僕は牢獄塔《ろうごくとう》に幽閉された君に会いに行ったんだ。

「わたしは悪くない！」

「七曜でしょう！　魔法でわたしを助けて！」

「何でみんな、わたしを見捨てるの？」

面会した君はみっともないくらい泣き叫んで、自分の非を一切認めようとはしなかった。三歳のときのわがままなお姫様のまま、何も変わらず大きくなってしまったみたいだった。

そういうところだよ、セリーナ。君のその有様を見たら、助けに来た白馬の王子様だって、そのまま通り過ぎて他のお姫様を探しに行ってしまう。

でも、僕は正義の王子様じゃなかった。君に心を囚《とら》われた悪い魔法使いだったんだ。

見張りがついていたから、大したことは言えなかったけど、僕はこっそり落ちていた君の髪を拾った。

そして、僕の引き出しにも、子供のころから拾い集めた君の髪があったんだ。

儀式の触媒とするには十分な量の、ね。

あとは……君が処刑される前に僕が儀式を執り行うだけだ。

その結果、僕は初めから存在しなかったものになる。誰も覚えていないし、誰も知らない。世界を改変するにはそれくらいの対価が必要というわけだ。

君は悪い公爵令嬢として知られていたけど、僕はそこまで悪くはなかったと思っている。そんな風に思っているのは僕だけかもしれないけどね。

だから、もう一度人生をやり直せば、君も少しはマシになるんじゃないかなって期待しているんだ。

だって、人間は年齢を重ねれば落ち着くものだろ？

頼むから逆恨みして、聖女を殺そうとか思わないでくれよ？

聖女っていうのは、あれはあれで大変な役割を背負わされている人間なんだ。

僕の存在をかけて君の人生をリセットするんだ。聖女みたいになれとは言わないから、少し悪いくらいの公爵令嬢で留《とど》まって欲しい。

さて、そういうわけで君が処刑されるころには、僕のことは綺麗さっぱり覚えていないだろう。

でもね、やっぱりそれは少し寂しいと思ったんだ。

僕は君のためにすべてを差し出す。そこに悔いはない。

それでも、君にだけは僕のことを覚えていて欲しいんだよ。

そのために『レコード』を使う。奇跡的に一冊だけ作成できたアーティファクトを私信に使うだなんて、他の研究者たちには怒られそうだけどね。こんなものよりも大切なものが、僕にはあったってことだ。

君はやり直した人生で王太子様と幸せな結婚をするかもしれないけど、たまにでいいから僕のことを思い出して欲しい。

僕はセリーナと一緒に公爵家の書庫で本を読んだことは忘れられないよ。

ローズウッド学院に無理矢理入れられたり、七曜の推薦枠にねじこまれたりと、僕の人生は君のせいで色々大変だったけど、そのおかげもあって、僕はここまで頑張れたんだ。

君がいなかったら、僕は少し優秀な魔法使い程度で終わっていたんじゃないかな？

ちょっとだけ感謝しているんだ。ほんのちょっとだけね。

それじゃあ、お別れだ。

セリーナ、好きだったよ。君の幸せを祈っている。

6―3 代償

わたしは自室で『レコード』を読み終えた。それなりに厚みのあった本の割には、文章が書いてあるページは半分にも満たない。

めくってもめくっても、それ以上彼のメッセージは現れなかった。

いかなる干渉も受け付けない本は、わたしの涙すらも弾《はじ》いて、本の表面を流れ落ちた。

もちろん、『レコード』を読んだところで、マリウスのことを思い出すことはできない。

「そんな人がいたような気がする」程度のものだ。

ただ、わたしの心の穴を、彼の存在はすっぽりと埋めてくれた。

お父様以外のもうひとりの面会人、わたしが魔法をすんなり習得できた理由、見つからない本、おぼろげな友人の思い出……。

記憶にないはずのマリウスの眼差《まなざ》しが脳裏に浮かぶ。わたしのことを純粋に想《おも》う瞳、それは従者たちがわたしを見る目と重なった。

前世でも、わたしには誰もいなかったわけではなかった。たったひとりでも想ってくれていた人がいた。

何故わたしはそれで満足せずに、多くを求めようとしたのだろうか?

愚かだった。

わたしは王妃になりたかっただけで、王妃になってやりたいことなんて何もなかった。

それなのに王太子の婚約者の座に固執して、たったひとりの大切な友人を失ってしまったのだ。

マリウスが自身の存在を捧《ささ》げてまで救う価値は、わたしにはない。

それに比べて、マリウスは将来を約束された魔法使いだった。

……取り戻さなければならない、この世界にマリウスを。

魔法は対価を要求する。であれば、マリウスの代わりのものを世界に捧げればいい。

代わりの人間をひとり用意するなど、たやすいことだ。

◇◇◇

『レコード』を読んでから一週間ほど経った。

揺れ動いていたわたしの心は、ようやく落ち着きを取り戻した。覚悟が決まったといってもいい。

マリウスをこの世界に呼び戻すには相応の魔術的儀式を執り行わなければならないが、わたしでは難しい。

魔法使いには二種類いるのだ。魔法を暴力としてぶっ放す魔法使いと、魔法を人の役に立てようと研究する魔法使い。わたしは典型的な前者なので、儀式系の魔法は不向きである。

ただ、わたしの従者には前者も後者もこなせる有能な魔法使いがいる。

アリス。無表情の活字中毒者であり、知識欲の権化。一度読んだ本から得た情報を何でも覚えている驚異の記憶力の持ち主だ。その膨大な知識から使える魔法も多岐に及び、七曜にまで推薦されている。

わたしはアリスを自室へ呼び出した。

赤髪の魔法使いはいつものように表情が薄い。

「アリス、魔法の対価として世界に存在を捧げた人間を取り戻したいの」

「はい」

二度目の人生を送っていることは言いたくなかったので、かなり曖昧な説明になってしまったのだが、アリスはあっさりと返事をした。話は通じているのだろうか？

「わかっている？　魔法の対価として失った人間を取り戻すには、身代わりとなる人間が必要となるのよ？」

「理解しております、セリーナ様。代償を置換する儀式をお望みなのですね？」

理解が早いのは助かるが、少しは驚いて欲しい。わたしも結構な覚悟で話をしているのだ。

「その人間が使った魔法は代償は誰でもいいわけじゃないわ。代償になることへの本人の意志も必要なのだけど……」

「恐らくその魔法は世界に働きかけるものであるため、単に存在が必要というわけではなく、指向性を持った意志も不可欠なのでしょう」

さすがアリスだ。少し話しただけで、その先まで推測ができている。

「わたしはその代償となった人間を取り戻したいの。具体的な術式はわかる？」

「わかります」

即答だった。アリスは十歳から魔法を覚えた人間である。わたしよりもずっと遅い。にもかかわらず、魔法に対する造詣がとんでもなく深いのだ。これが天才というものなのだろうか？　ひょっとしたらマリウスの上をいっているのかもしれない。

「どうすればいいの？」

「一番難しいところは、その代償となった人間と関係のある触媒が必要なことです。縁を結ぶものが無ければ、その人間へと繋《つな》がることができません。しかも、存在を代償とした以上は、その人間の痕跡がこの世界に一切残っていないと思われます」

なるほど、確かに難しい。通常ならば。

「触媒ならあるわ」

わたしは『レコード』を取り出した。マリウスが作り出した唯一無二のアーティファクト。縁を結ぶ触媒としては十分なはずだ。

「中身は読まないで。それはわたしの大切なものなの」

アリスは『レコード』を丁重に受け取ると、本を開かずに魔法を使って素性を調べた。対象の真《しん》贋《がん》や履歴を調べるときに使われる魔法だ。

「……本の形を取ったアーティファクトですか。時間軸を固定することで、外的な影響を完全に排しているのですね。一般的には理解されにくいかもしれませんが、魔術的にはとても凄い本です。確かにこれなら世界が変わっても存在し続けることができたでしょう。この本が代償となった方の所有物であるとすれば、触媒になります」

七曜候補になるだけはある。それがアーティファクトであることを、あっさりと看破した。

「他に必要なものは？」

「魔法は対価を要求します。身代わりとなる人間が必要でしょう。誰を身代わりと致しますか？」

「……まだ決めていない」

命じれば従者たちは迷いなく身代わりとなるだろう。その証拠に、目の前のアリスも誰かを身代わりとすることに躊躇《ためら》いを見せていない。

「その儀式の準備にはどれくらい時間がかかるの？」

「触媒は用意できているので、一週間ほど時間を頂ければ」

「一週間？　そんなに早く？」

その倍は時間がかかると思っていただけに驚いた。

「一週間で問題ありません。わたしは儀式の準備を進めますので、セリーナ様は身代わりの人選をお願いします。たとえそれがわたしであったとしても構いません。我々の命はセリーナ様のためにあるのですから」

「………………」

わたしはその言葉に答えを返すことができず、アリスはそれが礼儀であるかのように、返事を待たずに静かに部屋を去っていった。

◇　◇　◇

色々迷いはあったが、儀式に関しては従者たちに伝えることにした。アリス曰《いわ》く、魔力は少しでも多いほうが成功率が上がるので、どちらにしろ協力者が必要となるからだ。

それに彼らは八年間わたしに付き従ってきた者たちであり、常にわたしの一挙手一投足に目を凝らしている。わたしの行動を先読みすることも珍しくない。そういう教育をしてきた。

何かやろうとしていることぐらいは、既に察知しているだろう。隠しても無駄だ。

わたしは従者たちを全員集めて、アリスに話した内容と同じ説明をした。

「その人物がセリーナ様にとって重要であるならば、我々は喜んで代償となりましょう」

オスカーが顔色ひとつ変えずに言った。他にも色々聞きたいことがあると思うのだが、従者たちからは特に質問はなく、平然と受け止められた。

結局、臆病なわたしは人生をやり直していることを隠した。前世でロクでもない理由で処刑されたことは知られたくない。従者たちに失望されて、その忠誠を失いたくはなかった。

「生贄《いけにえ》は人間じゃなくちゃダメか？　魔物とかを捕まえてきて代わりにするってのはどうだ？」

リチャードが雑な質問をした。生贄ではなく代償なのだが、確かに似たようなものかもしれない。

「世界にとって、魔物だろうと人間だろうと大した違いはないのですが、前提として代償となることに前向きな意志が必要なので、魔物では難しいでしょう。また、神に似せて人間を造ったという伝承から、他の種族が人間の代わりとなるのは等価交換にはなりません。人間ひとりに対して、複数の代償が要求されるものと考えられます。代償となることに前向きな魔物を複数体用意するのは、恐らく不可能でしょう」

アリスがリチャードの案を明確に否定した。

「ふん、人間と魔物の違いなど大したものでもないのに、随分過大評価されたものだな。俺としては人間を一番下におくべきだと思うが」

人が代償として高評価されていることに、オスカーは皮肉を言った。

「学院の生徒たちの中から適当なヤツを見繕っては？　どうせ存在ごと消えるのだから問題ないでしょう？」

イザベルがなかなか非道な提案をした。

「選んだ人間がどこまでセリーナ様に忠誠を誓っているかわかりませんし、最悪、情報が外に漏れるリスクがあります。その場合、セリーナ様の名前に傷がつくので、あまりお勧めはできません」

これにもアリスは反対した。

「じゃあ僕がなるよ」

ルイスが手を挙げた。

「この中では僕が最も役に立たないから、僕がなる」

そこに悲壮感はなく、微笑みすら浮かべていた。別にルイスは役立たずではない。僧侶としては一流で将来を嘱望されている。

「抜け駆けは無しだ、ルイス」

リチャードが怖い顔をして、ルイスに詰め寄った。

「セリーナ様の役に立ちたいのはおまえだけじゃない。俺がなる」

「いや、あたしが」「いや、俺が」と、そこからは立候補合戦が始まった。存在が消えてしまうということは、役に立ったかどうかもわたしは記憶できないのに、そんなものになってどうしようというのだろうか？　さっぱり理解できない。

「誰が代償になるかはわたしが決める。異論は許さないわ」

そう言って、わたしは不毛な議論を終わらせた。

6—4　最後の願い

公爵家の地下には、大きな魔術の修練場がある。

自ら戦いに赴くことのない大貴族といえども、元をたどれば優秀な騎士だったり戦士だったりするわけで、ローゼンバーグ公爵家の場合は先祖が魔法使いだった。

この地下の修練場はその名残である。魔法の訓練にも使うことはあるが、元々は魔術的儀式に使用される場所であった。

現在では白昼堂々と庭で魔法を使うことも珍しくないが、そもそも魔法というのは秘術であって、あまり大っぴらにするものではなかったのだ。そのため、昔の修練場は地下に秘すことが多かったらしい。

黒い石の壁に囲まれた修練場は薄暗く、死霊でも出てきそうな雰囲気である。

今は屋敷の者たちが寝静まった深夜。アリスは修練場の床に巨大な魔法陣を描き、その中心に祭壇を設置していた。

祭壇には触媒となる『レコード』が置かれているが、他にも何のために使用するのかわからない様々な呪物が用意されている。

わたしと従者たちは儀式に必要な魔力を供給するために、その魔法陣の外の縁に等間隔で立っていた。

魔力というのは誰もが持っているものであるため、魔法使いでないリチャードたちでも魔力を供給することはできる。

『リセット』自体が世界に干渉する強力な魔法だっただけに、その代償を置換するこの儀式にも膨大な魔力が要求されるのだ。

いつもは軽口を叩《たた》くリチャードやオスカーも、この修練場に入ってからは一言もしゃべっていない。みんな、ピリピリとした緊張感に包まれている。それはそうだろう。いくらわたしのためとはいえ、自分の存在が消えてなくなるのは怖いはずだ。

魔法陣の中心から外の端までアリスが下がった。今わたしを含めた七人が魔法陣を取り巻く形となっている。

アリスが、呪文の詠唱を始めた。

身体《からだ》から魔力が抜けていく感覚を覚えた。

巨大な魔法陣が青白く光り、その内側にある修練場の床が歪《ゆが》んで見える。

恐らく魔法陣の内部が、何かと繋がろうとしているのだろう。

さらにアリスの詠唱が続く。

祭壇の周囲に力の高まりを感じた。魔力とかではなく、もっと根源的なモノだ。

言葉では形容できない。よくこんなモノに接続できるものだ。わたしには恐ろしくて無理だ。

アリスもマリウスも、人としてどこかおかしいに違いない。

そんなことを考えていると、呪文を唱えるアリスの声に徐々に力が入っていくのがわかった。

儀式の成立が近いのだろう。

そして、魔法陣の中心に白い光の柱が立った。

「……セリーナ様、あの白い光の中に入った者が代償となります。ご指名ください」

喘《あえ》ぐような声でアリスが促した。儀式で力を使い果たし、今にも倒れそうだ。

正直に言えば、代償となる人間は最初から決まっていた。

わたしだ。

前世で十八年、現世でも十八年生きた。寿命としてはいささか短くもあるが、本当は十八で終わりを告げた命だ。倍も生きたと思えば十分だろう。

わたしは黙って魔法陣の中心へと向かった。

「セリーナ様！」

従者たちから悲鳴のような声が上がる。

リチャードは反射的に走り出そうとしたが、そのまま足がもつれて倒れ込んだ。

「足？　いや身体が痺《しび》れて……」

リチャードは自分の身体に起こった異変に気付いた。リチャードだけではない、従者たちは立つことができなくなり、全員その場にゆっくりと倒れ伏した。

修練場に来る直前、わたしは自分の部屋で手ずから従者たちに茶を振る舞った。代償として誰を選ぶにせよ、今までの彼らの忠誠に対するささやかな礼として。

茶の作法は貴族の令嬢なら誰でも習うことだが、わたしの場合は身分が高かったためか、自ら茶を振る舞う機会が少なく、前世と合わせても二度目である。

ちなみに最初に茶を振る舞った相手は、前世のエレノアだ。

一度目も二度目も、茶に薬を混ぜることになったのは因果なものだ。

もっとも、エレノアは薬に気付いて失敗したのだが、今回はわたしのことを信じ切っている相手だったので上手くいった。

気付いたところで、「わたしのお茶が飲めないの？」と脅せば済むことだし。

悪の令嬢の面目躍如といったところか。

「セリーナ様！　おやめください！」

皆が叫んでいた。よく声が出ている。わたしの心にまで届く声だ。

それで十分だ。わたしを案じてくれる人間がここには大勢いる。前世ではありえなかった光景。

きっと前世のわたしは寂しかったのだ。わたしの周りに本当の意味で人がいなかったことが寂しかったのだ。

ただ、たったひとりだけいた友達が、わたしにやり直す機会を与えてくれた。

それはとても幸運なことだったと思う。

白い光の柱の手前まで歩みを進めた。さすがに緊張して身体が強張《こわば》った。怖くないと言えば嘘《うそ》になる。でも、現世でわたしはどんな魔物にも怯《ひる》まず戦い続けた。進む勇気は持っている。

前世のわたしだったらそんな勇気はなく、躊躇なく従者たちの誰かを身代わりにしていたことだろう。

そういう選択をしなくなっただけでも、二度目の人生を生きた甲斐《かい》があったというものだ。わたしは従者たちを見回した。

「忘れてしまうかもしれないけど最後の命令よ」

わたしは強張る顔に無理矢理笑顔を作った。

「みんな幸せになってね」

従者たちは泣いていた。前世では誰ひとりとして流してくれなかった涙だ。

なかなか上出来な最期ではないだろうか？　わたしはよく頑張った。前世のような後悔はもうない。

深く息を吐いて光の中へ足を踏み入れようとしたとき、修練場の扉が軋《きし》むような音を立てた。

「えっ？」

今この屋敷で他に起きている人間はいない。そもそも結界を張ってあるから、ここには近づくことすらできないはずだ。

振り向くと修練場の扉が開いて、そこから六匹の犬が入ってきていた。

最近は寝てばかりいて、あまり動かなくなってきていた老犬どもだ。

しかし、今は初めて会ったときのように荒い息を立てて、わたし目掛けて走ってきた。

あまりの勢いに、反射的に身体がすくむ。

その隙をついて、一番力のあるリチャードの犬がわたしを突き飛ばした。

光の柱から遠ざける方向へと。

「なんで？」

そこで目にしたのは、わたしを通り過ぎて光の柱に飛び込む六匹の犬の姿だった。

わたしも慌てて光の柱に向かおうとしたが、アリスの赤い犬が全身の毛を逆立てて、唸《うな》るように吠《ほ》えかかってきた。

「ひっ！」

敵意むき出しのその鳴き声と抜けきっていなかった犬への恐怖心で、わたしはその場にへたり込んでしまった。

犬は六匹とも白い光の中だ。

「そこからどきなさい！」

わたしは叫んだ。

けれど、犬たちはうって変わって穏やかな顔になり、尻尾を振って、わたしの顔を眺めている。

十二の瞳。そこには間違いなく、わたしへの好意が見えた。

今まで犬たちと過ごした時間が頭をよぎる。それは決して楽しい思い出ではなかった。

でも、わたしだっておまえたちのことは好きだ。おまえたちが行くことはない。それはわたしの役割なんだ。

「最後ぐらい、わたしの言うことを聞きなさいよ！」

だが、彼らは動かなかった。

犬は嫌いだ。言うことを聞いてくれない。わたしの最後の願いさえも。

次の瞬間、白い光の中に犬たちの輪郭はぼやけていった。

◇　◇　◇

白い光が収束し、魔法陣の中心にはマリウスが倒れていた。

何故、わたしはここにいる？　確か代償になるために、白い光の中に足を踏み入れたはずだ。

わたしが薬を飲ませた従者たちも、六人全員残っている。

「セリーナ様が残っている！」

イザベルが喜びをにじませて叫んだ。

「誰もいなくなってねぇよな!?」

リチャードが従者たちの数を何度も数えている。

「奇跡です！　神が奇跡を起こしたんです！」

倒れたままルイスが神に祈りを捧げた。

奇跡？　本当にそんなものが起きたのだろうか？

わたしは目の前で横たわっているマリウスを呆然と眺めていた。

すると、床に触れていた手が小さな水たまりに触れた。

（どこから水が？）

そう思ったとき、手の上に新たに水滴が落ちた。

他でもない、わたしが泣いていたのだ。

何故だ？　マリウスが戻ってきたから？

わたしはこれでも鬼だ悪魔だと呼ばれ、この国で最も恐れられている公爵令嬢だ。

その悪魔が泣いているのは不味《まず》い。沽券に関わる。

わたしはこらえようとしたが、意思に反して瞳からとめどなく涙があふれて、しばらく止まることはなかった。

終章1 マリウス

マリウスが戻ってきた。

もちろん、世界的にはいきなり戻ってきたことにはなっていない。

前世と現世が交じり合ったようなものへと世界が変化し、彼は元々いた人間として扱われた。

わたしとマリウスは『レコード』があるおかげで、ふたつの世界が存在していたことを知っている。

けれど、従者たちはマリウスのことを知らなかったのに元々いた人間として認識していた。魔術の修練場で行われた儀式は、魔法で失敗をして存在を失ったマリウスを取り戻すためのものだったと思っている。わたしはマリウスのために健気《けなげ》にもその身を捧《ささ》げようとしていた、というストーリーだ。

まあ大筋では間違っていないし、訂正する気もない。

結局、身を捧げようとしたわたしは何故《なぜ》か助かり、奇跡が起こってマリウスは帰還を果たした。

奇跡――まあ奇跡なのだろう。確かにわたしは何も失っていない。従者たちはあのとき薬を飲ませて身動きできないようにしたし、あの場には他に誰もいなかったはずだ。

マリウスの記憶は前世のものがベースとなっているが、そこに現世のものが混じって、従者たちとは顔見知りということになっている。

「元々、記憶というのは曖昧なものなんだよ。すべてを正確に覚えている者はいない。それどころか思い込みで勝手に捏造《ねつぞう》することすらできるんだ。AとBという人間がいて、まったく同じ体験をしたとしても、視点が違えば印象も違うし、見ようによってはまったく別物にもなるんだ。人間は記憶で構成されていて、記憶は曖昧なものだから、人間は曖昧なものになるというわけさ」

戻ってきたマリウスが茶を飲みながら、わたしに語った。

マリウスは別に恰好《かっこう》良《い》い男ではない。背は普通くらいで痩せている感じだ。

茶色い髪は無造作で寝癖が直りきっていない。眼鏡をかけていて、その奥にあるヘーゼルの瞳は普段は眠たげなのに、自分に興味があることを喋《しゃべ》るときだけキラキラと輝く。

ちなみに茶はわたしが入れたものだが、もちろん薬は入っていない。

二度目の人生を経て魔法に詳しくなったわたしは、彼の良い話し相手となっていた。

現在、マリウスは前世と同様に七曜の座についている。

アリスらと選考会を争い、勝ったことになっている。もっとも他の候補者たちは前世で実際に競った相手だ。

「不思議なことにアリスと競った記憶があるんだ。本当はそんなことはなかったのにね。『レコード』があるから嘘《うそ》とわかるんだけど、その嘘自体には違和感がない。記憶の断片をひとつ書き換えられると、その周りの記憶には勝手に補正が入って、他の記憶と継ぎ目なく繋《つな》がってしまうようだ。そもそも記憶自体がその人間を構成しているわけだから、それを嘘だと思う者なんていないんだよ。疑問を持つこと自体がありえないんだ。僕らは『レコード』という楔《くさび》があるから、世界がふたつあったことを覚えているけど、これがなかったら、辻褄《つじつま》が合うように綺麗《きれい》に記憶は書き換えられただろうね」

マリウスは存在を取り戻せたことを喜ぶよりも、自分が実験台となった『レコード』と『リセット』が世界に及ぼした影響を考察することに余念がない。また何か新しい呪文を開発する気なのだろう。

ちなみに『リセット』は高く評価されたものの、現在では禁呪指定となっている。それはそうだ。誰かひとりのために世界が書き換えられるなんてあってはならない。わたしも二度目は望まない。誰かを犠牲にしてまで、やり直したいと思う人生は偽りだ。

そもそも、術者自身が消えてなくなってしまうような呪文を使いたい魔法使いもいないだろう。目の前の変人以外は。

「そう。でも結局わたしは婚約を破棄されたわ」

婚約者の座に未練はないが、その結果は変わらなかった。

「世界には矯正力が働くからね。意外と結果は変わらないものさ。僕は何となくそんな気はしていたんだよ」

マリウスは得意気に言った。

何か？　わたしが二度も婚約破棄されることがわかっていたというのか？

「でも、わたしは生きているわよ？」

矯正力が働くのであれば、死んでいないとおかしいはずだ。

「まあ、結局世界にとってどうでも良いことなんだよ。君や僕の存在なんて。いてもいなくても一緒なんだ。いなければならない人間とか、いてはならない人間なんてそうはいない。誰かで代用が利いてしまうんだ。ただ、聖女であるエレノア様が王妃になることは確定していたんだろうね。彼女だけが特別だったというわけさ。そりゃ百年に一度しか現れない聖女の代わりなんて、どこにもいないだろうからね」

複雑な気分だ。学院を卒業した今、わたしは貴族社会において、それなりの存在になっているのだが、それでも世界にとっては替えの利く脇役に過ぎないらしい。結局、エレノアには勝てなかったということか。

しかし……マリウスは本当に替えが利く存在だったのだろうか？　二度目の人生を送って、ようやくわたしにも理解できたのだが、『レコード』や『リセット』は画期的な魔法だ。これを生み出したことには大きな意味があると思う。ひょっとして、マリウスが存在を取り戻すことは、最初から世界によって定められたことだったのではないだろうか？

わたしは頭を横に振った。難しいことは考えたくない。そういったことはマリウスやアリスが考えればいいことだ。

「ところでマリウス。その世界にとってどうでもいいわたしは、婚約破棄までされて貰《もら》い手《て》がいないんだけど、何か言うことがあるんじゃないかしら？」

貴族社会において、婚約破棄は傷物扱いである。そう簡単に次の相手が見つかるものではない。とはいえ、わたしの場合は傷物でなかったとしても、相手が見つかったかは疑わしい。

前世とは別の意味で悪名を轟《とどろ》かせてしまった。下手に縁づくと家ごと乗っ取られる、と噂《うわさ》されているらしい。

「僕が三歳のときに思った通りだよ。『きっとこの子は結婚できないんだろうな』って予測していた」

三歳で人の将来を決めないで欲しい。まあ、前世では結婚どころか処刑されたんだけど。

「あなた、『レコード』の最後に何て書いたか忘れたの？」

「誰にだって忘れたい過去はあるものさ」

そう言って、マリウスは顔を背けた。

『レコード』に書き込んだ時点で、あれは未来永劫《みらいえいごう》残る記録になっているのだが。

「僕はしがない貴族だから、本当はあんなことを言える立場じゃないんだ。もう二度と会わないと思ったから書いたんだよ」

彼の頬がほんのり赤くなっている。

その反応を見て、ちょっと虐《いじ》めたくなった。

「触媒にできるくらいわたしの髪を集めていたの？」

「君の黒い髪は本当に綺麗だったんだよ。わざわざ魔法までかけて保存していたんだ」

……思った以上に、マリウスの性癖は著しく偏っていた。

「褒めるのは髪だけ？」

「いや、君は髪も肌も瞳も、何もかも美しい。性格以外はね」

最後の一言が余計だ。

「やっぱり何か言うことがあるんじゃないかしら？」

「じゃあ、僕の秘密をひとつ教えよう」

マリウスが身を乗り出して、わたしの耳に顔を寄せた。

「……実は君のわがままを聞くのは嫌いじゃなかったんだ」

なんてヤツだ。自分から言うつもりはないらしい。

そういえば昔からこういう男だった。口ばっかり達者で、わたしの言うことをなかなか聞かなかった。

でも、最後まで側《そば》にいてくれた。

前世ではそういう対象として見たことはなかったけど、一度人生をやり直して、ようやく今のマリウスと同じ目線に立てた気がする。マリウスは年の割に老成していたのだろう。そして、前世のわたしは幼過ぎた。

人生をやり直して、ようやくつり合いが取れたというわけだ。そう考えれば、遠回りの人生も悪くはない。

……仕方ない。わたしは悪の令嬢だ。

わがままを言うことには慣れている。

わたしはマリウスを指差して命じた。

「マリウス・レイヴンウッド、わたしと結婚しなさい」

マリウスは途端に真剣な顔になって跪《ひざまず》いた。

「セリーナ様、わたしの秘密をもうひとつお伝えします」

そうして口の端に笑みを浮かべた。

「あなたの前世から好きでした」

終章2　アリス

昔、わたしは孤児院にいた。どうしてそこにいたかは知らない。特に興味はない。ただ、孤児院は本が少なかったので、あまり良いところとは言えなかった。仕方がないので同じ本を何度も読んだり、修道女たちの日記や手紙などを読んで気を紛らわせた。

とにかく何かを読んでいたかった。何かを知りたかった。わたしにとって、それがすべてで、他には何もなかった。

転機が訪れたのは十歳になった年。孤児院にセリーナ様がやってきた。

わたしはセリーナ様に強い興味を持った。外見はわたしたちと同じくらいのはずなのに、言動や雰囲気がそれと乖離《かいり》しているように思えたのだ。

「アリス、魔法を勉強する気はあるかしら?」

セリーナ様がわたしに尋ねた。

「……あります」

勉強は好きだ。ずっと本を読んでいられる。中でも魔法の勉強は時間がかかり、高い本もいっぱい必要だと聞いている。それなのに魔法を勉強させてくれるとセリーナ様は言うのだ。

わたしがその誘いを断る理由はなかった。

連れていかれた公爵家は素晴らしいところだった。とにかく本がいっぱいある。しかも好きなだけ読めた。むしろ、「読め」と強制された。人生であのときほど幸せを感じたことはない。わたしは恩人のセリーナ様を終生の主《あるじ》と定めた。

従者としての訓練は厳しかったが、本が読める喜びに比べれば大したことはなかった。すぐにわたしは才能を認められ、魔法使いとして生きていくことが決まった。

それからはセリーナ様と共に魔物と戦った。セリーナ様と共に学院に通った。学院を卒業した後も、わたしは魔法の研究をしながらセリーナ様にお仕えした。

充実した日々だった。セリーナ様は何もなかったわたしに、生きる意味と役割を与えてくれたのだ。これ以上ない良い人生だと思う。

ただ、わたしには秘密がある。

罪、と言ってもいいだろう。

ローズウッド学院の三年目、セリーナ様がレイヴンウッド子爵家に立ち寄った日のことだ。

最初は何故《なぜ》そんなところへ行ったのかわからなかったのだが、それとは別に、わたしにはひとつ気になることがあった。

セリーナ様がわたしの知らない本を持っていたのだ。

公爵家にある蔵書はすべて読んでいる。新しく入った本もその日のうちに読み終えている。何で

◇◇◇

あれば、公爵家の機密性の高い書物すらもこっそり読んでいた。

けれど、レイヴンウッド子爵家から帰るとき、セリーナ様が膝に置いた本は見たことが無かった。

馬車ではセリーナ様の対面にイザベル、隣にエマが座っていたが、彼女たちは本に興味を示さず、主の妨げにならないよう目を閉じていた。従者としては正しい態度だろう。

斜め向かいに座っていたわたしだけが別の本を読むふりをして、セリーナ様が読んでいる本を視界の端でずっと見ていた。その本には、何らかの魔術的な処理が施されているのがわかった。単なる魔導書ではありえない。本自体が特別な何かであるはずだ。

(恐らく読ませてもらえない)

わたしは直感的にそう思った。セリーナ様は本を入手すると、大抵わたしに先に読ませてくれる。そして要約した内容をわたしから聞いて、自分は読まずに済ませることが多い。

そのセリーナ様が、わたしに渡さずに自ら読んでいるのだ。であれば、あの本はわたしの元に来る可能性は低い。

(どうしても読みたい)

自分でもどうしようもないほどの衝動にかられた。子供のころからの悪癖だ。読みたいものがあると我慢できなくなる。

そして幸か不幸か、読む機会はすぐに訪れた。

わたしたち従者は交代でセリーナ様の夜番をしているのだが、その日はわたしの番だったのだ。

皆が寝静まった深夜、セリーナ様の部屋の前で待機していたわたしは、魔法で物音を消して部屋の中へ足を踏み入れた。夜目も魔法で強化した。セリーナ様はよくお休みになっていた。

目的の本は机の引き出しの中に入っていた。鍵はかかっていたが、その程度は魔法で簡単に開錠できる。これらの魔法は、どんな本でも読むことができるように真っ先に覚えたものだ。

本に書かれていた記述自体は短かったが、非常に興味深い内容だった。

セリーナ様はマリウスという魔法使いの手によって、二度目の人生を送っていらっしゃったのだ。

出会ったときの外見と中身が乖離しているような違和感の原因は、これだったのだろう。

一度目の人生におけるセリーナ様はあまり素行の良いほうではなく、それが原因で処刑されてしまったようだが、その程度でわたしの忠誠が揺らぐようなことはない。恐らく他の従者たちも同じだろう。大体、現世のセリーナ様も決して素行は良くはない。体面を取り繕う術《すべ》を覚えただけで、力を持った分、よりひどくなっていた可能性すらある。

わたしは本の内容を暗記すると、そっと元の場所に戻した。もちろん、鍵もかけ直した。

そのまま夜番を続けたわたしは思考を巡らせた。

本の内容からして、恐らくセリーナ様はマリウスを世界に復帰させることを望むだろう。

そのためには、身代わりが必要となることも承知しているはずだ。

身代わりにはセリーナ様自らがなる可能性が高い。出会ったころのセリーナ様であれば、我々従者の中から選んだかもしれないが、あの方も大分変わられた。今のセリーナ様はあの本を読んだ上で、他の者を身代わりとすることを良しとはされないだろう。

だが、セリーナ様が身代わりとなることを黙って見過ごすことはできない。わたしはセリーナ様を失いたくなかった。

◇　◇　◇

わたしはすぐに代償を置き換える儀式の調査と準備を始めた。セリーナ様は儀式系の魔法は得意ではないため、わたしに命じられることは想像に難くなかった。セリーナ様がなさりたいことを先んじて用意するのが、従者としての役目でもある。

一週間ほど経《た》って、予想通りセリーナ様はわたしに代償を置き換える儀式を行うことを命じられた。準備はできていた。覚悟も。あとは最後の用意をするだけだった。

わたしには七年間一緒に過ごした赤い犬がいた。出会ったころは子犬だったが、そのときはすっかり年老いてあまり動くことがなかった。もっとも、あの子は小さいころから大人しくて、本を読んでいるわたしの足元で丸くなっていることが多かった。

わたしが本を読みながら歩いているとき、何かにぶつかりそうになると服を引っ張って教えてくれた。わたしが寝食を忘れて本を読んでいると、「食事をしろ、自分にも飯を寄こせ」とばかりに唸《うな》ってくれた。わたしが読みたい本をくわえて持ってきてくれたこともあった。本が駄目になったから止《や》めさせたけど。

この子はセリーナ様のことが大好きだった。この子だけでなく、仲間たちが飼っている犬たちはみんな。

「セリーナ様を助けてあげて」

自室に戻ったわたしは、待っていた犬にそう呼びかけた。通じるはずもない身勝手な言葉。

あの子はわたしと目を合わせた後、そっと寄り添ってくれた。

「ごめんね」

そう言って、わたしは犬の頭を撫《な》でた。

◇◇◇

儀式の前、わたしは自分の犬に魔法をかけた。

セリーナ様の身代わりとなって行動する暗示の魔法。

暗示の魔法は強い効果を持つものではなく、相手がその行動に対して能動的でなければかかることはない。

例えばその魔法で「死ね」と命じても、相手に強い自殺願望でもない限り、本当に死ぬことはない。その程度の強制力しか持たないものだ。

今回の場合は、犬のセリーナ様への愛情を利用している。セリーナ様のために行動するように動機付けして、身代わりとなるように誘導した。あの子にはそれで十分だった。

そしてもうひとつ、年老いた犬が機敏に動けるように、体力を増強する補助魔法も施した。

短時間だが、これで昔のように思う存分走り回ることができるようになるはずだ。

だが、犬一匹では人の代わりにはならない。計算では六匹でようやく人ひとり分の対価となる。

わたしは事前に、仲間たちにセリーナ様自身が身代わりとなる可能性があることを説明し、彼らの犬にも同じように魔法をかけることにした。

イザベル、エマ、リチャード、オスカー、ルイス。

みんな、「それがセリーナ様のためならば」と、孤児だったわたしたちにとっての唯一の家族を失う覚悟を決めてくれた。

だから、修練場では皆一様に押し黙っていた。

イザベルの目は赤く充血していた。いつも元気なエマが下を向いていた。リチャードは昔に戻ったみたいに張り詰めていた。オスカーの眉間には深い皺《しわ》が刻まれていた。ルイスは涙がこぼれないように目を見開いていた。誰一人として平気なわけがなかった。

結界はわたしが張ったものだったので、いつでも解除することができた。

犬は近くで待機させた。

わたしの合図ひとつですべてが動き出すように。たとえ身体《からだ》が動かなくなっても。


——奇跡は起こらないから奇跡と呼ばれる——


何としてもセリーナ様を失いたくなかった。

そのためにあの子たちを犠牲にした。

いくら賢くても、犬が勝手に身代わりになることなどありえない。

あれは奇跡でも何でもなく、わたしの薄汚れた企《たくら》みに過ぎない。

そのままにしておけば、世界の改変と共にわたしもあの子たちのことを忘れることができただろう。

けれど、そんなことはできなかった。

わたしは自分自身にも魔法をかけていた。『リセット』にも組み込まれている記憶を固定するための魔法。効果時間は短いが、世界が変わる瞬間に発動していれば記憶を持ち越すことができる。

だから、わたしだけがすべてを覚えている。

消えていった、あの十二の瞳を。

セリーナ様や仲間たちまでが、あの子たちを犠牲にしたことを覚えている必要はない。

わたしだけの罪なのだから。

それで良い。すべては上手《うま》くいった。わたしだけが知っていればいいことだ。

しかし、あの日以来、セリーナ様は犬を遠ざけるようになった。

ルイスたちは勘違いしていたのだが、セリーナ様は犬に好かれていただけで、ご自身は犬が嫌いだったのだ。わたしは気付いていたけれど、面白かったので指摘しないでおいたことだ。

ただ、セリーナ様は犬たちとの距離を少しずつ詰めていき、最後は心を通わせていたと思う。

だからこそ、あのとき犬たちを引き留めようとなさっていた。

それが、犬たちがいなかったことになってしまったせいか、また犬嫌いになってしまわれたようなのだ。あんなにセリーナ様のことが好きだった犬たちの痕跡が、セリーナ様の中から一切消えてしまった。

わたしだけが覚えていればいいと思ったけれど、それにはどうしようもない悲しさを感じた。

◇◇◇

今日はセリーナ様がわたしを供として、聖女であり王妃でもあるエレノア様に会いに王城へと赴く予定だ。現在、おふたりは友人となっている。セリーナ様は初めて同性の友人を持てたことを喜び、よく城に遊びに行くようになっていた。

国王陛下のご家族は、犬が好きでたくさん飼われている。しかし、エレノア様は察しの良い方なので、セリーナ様が来るときは犬を遠ざけておくのが常だ。

ところがこの日は一匹の子犬が脱走して、例によって異常に犬に好かれるセリーナ様のところへ一直線に駆け寄ってきた。

とっさにわたしが前に出て捕まえようとしたのだが、それより先にセリーナ様は綺麗《きれい》な所作で屈《かが》むと、犬を丁寧に抱きかかえた。

すぐに王家の侍従たちが平謝りで犬を受け取りにきたのだが、セリーナ様は犬をじっと見て、なかなか渡そうとしない。

その瞳には怯《おび》えも恐れもなく、ただ涙をにじませていた。

「セリーナ様」

わたしは思わず声をかけた。

「犬はお嫌いではなかったのですか？」

すると、セリーナ様はようやく子犬を侍従たちに手渡した。

「昔は嫌いだったわ。でも、きっかけは覚えていないけど、気づいたら好きになっていたの」

「しかし、今までずっと犬は遠ざけていたではありませんか」

「よくわからないけどね」

セリーナ様は侍従に抱えられて遠ざかっていく子犬を眺めていた。

「好きなんだけど、何故か犬の目を見ていると悲しくなるの。涙が出るくらいにね。おかしいでしょ？　鬼とか悪魔とか呼ばれているわたしが泣くだなんて。だから、あまり近づかないようにしていただけよ。今だって泣きそうになってしまったわ。本当に……何でこんな風になってしまったのかしらね？」

「……そうですか」

わたしはその答えを知っている。けれど、それはありえないことのはずだ。

「あら、アリス。どうしたの？」

セリーナ様はわたしを見て微笑《ほほえ》んでいた。

「何がですか？」

「あなた、泣いているわよ？　長い付き合いだけど、あなたが涙を流す姿は初めて見たわ。わたしが犬が好きという話で、そんなに感動したの？」

そういえば何かが頬を伝う感触があった。視界もぼやけている。顎から雫《しずく》が床に落ちた。

「そうですね」

わたしは笑った。よくわからないけど、とても嬉《うれ》しかった。

失礼なことに、わたしの笑顔を見てセリーナ様は驚いている。

「だってそれは奇跡ですから」

Another Ending

——悪の令嬢と十二の瞳

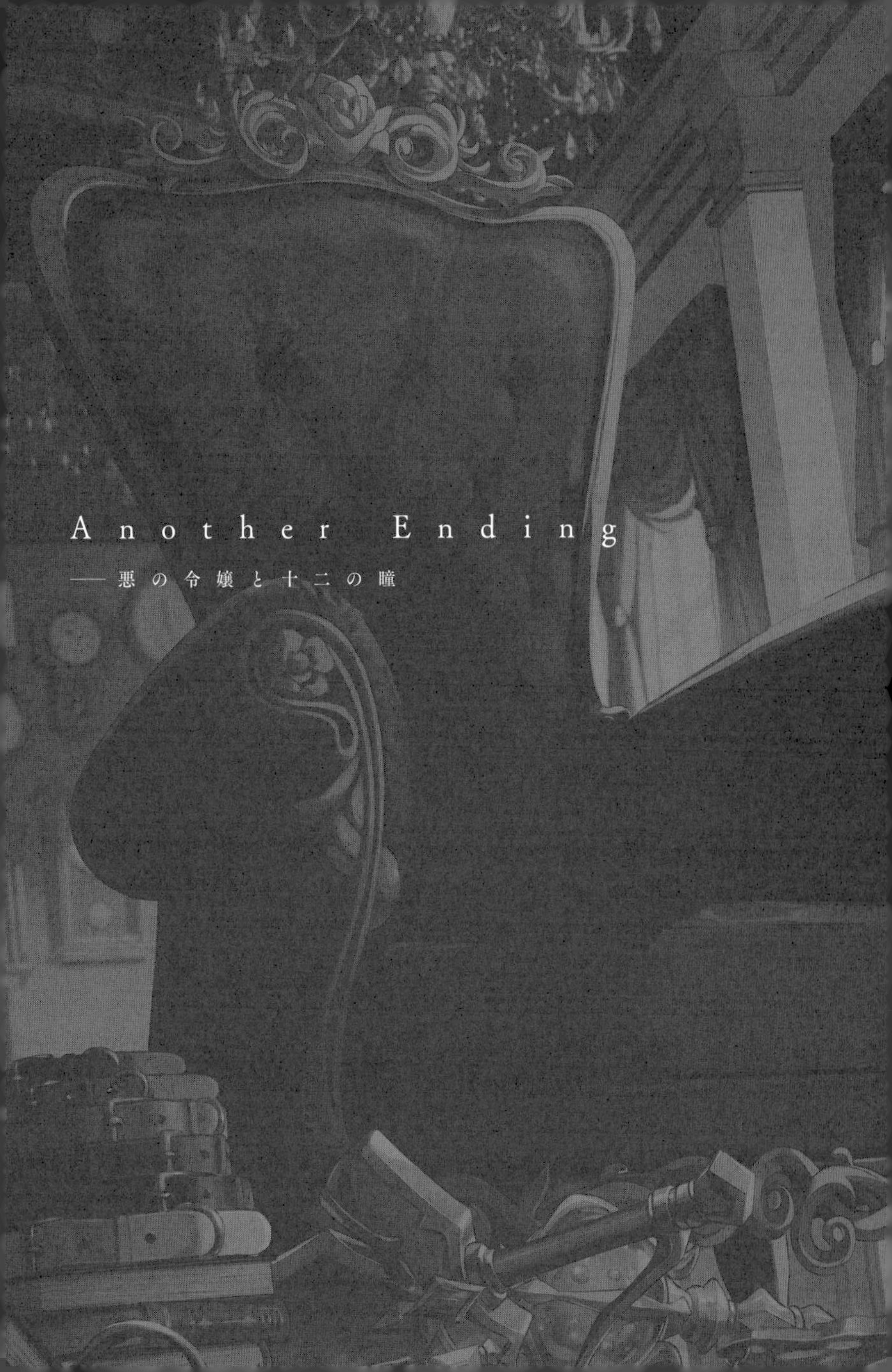

終章3　もうひとつの結末（前）

わたしには婚約者がいた。幼いころから仲の良かった三つ年上の従兄弟《いとこ》。

わたしと同じ黒い瞳に黒い髪で綺麗《きれい》な顔立ち。穏やかで一緒にいるのが心地よい、そんな人だった。

十四のときに婚約が決まったときは嬉《うれ》しかった。子供のころから「そうなりたい」と願っていた相手だったから、夢が実現したのだと思った。

ところが、わたしが十八になった年、同じ学院に通っていた男子生徒から求婚を受けた。

相手は公爵家の跡継ぎ。うちは下級貴族だったから、とうてい釣り合わないし、既に婚約していたこともあってお断りした。

「身分の差なんて気にすることはない。僕は君のことが好きなんだ」

その人は笑って言った。個人的にも断り、家からも正式に断ったはずなのに、まったく意に介していないという感じだった。

彼は公爵家の人間であるにもかかわらず人当たりが良く、いつも笑っていて、少しふっくらとした体形と相まって、穏やかで優しい人と評判の人物だった。わたしもそう思っていた。

けれど、求婚された後に気付いたのだが、この人はいつも笑っていて物腰は柔らかいのだけれども、話が通じていないような気がした。ひょっとして笑っているだけで、相手のことや都合などまったく考えていないのではないかと。

そう考えたら、笑顔の下に不気味なものがあるように思えて、その人のことが恐ろしくなった。

周囲の人たちからは、

「公爵家の跡継ぎが身分の差を越えて求婚してくるなんて、まるで恋物語のようだ」

などと羨ましがられたりしていたので、「あの人は怖い」だなんて言うことはできなかった。

それでも、両親はわたしが従兄弟との結婚を望んでいることをわかってくれていたので、公爵家という雲の上の存在に対しても丁重に断りを入れてくれた。だから、わたしはこの話が進むことはないと思って安心していたのだ。

ところが徐々に雲行きが怪しくなってきた。

「向こうが諦める気配がまったくない」

父がそんなことを話すようになった。

父としては、公爵家が格の違う我が家との婚姻に積極的になるはずがなく、息子が独断で求婚しているものと思っていたのだ。だから、こちらが断れば、公爵家としても渡りに船とばかりに乗ってくると考えていたのだが、そうはならなかったらしい。むしろ、公爵家の面子《メンツ》をかけて、高圧的になってきているというのだ。

さらにうちの領地では「周辺の貴族たちとの関係が疎遠になってきた」「商人の出入りが少なくなった」「領内で取れた農作物が売れなくなった」等の変化が現れるようになってきて、領地の運営が厳しくなってきた。それも従兄弟の家も含めた一族全体がだ。

誰の仕業であるかは明白だった。国内でも有数の貴族であるローゼンバーグ公爵家であれば、このくらいのことはできるだろう。

親族会議が開かれることになった。その席では皆が一様に深刻な顔をしていた。

「公爵家と縁を持てるのは悪いことではない」

誰かがポツリと言った。わたしは泣いた。もうどうしようもないことを理解したのだ。

こうしてわたしは従兄弟との婚約を破棄し、ローゼンバーグ公爵家へ嫁ぐことが決まった。

◇　◇　◇

「こうなると思っていたよ」

結婚式の日、夫となった彼は満面の笑みを浮かべた。

「僕たちは結ばれる運命にあったんだ」

まったく悪びれた様子もない。わたしの一族にあんなことをしておいて、本気でそう思っているのだ。

こんな男と結婚しなければならない自分の身を、わたしは呪った。

結婚してから間もなく、わたしは子を身籠った。

早い懐妊に周囲は祝福してくれた。夫も表面上は喜んだ。

しかし、寝室でふたりだけになると、彼はやはり笑顔のまま切り出した。

「少し早すぎる気がするんだよね」

「……初夜にできた子であれば、これくらいの時期かと」

「でも君は結婚直前まで元婚約者の男と仲良くしていたそうじゃないか?」

彼は微笑《ほほえ》んだままだ。だが、かえってそれが怖かった。

「あの人は従兄弟なので、幼いころから仲が良いのです」

「そうなのかな? ああ、もちろん、僕は君のことを信用しているよ。生まれてくる子が楽しみだよ。せめて髪か瞳が僕に似ていてくれれば安心するのだけど」

夫の瞳は青く、髪は金髪だった。わたしも従兄弟も黒髪黒目なので、髪と目のどちらかが夫のものであってくれれば、わたしの無実は証明される。

「……ええ、わたしもそうであることを望んでいます」

わたしは身を硬くしてベッドに横たわった。

◇◇◇

わたしの懐妊が判明してから、しばらく経《た》った後、従兄弟が死んだ。何者かによって殺されたのだ。

「どういうことですか!?」

わたしは夫に詰め寄った。この男の仕業だと信じて疑わなかった。公爵家には影働きをする者たちがいる。

特に夫の護衛も兼務している執事は高齢だが凄腕《すごうで》の暗殺者らしい。これくらいのことは簡単にやってのけるだろう。

「仕方ないじゃないか」

彼は微笑んだ。

「あの男がいる限り、僕は君の一番になれないだろう？　君を想《おも》うがゆえさ」

夫はあっさりと自分の仕業であることを認めた。

「あの人とは何もなかったのに！　何故《なぜ》そのようなことを！」

「そうかな？」

彼は一枚の紙を取り出した。

「それは……」

「何故か彼のもとにあった君からの手紙だよ。随分、情熱的な文じゃないか。僕にはそんなことを言ってくれないのに」

その手紙は時折訪ねてくる親族を介して、彼に届けてもらったものだ。わたしも同じように手紙を受け取っていた。万が一のことを考えて、夫のことや公爵家のことなどは書いていなかったが、それでもわたしの唯一の楽しみだった。

「こうやってね、君が僕よりも好きな男をひとりずつなくしていけば、僕が君の一番になれるだろう？」

人ひとり殺《あや》めたことを告白したというのに、まったく悪びれた様子もなく笑っていた。

（あなたが一番になるには、この世のすべての男を殺すしかないわ）

そう言ってやりたかったが、わたしは怖くて言い出せなかった。この男ならやりかねないと思ったからだ。身体《からだ》の震えが止まらなかった。

◇◇◇

精神的には最悪の状態だったが、子供は無事に生まれた。黒髪黒目の女の子だった。

これではわたしの無実は証明できない。

「困ったね」

夫はいつものように笑っていて、まったく困っているようには見えなかった。

「じゃあ、こうしようか。この子は僕が育てるよ。君には子育てを任せない」

「何故ですか!?」

母親に子育てをさせないだなんて、わたしには信じられなかった。

「うん、それはね、この子がどんな風に育つかで、誰の子であるかを判断したいからだよ」

「何を言って……」

「僕はこの子を甘やかして育てる。でもこの子が本当に公爵家の血を引いているのであれば、それでも立派に育つはずだ。反対に君の一族の血しか引いてなければ、残念ながら怠惰で愚かな人間になってしまうだろう」

「本気でそんな風に思っているのですか!?」

信じられなかった。気が狂っているとしか思えなかった。

「あたりまえじゃないか。それが家の格の違いというものだよ? 例えば、貴い血筋の家の子と平民の子がいたとして、ふたりを同じように育てても違いは歴然と出る。品格、能力、人間性などにね。君も一応は貴族の出なのだから、それぐらいはわかるだろう?」

わからない。この人が何を言っているのかわからなかった。

けれど、わたしにはこの家に味方はひとりもおらず、言うことを聞く他になかった。

◇　◇　◇

夫が言っていた通り、わたしはセリーナと名付けられた自分の子と会うことも話すこともままならなかった。

会おうとしても夫の直属の家臣たちに阻まれ、どうすることもできなかった。妻とは名ばかりで、わたしの言うことなど誰も聞いてくれない。

何とか無理矢理口実をつけて、寝ている姿を一目見るのが精一杯だった。

一緒にいられるのは対外的な行事のときのみで、そこでさえも話しかけることを許されなかった。

そして、夫はセリーナを徹底的に甘やかした。セリーナの言うことはすべてかなえられた。どんなわがままも聞き入れられた。

教育も体面を保てる程度のもので、それさえもセリーナは嫌がる始末だった。

あれではまともな人間に育つはずがない。どんな血筋であろうが、怠惰で愚かな人間になるだろう。

唯一友達になってくれたマリウスという子の影響で本を読むようになり、多少は勉強をするようになったが、それだけではどうにもならなかった。

成長するにつれて、あの子の悪評はあちこちで聞くようになった。

城で恥をかいているはずの夫はそれでも何もしない。

「やっぱり僕の子じゃないようだね?」

彼は朗らかに笑った。

◇　◇　◇

そして、とうとうそのときがやってきた。セリーナは国の宝である聖女を害そうとした罪で、捕らえられてしまったのだ。

だけど、あの子はまがりなりにも公爵令嬢である。重い罪になるはずはない。わたしはそう思っていた。

しかし――

「陛下にお願いしておいたよ。『聖女様を手にかけようとした罪は許されるものではありません。たとえそれが愛《いと》しい我が子であったとしてもです。お許しください。わたしが子供の育て方を間違えたのです。故にこの汚辱は公爵家の汚辱でもあり、死をもって贖《あがな》う他なく、どうか我が娘に死罪を賜りますよう……』とね。『そこまですることはない』と仰《おつしや》っていた陛下も最後は聞き入れてくださったよ。他の貴族たちからは、『潔い』とまで言ってもらえたくらいだ」

「我が子に死を与えるよう願ったのですか!?」

「僕の子じゃない。君たちの子だ。本当に我が家の子であれば、このようなことにはならなかったよ」

鉛を飲み込んだように腹の中が重たくなった。どうかしているとしか思えない。

◇◇◇

「あの子は泣いていたよ」

セリーナと面会するために牢獄塔《ろうごくとう》に行った夫はにこやかに帰ってきた。

「『助けてください、お父様』『今すぐ、ここから出してください！』『わたしは悪くはありません！』なんて言っていたよ。愚かなことだ。自分の置かれた立場も理解できていないだなんて。血筋が悪いと頭も悪く育つ。でもあの子の罪ではない。君の罪だ」

わたしに罪があるとしながらも、彼は笑っていた。

「可哀《かわい》そうだから希望は持たせてあげたよ。『きっと何とかしよう』『わたしだけは信じている』『すぐに助けてやる』とかね。もちろん、何もやるつもりはない。ああ、涙も流してあげたよ。血は繋《つな》がってなかったけど、一応父親ではあったわけだからね。それぐらいはやってあげるさ」

「……セリーナは血の繋がったあなたの娘です。本当に助けないのですか？」

わたしは親子の情に期待した。

「嫌だな、そんなはずないじゃないか。あんな子が公爵家の血を引いているはずがない」

夫は面白い冗談でも聞いたかのように笑っていた。

「大丈夫だよ。それでも僕は君のことを許してあげる。だって愛しているのだから。子供ならまた作ればいい」

ただただ恐ろしかった。この怪物からわたしは逃れることができない。

終章4　もうひとつの結末（現）

「本当にわたしの子なのか？」

六歳になった娘を見て、いつも笑っている夫が不思議そうにつぶやいた。

セリーナはどんなわがままでも聞き入れられる立場であるにもかかわらず、幼いころから必死に習い事に取り組んでいた。礼儀作法だけでなく、馬術、剣術、護身術、さらには魔法まで熱心に勉強している。しかもどれも優秀なのだという。

家庭教師たちは口を揃《そろ》えて言った。

「セリーナ様は天才でございます」

わたしは胸を撫《な》で下ろした。これならばわたしの不義を疑われることはない。少々出来過ぎているような気がしないではなかったが。

ところが十歳の誕生日を迎えると、セリーナはとんでもないことを言い始めた。

「わたしは自分の従者が欲しいのです。それも同じ年頃の子を」

これにはさすがの夫も困惑した。十歳の子供に十歳の子供を付けてどうするというのか？

常ならば、もっと教育の行き届いた年齢に達した人間を従者に付けるのが習わしだ。

それでも夫はこの要望を聞き入れようとしたのだが、さらにセリーナは注文をつけた。

「わたしは恵まれない者たちの中から自分で選びたいのです。そう、例えば孤児院でひもじい思いをしている子供たちのような」

貴族であれば従者と言っても、ある程度の身分の者を付けるのがステータスとなる。それをわざわざ最底辺から選ぼうというのだ。あまりのことに、わたしも顔をしかめてしまった。

セリーナは主張した。

「たとえ生まれが卑しくても、彼らとて同じ人間です。きちんとした教育を受ければ立派に成長することができると思うのです」

本当に十歳の子が言うことだろうか？　この家で育って、どうやったらそんな思想に行き着くのか不思議でならなかった。

結局、夫はセリーナの要望に応えた。どんなわがままでも聞くとは言っていたが、ここまでいけば立派なものである。

◇　◇　◇

父親と共に孤児院に行ったセリーナは、わざわざ問題児ばかりを六人も連れて帰ってきた。

誰にでも分け隔てなく接するように見えて、実は強烈な差別意識の持ち主である夫にとっては耐え難いことだったであろう。

「あの子のことはよくわからない」

いつも笑っている夫が悩むようになった。極めて優秀な娘。孤児を従者に欲しがる娘。それが公爵家の人間であるが故なのかどうか、判断がつきかねているのだ。

好きなだけ贅沢《ぜいたく》をさせるつもりだとは言ったものの、服や宝石を買わず、代わりに庭に訓練用の施設を建造するとは思ってもみなかったことだろう。さらに自分の家庭教師を孤児たちにつけ、教育まで受けさせている。

孤児たちの成績はかなり良い。これでは「人の出来不出来は出自の貴賤《きせん》に依《よ》る」という夫の主張は崩れてしまう。

「いや、セリーナには素晴らしい才能がある。だから、孤児でも役立つ人間に育てることができたんだ」

夫は自分に都合の良いように考え直した。

だが、セリーナの暴走はこれに止《とど》まらなかった。何と野良犬を六匹も拾ってきて孤児たちに育てさせたのだ。

連れてきた当初は、犬たちが屋敷内を駆け回り、さしもの微笑《ほほえ》みデブも笑顔を引き攣《つ》らせていた。

わたしもいい気味だと思ったが、それでも野良犬が屋敷の中にいることには辟易《へきえき》したものだ。

しかし、それも長くは続かなかった。犬はすぐに孤児たちの手によってしっかり教育され、貴族が飼っているような犬と同等の、いやそれ以上の躾《しつけ》の行き届いた犬へと変貌を遂げたのだ。セリーナに対してだけは、やたらと甘えていたが。

また、様子を見に来た孤児院の院長が、孤児を教育したセリーナの手腕を高く評価したことによって、娘は才媛として貴族の間でも噂《うわさ》にのぼるようになった。

何でも「孤児や野良犬を立派に育て上げる優しい令嬢」らしい。

戦争に向かう騎士や兵士たちよりも、はるかに厳しく孤児を鍛えている娘が、そんなに優しい子には見えないのだが。

（※犬に関する記憶は後に消失）

そしてついに国王陛下が直々に会いたいという要望まで出されたのだ。

「恐らくセリーナは自分の力で王太子様の婚約者となる。素晴らしい子だ。ローゼンバーグ家の誇りだ」

あの子が生まれてから十四年、様々な葛藤を経て、夫はようやくセリーナを自分の娘と認めた。長かった。何もできない無力さを噛《か》み締める日々だった。

しかし、わたしはわたしで気は抜けない。何故《なぜ》ならセリーナは次に何を始めるのか想像もつかない子だからだ。

その予感は当たった。

「避暑のためにエルフェン湖に行ってまいります」

セリーナは普通の貴族の娘のようなことを言った。

ただ、避暑のために用意された馬車には武器や防具を満載しており、どう見ても軍事用のものにしか見えなかった。

「まさか、セリーナは戦争を始める気ではないだろうな？」

送り出したものの、夫は本気で心配していた。セリーナもその従者たちもあの若さで、異常なまでに鍛えられている。公爵家が所蔵していたミスリル製の装備を持って行ったので武具も充実していた。小規模な貴族の領地なら簡単に攻め落とすことができるだろう。わたしも少し心配になった。そんな不安をよそに、結局セリーナは戦争は起こさなかった。代わりに伝説の魔物であるサーペントを倒した。

もう意味がわからなかった。

ただ、このサーペント討伐でセリーナの評判は一気に高まり、『聖女』の再来だとまで言われた。

国王陛下、いや国全体から頼りにされたセリーナは、民衆を苦しめる魔物たちを次々と倒し、国内外にその名を轟《とどろ》かせた。

「剣と魔法に秀でた魔剣士」

「六人の従者を引き連れた聖女」

「立ちふさがる者は女子供でも容赦のない戦乙女」

こうなってくると逆にわたしは自分の娘であることが不思議に思えてきたのだが、どう見てもあの顔立ちはわたしの子だった。

◇　◇　◇

ローズウッド学院に入学した後は、一年生であるにもかかわらず事実上の学院の女王となったという話を聞いた。王太子エドワード様を差し置いて、だ。

従者たちはかなり荒っぽく生徒たちをまとめたようだが、それを非難する声よりも称賛する声のほうが大きかった。「卒業後を見据えて自分の派閥を作っている」と。

あまりにも名声が高くなり過ぎて、エドワード様から婚約を破棄されるという事件もあったが、あの子は気にした風でもなかった。

逆に豪胆にも王家から賠償金代わりに領地を要求するよう提案した娘を見て、夫は感じ入っていた。

「あの子は名よりも実を取った。なかなかできることではない。我が家はセリーナの代で全盛期を迎えるであろう」

王妃の座を逃したにもかかわらず、夫はセリーナを褒め称《たた》えた。もはや娘に全幅の信頼を置いていた。

学院を卒業した後、セリーナはマリウスと結婚した。

マリウスは子爵家の人間で家柄的には大分劣っていたが、国の魔法使いの上位七人に贈られる七曜の称号の持ち主であり、夫も反対はしなかった。

むしろ、魔法使いとしての血筋が強化されると喜んだくらいだ。

――愚かなことだ――

おまえの血など一滴たりとも残りはしないというのに。

わたしは婚姻の直前に従兄弟《いとこ》と契りを交わしている。そして、この家に来てからは子をなさない薬を飲んでいた。

古くから家同士の付き合いのある薬師から入手した秘伝の薬。傍《はた》から見る分には、それは茶のようにしか見えない。

セリーナは従兄弟との間にできた子であり、公爵家の血など引いていない。

わたしはおまえの血など絶対に残しはしないだろう。

最愛のあの人を殺したおまえを、わたしは一生許しはしない。

ローゼンバーグ公爵家はわたしたちが乗っ取る。

おまえが家の格が劣ると馬鹿にした我が一族が公爵家となるのだ。

神は決して悪を見逃すことはない。どんな人間でもいつかはその報いを受ける。

ざまあみろ。

エピローグ

屋敷の中から揺り椅子に座って外を眺めるのが、最近の楽しみであり日課でもある。外では曽孫《ひまご》たちがわたしの造った訓練施設に必死になって挑んでいた。わたしの子供たちも孫たちも通ってきた道である。

訓練施設自体は歳月が経《た》って老朽化したのだが、わたしの子供たちによって改修され、新たな設備まで追加されていた。子供たちによるとこの訓練は「ローゼンバーグ家の伝統」なのだそうだ。

わたしは別に自分の子供にこんな訓練をさせるつもりはなかったのだが、従者たちの子供たちがこの施設に挑んでいるのを見て、子供たちも挑戦するようになってしまった。因果なものだ。

わたしとマリウスが結婚した後、従者たちもそれぞれ結婚した。

リチャードはエマと、オスカーはイザベルと、ルイスはアリスと結ばれた。

お似合いと言えばお似合いなのだが、彼らは好き合って結婚したというより、「セリーナ様の子供に自分たちの子供を仕えさせたい」という気持ちのほうが大きかったようだ。

何も自分たちの子供まで従者にすることはないと思うが、そこまで慕ってくれる従者たちの気持ちは嬉《うれ》しかった。……あの訓練は本当は従者には不要なのだけど。

しかし、そのおかげもあってか、「ローゼンバーグ家の人間は英傑揃《ぞろ》いである」と近隣各国まで名を轟《とどろ》かせていた。今も国を支える、もしくは裏で取り仕切る家として権勢を振るっている。

ただ、その道程は決して平坦《へいたん》というわけではなかった。

わたしが結婚した後、お父様が殺されるという事件が起きたのだ。

原因は怨恨。わたしは知らなかったのだけど、お父様は強引な手段を使って公爵家の権益を広げていた。

いつも笑みを絶やさない優しい顔は表向きのもので、その笑顔のまま策略や陰謀を巡らせ、悪辣な手口で人を陥れていた。にわかには信じられなかったが、調べれば調べるほど裏付けが取れてしまい、お父様の裏の顔が明らかになった。

お父様の従者たちも妙に腕の立つ者が多いと思っていたが、暗殺を恐れてのことだったのだろう。皮肉なことに、その従者の中に陥れられた者の縁者が紛れていて、あえない最期を遂げた。

お父様がいなくなったことでローゼンバーグ家に反感を持っていた貴族たちが糾合し、我が家は窮地に立たされた。何しろ跡を継いだばかりのわたしには政治力というものがなかった。

いっそ武力で制圧してやろうかと思ったが、王妃になったエレノアや学院時代に縁故を結んだ貴族の子弟たちからの支援、そして何よりも従者たちのおかげで何とか平和的に乗り切ることができた。それがなかったら、クーデターを起こすしかなかっただろう。

何のことはない、わたしは処刑されていなくても、その後に破滅する未来しかなかったわけだ。

人生をやり直させてくれた夫・マリウスには感謝しかない。……正直なところ、クーデターを成功させる自信はあったのだけど。

お父様の死後、お母様から今までのことを涙ながらに謝られた。お父様とお母様の婚姻も、お父様が強引に進めたものだったようだ。それが原因で夫婦の仲は悪く、お母様はわたしとの接触を厳しく制限されていたらしい。

以来、お母様は人が変わられたように明るくなり、わたしやマリウスと親しく接し、自分が子育てに参加できなかった分、積極的に孫であるわたしの子供の面倒を見てくれた。

自分が受けられなかった母の愛情を、自分の子供たちが受けるというのは複雑なものがあった。ただ、お母様がわたしに愛を持っていたという事実は、前世からあったわたしの根本にあった傷のようなものを癒してくれたと思う。

そして、お母様は亡くなる寸前に秘密を打ち明けた。

「あなたはお父様の本当の子ではない」と。

それは薄々気付いていたことだった。わたしはあまりにもお父様と似ていなかったし、ローゼンバーグの人間にしては魔法に対する素質がなさ過ぎた。鬼や悪魔と呼ばれて恐れられた現世のわたしの魔力は、幼少期からの鍛錬による後天的なものである。

わたしとお父様に血の繋《つな》がりがない、ということにはマリウスも気付いていたようだ。そうでなければ処刑されるはずがない、と推察していたらしい。

「まあ、大したことじゃないよ。君は君だしね」

彼は優しくそう告げた。

「それに前世とは違って、セリーナの周りに身分に惹《ひ》かれて集まった人間なんていないだろう？」

違和感を覚えていたとはいえ、自分が公爵家の人間であることに誇りを持っていたわたしは少なからずショックだったのだが、マリウスの言葉はわたしをそっと包み込んでくれた。

わたしの実の父親はお父様の手の者によって殺されていた。正直に言って、よくわからない。少なくともお父様はわたしに優しい人だった。ただ、その優しさで前世のわたしをどうしようもない人間にしたことも事実である。

ただ、毎年お父様の命日には、わたしはその墓に白い花を供えている。

色々あった人生だったが長く生きた。前世を合わせれば百年以上生きたことになる。近頃では物忘れも激しくなり、記憶が曖昧になって、ますます前世と現世の記憶が混同するようになっていた。

そのせいか近頃は昔のことをよく思い出す。

あれは何時《いつ》のことだっただろうか？

従者たちが初めてわたしに願い事をしたのだ。

「犬の名前を付けて欲しい」と。

……犬？　従者たちは犬を飼っていたことがあっただろうか？　それとも前世の記憶？

前世ではリチャードたちはわたしの従者ではなかったはずだけど……。

――どちらでも良いか。今となっては些細《ささい》なことだ。

確かなことは、わたしはそのとき犬が嫌いだった。だから適当に名前を付けたのだ。

「リチャードのでかい子犬はアルファね。オスカーの黒い子犬はベータ。ルイスの茶色い子犬はガンマ。イザベルの白い子犬はデルタ。エマの灰色の子犬はイプシロン。アリスの赤い子犬はゼータよ。それで決定ね」

わたしの命名に、従者たちはみんな微妙な表情を浮かべていた。

それはそうだろう。だって、古い文字の読み方を上から順番に付けていっただけなのだから。それも従者にした順番で。

犬が嫌いだったわたしは、犬の名前を付けるのに一切頭を使いたくなかったのだ。

ただ、わかりやすい名前ではあったので、みんなすぐに覚えることができた。

――覚えていたはずだ。アルファ、ベータ、ガンマ、デルタ、イプシロン、ゼータ。

何で今まで忘れていたのだろう？

あんなにわたしをひどい目にあわせてきた犬たちのことを。

あんなにわたしになついていた犬たちのことを。

わたしのためにあの犬たちは……。

――眠たくなってきた。遠くで懐かしい犬の吠《ほ》える声が聞こえる。まったく、しょうがない子たちだ。わたしが帰ってくると、あの犬たちは真っ先に出迎えに来る。わたしは嫌がっているというのに。

本当に迷惑な犬たちだ。本当に……。

あとがき

ライトノベルには悪役令嬢モノというジャンルがありまして、自分も好きな話の形式のひとつです。内容的には、処刑される運命にある性悪な令嬢が、人生をやり直したり、別人格が憑依《ひょうい》したりすることで、二度目の人生を上手《うま》くやるというもの。

そりゃ、未来を知っているわけですから、上手くやれて当たり前です。

自分が人生をやり直したら、結果を知っている競馬とか株とかＦＸに全財産をオールインして、悠々自適の生活を送ることでしょう。

しかし、そんな当たり前のことをやっても小説にするのは難しいので、悪役令嬢という特殊な役割の人物を使い、悪いと思われていた人が良いことをすることで、そのギャップで物語を上手く転がしていくのが肝となります。

ただ、自分は思ったのです。

「悪い人間が人生をやり直しても、やっぱり悪人になるはずだ」

「二度目の人生を送る場合、精神的には老成するのではないか」

「人生をやり直すには、相応の対価を必要とするはずだ」

「そもそも、何で悪と見做《みな》される人格が形成されるのか」と。

そういった部分の整合性をとって、出来上がったのが『悪の令嬢と十二の瞳』です。

ＷＥＢ版では『もうひとつの結末』で終わらせていたのですが、読後感があまり良くなかったようなので、書籍ではエピローグを付け足しました。「ちょっとありきたりかな？」と思って、WEBではあえて書かなかったところもあるので、あったほうが良かったのか、無くてもよかったのか気になるところですね。

　ちなみにこの作品では犬を扱っており、自身のペンネームも『駄犬』なわけですが、実はわたくし、犬がとても苦手です。なのに、犬のほうは構ってくれる犬好きたちには目もくれずに、自分のところに寄ってきたりしていました。子供の頃はそれが怖くて逃げて、ドラえもんののび太ばりに野良犬に追いかけ回されたものです。しかも逃げていると、靴の踵《かかと》に何かが当たっている感触がしたんですよね。恐ろしくて振り返ることなんてできなかったので、何が当たっていたかはついぞ知りません。大人になってからは、横断歩道で信号待ちをしていたら、後ろからザッザザッザッという音が聞こえてきたので、何かと思って振り返ってみたら、２匹の犬がわたしに飛びかかろうとしているのを、飼い主さんが必死に引き止めていたことがありました。聞こえていたのは、犬たちが一生懸命地面を蹴っている音だったわけです。信号が変わると同時に全速力で逃げました。

　ということで、セリーナと犬とのエピソードは、自分自身の体験も多分に含まれています。良かった、あの恐怖の体験を小説に使うことができて。

　ただ、そういうわけなので、当然自分は犬を飼ったことはなく、犬と触れ合うなんてとんでもなかったので、犬の描写にリアリティがないかもしれませんが、そのあたりはご容赦して頂けると幸いです。

複数人の登場人物の成長を描くのは初めての
経験だったので、ストーリー外での1人1人の生活を
想像するのがとても楽しかったです。
キャラクター達を思うままに描かせていただいて
駄犬先生には感謝の気持ちでいっぱいです。
ありがとうございました！
saizo

作品のご感想、
ファンレターを
お待ちしています

あて先

〒141-0031　東京都品川区西五反田 8-1-5 五反田光和ビル4階
ライトノベル編集部
「駄犬」先生係／「saino」先生係

スマホ、PCからWEBアンケートにご協力ください

アンケートにご協力いただいた方には、下記スペシャルコンテンツをプレゼントします。
★本書イラストの「無料壁紙」　★毎月10名様に抽選で「図書カード（1000円分）」

公式HPもしくは左記の二次元バーコードまたはURLよりアクセスしてください。
▶ **https://over-lap.co.jp/824008855**
※スマートフォンとPCからのアクセスにのみ対応しております。
※サイトへのアクセスや登録時に発生する通信費等はご負担ください。

オーバーラップノベルス公式HP ▶ **https://over-lap.co.jp/lnv/**

悪の令嬢と十二の瞳
～最強従者たちと伝説の悪女、人生二度目の華麗なる無双録～

発　行　2024年7月25日　初版第一刷発行

著　者　**駄犬**

イラスト　saino

発行者　永田勝治

発行所　**株式会社オーバーラップ**
〒141-0031
東京都品川区西五反田8-1-5

校正・DTP　株式会社鷗来堂

印刷・製本　大日本印刷株式会社

ISBN　978-4-8240-0885-5 C0093

【オーバーラップ　カスタマーサポート】
電　話　03-6219-0850
受付時間　10時～18時（土日祝日をのぞく）